나의 둘도 없는 친구이자
그리스인 조르바처럼 진짜 남자이자
진짜 인간인 남편에게

熱花日記

초판 1쇄 발행 2018년 11월 3일

지 은 이   김은형
발 행 인   권선복
편   집   권보송
디 자 인   김소영
기록정리   한영미
전 자 책   서보미
마 케 팅   권보송
발 행 처   도서출판 행복에너지
출판등록   제315-2011-000035호
주   소   (157-010) 서울특별시 강서구 화곡로 232
전   화   0505-613-6133
팩   스   0303-0799-1560
홈페이지   www.happybook.or.kr
이 메 일   ksbdata@daum.net

값 15,000원

ISBN 979-11-5602-6594 (03810)

Copyright ⓒ 김은형, 2018

도서출판 행복에너지는 독자 여러분의 아이디어와 원고 투고를 기다립니다. 책으로 만들기를 원하는 콘텐츠가 있으신 분은 이메일이나 홈페이지를 통해 간단한 기획서와 기획의도, 연락처 등을 보내주십시오. 행복에너지의 문은 언제나 활짝 열려 있습니다.

열화일기

뜨거운 꽃의 일기 ─

熱花日記

金垠亨
김은형 지음

도서
출판 행복에너지

뜨거운꽃의 일기

*

"인간은 생의 어느 순간, 짧은 순간이나마
자신의 소울메이트(Soul mate)와 함께해야
신과의 합일에 도달할 수 있어."

- 파울로 코엘로의 소설『브리다(Brida)』에서

*

"신이란 무엇일까요?
모든 생명체의 밑바닥에 흐르는 '하나의 생명'입니다.
사랑은 무엇일까요?
당신 자신과 삼라만상 속에 깊이 내재한
'하나의 생명'의 현존을 느끼는 것입니다.
그것으로 존재하는 것입니다.
그러므로 모든 사랑은 신의 사랑입니다."

- 에크하르트 톨레의『지금 이 순간을 살아라』에서

추억연금 그리고 설레이는 청춘을 만나다

김 수 자
(부산창조교육문화센터대표/전 주례여자중학교장)

계절이 지나는 하늘에는 가을로 가득 차 있는 10월, 김은형의 첫 작품 『열화일기』가 우리 곁에 온다. 이 책을 읽으며 나는 마치 나의 첫사랑, 나의 대학 시절 이야기인 듯 빠져들어 행복했다. 나에게도 지나간 시간만큼의 삶의 이야기가 있었다. 미쳐 이름을 붙여주지 못한 채 손가락 사이로 빠져버린 모래알처럼 흩어졌지만. 열화 청춘을 일기로 날실 씨실 엮어 나눌 수 있는 추억연금이 매우 부럽고 소중하게 다가온다.

『열화일기』는 저자가 스무 살 대학 1학년 때 부터 10년 넘게 써내려온 9권의 일기장 중 1982~84까지 약 2년간 써 온 첫째 권만 묶은 것이다. 수많은 독서, 친구와의 우정, 눈화장, 파마, 하이힐 등 멋 부리며 겪는 구세대와의 갈등, 대학도서관 자리잡기, 독재정권에 맞서는 이념 서클 활동, 남포다방에서의 수다와 군것질, 디자이너의 꿈을 향한 1년간의 휴학, 서클에서의 첫사랑 K와의 만남, 설레임, 사랑, 어머니의 일상에서 싹튼 여성의식 등 저자의 말처럼 80년대라는 그토록 뜨거웠던 격동과 격정의 시대상이 녹아 있어 읽는 사람을 가슴 설레이게 한다.

김은형은 정말 자유로운 영혼이다. 나는 10년 전 채영이 엄마 김은형을 처음 만났다. 그때나 지금이나 한결같이 순수하고 청순 발랄하고 가슴이 따뜻한 아직도 스무살 대학 신입생 같은 열정으로 산다. 이 일기에서도 멋대로 당당하고 오지랖 넓고 발랄한 생동감 있는 도전이 그대로 가슴에 들어온다.

김은형은 독서광이다. 자신의 좌우명을 대학1학년 때 이미 '너 자신을 풍부하게 하라!Enrich Yourself'로 정하고, 수많은 즐거움 중에서 먹는 즐거움 다음으로 좋아하는 게 아는(알아내는) 즐거움이라며 소설, 시집, 철학서적, 패션잡지 등 책 속에 파묻힌 책벌레로 자신만의 지적 유희를 즐겼다. '책을 안 읽으니 바쁠 수밖에'라는 책 제목처럼 바쁘고 또 외롭다고 하는 현대인들에게 이 일기는 '독서 할 때 당신은 언제나 가장 좋은 친구와 함께다'라고 깨우쳐준다.

김은형은 메모광이다. 본문 중 어떤 날은 매일 써야 하는 회의가 들지만 그래도 쓰는 이유를 '한 40~50세쯤 되어서 읽게 되면 너무 좋을 것 같아서이다. 내 젊은 날의 기록이, 내 내면의 풍경과 참으로 버라이티하고도 액티브한 나의 활동들이 사진에 찍힌 듯이 고스란히 남아 있는 이 노트를 읽게 되면 과연 어떤 기분이 들까 궁금해진다'라고 썼다. 이 일기는 내 삶을 돌아보고 기록함으로써 보다 치열한 현재를 살고 창조적 미래를 상상할 수 있음을 느끼게 한다.

김은형의 일기가 우리들의 책으로 빛을 본 것은 그녀의 영원한 벗이자 연인인 조르바 같은 그 남자 아낌없이 주는 나무 허부남 사장 때문이다. 가슴으로 느끼지 않은 시간은 모두 없어져 버린다는데 차곡차곡 기록해 온 정성, 과연 저자는 지금 어떤 느낌일까?

이 책 『열화일기』는 우리들의 삶에 보다 자유로운 영혼, 맑은 기운, 청순한 청춘의 생동감을 줄 수 있을 것으로 기대한다.

참으로 맑고 순수한 자유로운 영혼의 두 번째, 세 번째… 추억연금이 계속 우리에게 오기를 기다리는 마음으로….

2018. 시월 마지막날

축시

'열화(熱花)' 꽃잎 날리며

– 박숙정(시인)

뜨락에 내려앉은

포근한 봄 햇살에

환한 미소 머금고

수국 고운 자태 무리지어

피어나네

긴 팔 벌려 한아름 그대 수국 안으면

우리는 꽃이 되리

꽃밭이 되리

푸른 오월엔

눈이 부시도록 푸르른 오월엔

타오르는 '열화' 화관 머리에 엮어쓰면

그대 어여쁜 나의 신부

꽃잎 날려 흩뿌리는
사랑이여
행복이여
지평선 너머 우리의 파랑새여

행복은 좋은 것
그대 행복하라
행복해야 할 곳은 여기
행복해야 할 때는 지금이다

가을이 오면
나 그대 따사로운 뜨락에 앉아 노니는
행복한 작은새

가을이 더 깊은
가을이 오면
나 그대 찻잔에
마른 수국향 그윽한
'열화' 꽃잎을 띄우리

Prologue

우리를 만지는 손이 불에 데지 않는다면

우리가 사랑한다고 할 수 있는가

기억을 꺼내다가 그 불에 데지 않는다면

사랑했다고 할 수 있는가

그때 나는 알았지

어떤 것들은 사라지지 않는다고

우리가 한때 있던 그곳에

그대로 살고 있다고

떠나온 것은 우리 자신이라고

— 류시화의 「첫사랑의 강」 중에서

"과거는 죽지 않았다. 그리고 사실은 지나가지도 않았다."

— 윌리엄 포크너(미국의 극작가)

80년대는 찰스 디킨스의 『두 도시 이야기』의 첫 문장에 나오는 "최고의 세월이요 또한 최악의 세월이었다. 지혜의 시대이자 어리석음의 시대요 빛의 계절이자 어둠의 계절이었다. 희망의 봄이면서 곧 절망의 겨울이었다. 우리 앞에는 모든 것이 있었지만 한편으론 아무 것도 없었다."는 것처럼 극단의 시대이자 혁명의 격동기였습니다.

또한 순수의 시대이자 사회적 혼돈의 시대였던 80년대에 20대를 보내면서 뜨겁게 사랑했고 "별들에 도달하려는 정열이 식었을 때 그의 인생은 암흑이다."라거나 "이룰 수 없는 꿈을 꾸지 않는 사람은 사람이 아니라 교활한 동물임에 불과하다."란 어디선가 주워들은 말(아마도 니체가 한 말일 것임)을 가슴에 담고 지극히 현실적이지 않아 교활한 동물이 아님을 입증할 만한 꿈을 꾸면서 열심히 읽었고 또 적었습니다.

마치 『적과 흑』으로 유명한 프랑스 소설가 스탕달이 남긴 묘비명 "살았다, 썼다, 사랑했다"처럼 나는 20대에 치열하게 꿈꾸며 살았고 사랑했으며 밤을 꼬박 새워가며 책 읽는 날도 많았고 내 생활의 흔적들을 일기에 고스란히 남기기도 했습니다. 그 당시 어린 내 맘에도 내 청춘이, 내 사랑이 기쁨과 슬픔의 씨줄과 날줄로 잘 직조된 아름다운 태피스트리 같다고 느꼈기에 기록을 안 해놓으면 나이 들어 후회할 것만 같아서….

그런데 정작 이 일기를 쓴 당사자인 나도 까맣게 잊어먹고

36년간이나 어둠과 침묵 속에 잠들어 있던 이 일기장을 세상의 빛 속으로 끄집어내어 출간까지 시켜준 사람은 다름 아닌 나의 남편입니다. 그것도 자기는 안 나오고 (우린 30대 초반에 만났으니…) 아내의 스무 살 때 첫사랑이 구구절절 적혀진 내용에도 아랑곳하지 않아 자기 친구들로부터 미친놈 아니냔 야유를 듣고도 꿋꿋하게.

그날 밤 집에 와서 친구들한테 그런 소리 듣고도 기분 상하지 않았느냐고 물었더니 자기는 제대로 사랑도 안 해보고 또 사랑도 못 받아본 여자는 싫다고 하더군요. 그런 여자는 왠지 얄팍하고 인생의 깊이를 모르는 자기밖에 모르는 여자일 거 같아서라고 하는데 가슴 한쪽이 뭉클했답니다.

사실은 우리가 신혼일 때 결혼하자마자 그 다음해에 IMF가 터져 조그만 공장을 운영하던 남편도 많이 힘들 땐데 일거리도 없고 해서 둘 다 친정에 가서 거의 몇 달 간을 빈둥거렸을 때 내가 한 살배기 딸을 업고 놀이터로 나간 사이 처음 며칠간은 계속 잠만 자더니 나중엔 잠도 더 이상 안 오던지 심심하고 하니까 이것저것 뒤지다가 책 같은 걸 싸놓은 웬 보따리를 풀어보니, 내가 스무 살 때부터 근 서른 살 때까지 써놓은 일기장들임을 발견하곤 내가 없을 때마다 도둑고양이처럼 야금야금 다 읽어치우고 나서 첫사랑 K의 이름을 정확히 말하며 보고 싶지 않느냐고 물어보기에, 그땐 사실 K 생각은 까마득하게 잊어버리고 살았는데 순간 머릿속이 하얘지고 심장이 멎을 정도로 놀랐지만 한 1년간을 가끔씩 K 이름을 부르며 키득거리며 놀리는 수준이어서 남편 마음이 얼마나 넓고 속 깊은 남자인지 알게 되었습니다.

여자는 아무리 죽을 만큼 사랑한 첫사랑이 있었다 해도 다른 남자랑 결혼해서 아기를 낳으면 그 사람에 대해선 가끔씩이라도 전혀 생각조차 나지 않았고, 오로지 현재 내 생활에만 집중하는 너무 현실적이어서 오히려 초현실적인(?) 존재라는 걸 그때 알았죠.

남편은 그때부터 나에게 글을 쓰라고, 일기를 읽어보니 글 쓰는 감각도 있어 보인다며 시간 날 때마다 글을 써놓으면 모아서 책으로 출간시켜 주겠다고 몇 번이나 말했는데도 독서는 그때나 지금이나 꾸준히 하고 있지만 주로 여행이나 사람들과 먹고 마시면서 수다 떠는걸 워낙 좋아해서 글-카톡이나 밴드에서 주고받는 글 외엔-은 아예 안 쓰는 걸 보더니 나는 까맣게 잊고 있었는데 남편은 자기가 한 말을 잊지도 않고 작년부터 정 그러면 옛날에 써놨던 일기라도 정리하면 책으로 출간시켜 주겠다고 해서, 이렇게 열화일기(연암 박지원의 『열하일기(熱河日記)』를 참 좋아해서 제가 패러디한 제목으로 감히 불멸의 고전 『열하일기(熱河日記)』랑은 상관 1도 없는 『열화일기(熱花日記)』, 즉 뜨거운 꽃의 일기)가 세상에 나오게 된 것입니다.

일기를 밤을 새워 태블릿에 정리하면서 숱한 밤을 울었습니다.
맨 처음 서두로 적었던 류시화 시인의 『첫사랑의 강』이란 시에

서처럼,

　…기억을 꺼내다가 그 불에 데지 않는다면

　　사랑했다고 할 수 있는가….

　그리고 『수녀를 위한 레퀴엠Requiem for a Nun』에서 미국의 극작
가이자 시인인 윌리엄 포크너가,

　"과거는 죽지 않았다. 그리고 사실은 지나가지도 않았다The
past is never dead. It's not even past."라고 한 말이 자꾸 떠오르더군요.

　또한 나의 일기는 80년대라는 그토록 뜨거웠던 격동과 격정
의 시대를 함께 건넜던 K와 그때 청춘들에게 바치는 나의 연가
이기도 합니다.

2018. 9. 22 새벽에…

김은형

살바도르 달리 〈시간의 흔적〉

차례

추천사 / 6

축시 / 8

Prologue / 10

Overture / 18

Part 1.

첫사랑의 강 / 51

—1982년—

Part 2.

자기 자신을 풍부하게 하라(Enrich yourself) / 191

—1983년—

Part 3.

도전하는 여자는 더욱 아름답다 / 245

—1984년—

Epilogue / 329

출간후기 / 333

Overture

I

파울로 코엘료의 소설 『피에트라 강가에서 나는 울었네』는 "모든 사랑이야기는 닮아 있다."라는 이 짤막한 한 문장으로 시작된다.

사실 모든 인생이야기 또한 닮아 있지 않은가, 본질적인 면에서는.

그리고 사랑이야기와 인생이야기에 음악이, 노래가 빠질 수는 없다. 클래식이든 가요든 팝송, 샹송, 칸초네든 그 시절의 젊은 우리들이 치열하게 살며 사랑했었을 때 음악은 공기처럼 물처럼 늘 우리와 함께 호흡했고 지금 이 순간까지 함께 흘러왔기에…….

사랑은 가도 옛날은 남는 것이라 했듯이 세월은 가도 그 시절의 노래는 오롯이 남아 있지 않은가!

김재식 시인의 「어느 계절의 순간에」로 열화일기의 오버추어 overture(음악의 서곡)를 시작하려고 한다.

돌아오는 어느 계절의 순간순간에
우연히 들려오는 노래의 마디마디에
그때의 너와 나, 우리가 새겨져 있다.
그렇게 가끔
가슴 가득 차오르는 따뜻함을
고맙게 느끼며 산다.
함께 했던 계절이 있었기에
함께 들었던 노래가 있었기에…,
그때의 우리가
보이지 않는 곳곳에 묻어
시린 마음을 달래준다.

이제부터 36년 만에 봉인 해제된 내 젊음의 노트에 쓰인 눈물 나게 아름답고 신비로운 사랑이야기와 이런저런 소소하면서도 잔잔한 웃음과 때론 폭소를 자아내게 하는 인생이야기가 빼곡히 적혀진 노트를 펼치기 전에, 일기에 미처 적어놓지 못했지만 결코 잊을 수 없는 에피소드나 이런저런 단상들을 기억나는 대로, 떠오르는 대로 써보려고 한다.

시작하려니까 문득 영화 〈Love Story〉 주제가의 첫 소절이 떠오른다.

Where do I begin to tell the story of love story that is older than the sea?
Where do I start?
어디서부터 바다보다도 오래된 사랑의 이야기를 시작해야 할까요?
어디서부터 시작해야 할까요?

내 사랑의 이야기는 바다보다 오래된 건 아니고 겨우 36년 전 대학에 입학하던 해인 1982년 가을에 시작됐는데, 글의 시작은 그 전해인 1981년 여고졸업반일 때로 돌아가 보려고 한다.

Barbra Streisand의 〈Woman in love〉는 1970년대 후반에서 80년대 초반에 걸쳐 한국 여고생들에겐 팝송 중에서 최고 애청곡이었다. 그때 우리는 고등학교를 졸업한 이후엔 진짜 '사랑에 빠진 여인'이 되기를 간절히 꿈꾸었다.

I am a woman in love
And I'd do any thing
To get you into my world
And hold you within
It's a right I defend

Over and over again

What do I do?

나는 사랑에 빠진 여인이랍니다.

그대를 내 마음의 세계로 받아들여 그대를 가질 수만 있다면

무엇이든지 다 할 거에요.

언제까지라도 그렇게 할 거에요.

내가 어떻게 해야 하나요?

II

대학에 들어가면 이러한 소울메이트를 만날 수 있기를 간절히 기도했다.

그런데 그 당시 여고생이었던 난 심지어 남학생이 내게 다가와 "몇 시입니까?" 또는 "여기로 가는 길을 가르쳐 주시겠습니까?"라는 식의 말을 물어봐도 길 가다 뱀이라도 마주친 양 깜짝 놀라서 필사적으로 도망치듯이 마구 뛰었고 눈물까지 흘린 적도 있었다. 내게 시간이나 장소를 물어본 남학생들이 아마 모르긴 해도 나보다 더 놀랐을 것이다. 그들은 진짜로 시간이나 장소를 몰라서 물어본 것일 텐데…….

하다하다 어떤 일까지 있었냐 하면 고등학교 1학년일 때 내 뒤에 앉은 윤경이란 친구가 어느 토요일 우암동 자기 집에 놀러

가자고 해서 좋다고 갔었던 적이 있다. 잠시 뒤 동네 남학생 몇 명이 놀러 오기에 난 가방을 품에 꼭 안고서 "걸음아, 날 살려라!" 하고 친구한테도 집에 간단 말도 안 하고, 아니 못 하고 막 뛰어서 겨우 버스에 몸을 실어 혼비백산이 된 채 집으로 온 적도 있었다.

무슨 조선시대 소녀도 아니고 순진함을 넘어서 겁이 지나치게 많은 데다 어리바리한 태생 탓에 더 그랬던 것 같다.

특히 내가 다니던 경남여고는 너무나도 보수적이고 규율이 엄격했던지라 빵집이나 영화관에 가도 퇴학시킨다고 겁을 주셨고, 남학생들하고 말만 해도 반성문을 써내거나 정학처분을 받는다고 선생님들께서 날이면 날마다 우릴 세뇌교육 시켰던 것이다. 지금 중고등학생들이 이 글을 읽는다면 '에게게, 설마 이런 일이 있을까?' 싶고 말도 안 되는 소리 같을 것이다.

그래서 난 아직도 다수의 북한주민들이 말도 안 되지만 김 씨 왕조의 세 번째 독재자인 김정은도 신격화, 우상화되어 절대 충성과 복종하고 사는 걸 보면 어느 정도 이해가 되는 것이다. 매일 매일의 자기암시와 타인암시가 핵폭탄보다도 더 센 힘을 발휘하는 우주에서 가장 강한 힘이라고 하던데, 진짜 그런 것 같으니까.

사실 그때도 일부 용감한 친구들은 선생님들이 아무리 겁을 주고 협박해도 눈 하나 깜짝하지 않고 남학생들과 만나서 빵집이나 공원, 영화관까지도 갔던 것이다. 그들 중 일진이 나쁜 경우엔 선생님한테 딱 걸려서 정학처분, 무기정학까지 당하거나 심하겐 퇴학당하는 친구들도 있었다.

그런 데다 집에서는 대부분의 엄마들이 우리가 생리할 때쯤부터 "여자의 순결은 여자의 목숨보다도 중요하다."라고 귀에 못이 박힐 정도로 말씀하셨다.

난 사실 중2 때 브래지어를 처음 착용했을 때부터 여름에 하복을 입을 때면 아무리 더운 날도 미련스럽게도 러닝을 두 개씩이나 입고 다녔다. 브래지어 끈이 얇은 천 사이로 비칠까봐서. 그런데 일부 까진 애들은 일부러 브래지어 끈이 잘 보이게 하려고 러닝을 안 입고 와 선생님께 들켜서 주의를 받기도 했다. 그때 난 왜 그렇게 거의 강박적이고도 결백증적으로 특히 부끄러움을 많이 탔는지 모르겠다.

고3 때 밤늦게 거의 11시 넘어 야간 자율학습을 마치고 교문을 나설 때면 단짝 영선이랑 노래를 부르면서 둘 다 집이 대연동이라 같은 버스를 타고 같은 못골시장 정류소에서 내렸는데, 〈Woman in love〉나 〈여고졸업반〉 노래를 가장 많이 흥얼거렸던 것 같다.

〈여고졸업반〉은 그때 우리가 여고졸업반이었으니까. 우리는 〈여고졸업반〉 가사 그대로……

이 세상 모두 우리 거라면 이 세상 전부 사랑이라면 날아가고
파 뛰어들고파

하지만 우리는 여고졸업반 아무도 몰라 누구도 몰라 우리들
의 숨은 이야기…….

영선이와 나만 아는 수많은 숨은 이야기 중 지금도 어제 일처
럼 기억나는 이야기 하나.

영선이랑 난 졸업하고 나면 어떻게 최틀러(?) 영어선생님에게
통쾌한 복수를 할까 온갖 아이디어를 짜냈다. 그 당시 영어시간
은 히틀러 시대처럼 혼돈과 악몽과 공포의 시간이었으니까. 끊
임없이 질문을 던지셨는데 주로 분필을 던져서 한 아이가 맞으
면 그 애가 대답해야 할 때도 있지만 "너 옆에 너, 너 뒤, 너 앞,
너 옆에서 세 번째……." 등등으로 수없이 변주하면서 지금 식
으로 생각하자면 창의적으로 학생들을 수업에 집중시킨 참 재
능 있는(훌륭한 선생님이란 말은 차마 안 나옴) 선생님이셨는데 우리는
그 수업시간을 지긋지긋하게 힘들어했으니까.

나는 담임선생님이 가르친 수학은 수포자였지만 다행히도 영
어는 좋아하고 잘했기 때문에 대답을 못해서 맞은 적은 없지만
그래도 그런 식으로 스트레스를 극도로 주는 수업을 하는 영어
선생님이 너무 싫어서 나도 복수에 동참하기로 했다.

나의 소심한 복수방법은 졸업 직후 최대한 예쁘게 차려입고
선생님 숫자를 파악하여 선물을 준비해 학교 교무실에 가는데

딱 최틀러 영어선생님 책상 위에만 선물을 놓지 않고 올 것이라는, 좀 귀엽다면 귀여운 소심한 복수를 얘기하며 얼마나 고소해했던지 모른다. 물론 실행은 하지 않았지만······.

Ⅲ

82학번으로 동아대 국문과에 입학했는데 그때부터 난 갑자기 엄청나게 변해 버렸다. 더 이상 부끄러움 많고 겁 많고 찌질이처럼 쓸데없이 질질 짜고 사람들 많은 데 가선 말 한마디 제대로 못하는 그런 소심한 소녀는 더 이상 사양하였다. 사실 여전히 사람 많은 곳에 가서 나서는 걸 좋아하는 적극적인 성격은 아니었지만 더 이상 풍경의 일부처럼 다소곳하게 있지만은 않았다.

어릴 때부터 그랬듯 여러 사람 앞에서 무슨 말 한마디라도 하려면 심장이 터질듯이 쿵쾅쿵쾅거려도 자꾸 한 마디 두 마디 하다 보니 대중 앞에서도 갈수록 말하는 게 자연스러워지고 옛날에 비해선 수월해졌다. 상전벽해도 유분수지 완전 관객체질에서 약간은 무대체질로 바뀌게 된 것이다.

초등학교 다닐 땐 내가 어쩌다가 짝지에게 한마디 말이라도 하면 주위 애들이 "쟤, 벙어린 줄 알았는데 말할 줄 아네."라고 수군거렸고, 담임선생님이 시켜서 책을 읽을 땐 죽지 못해 일어나서 읽다가 너무 떠니까 애들이 자기들 나름 참다가 참다가 웃음이 터지는 바람에 끝까지 읽지 못하고 정말로 죽고 싶도록 부끄러워서 그만 자리에 앉아버린 날이 한두 번이 아니었던 내가.

졸업정원제였는지라 백 명이 넘는 애들과 도떼기시장처럼 바글거리는 강의실에서 공부했는데 같은 경남여고를 졸업한 나를 포함 네 명(정여·봉애·미희)하고 부산여고를 졸업한 명숙이랑 이렇게 다섯 명이 항상 함께 수업 받고, 밥 먹고, 화장실도 또한 쇼핑도, 디스코클럽도 같이 다녔다. 그런데 써클만은 각자의 취향대로 따로 가입하여 비로소 홀로서기를 하게 되었다.

우리 과 남학생들은 우리 다섯 명을 '아마조네스와 악당들'이라고 불렀다는데 우리가 무슨 조직원들처럼 죽으나 사나 언제나 똘똘 뭉쳐 다녔기 때문이란다. 그중 내가 아마조네스가 된 건 다섯 명 중에서 국문과 여학생 그것도 신입생답지 않게 거의 독보적으로 진하게 아이라인을 그린 데다, 그날그날의 옷 색깔에 맞춰 아이섀도도 맞춰서 눈 화장을 하고 옷도 튀게 입고 다니는 데다, 남학생들한테도 고분고분한 스타일이 아니었고 매사 도전적이었으니까.

그 당시 캠퍼스 주위는 매일같이 "전두환 독재정권 타도"를 외치며 학생들과 전투경찰들이 몸싸움을 벌이는 격전장이어서 수업은 한 달에 반달 정도밖에 못 들었던 것 같다. 게다가 툭하면 터지는, 사람 지랄하게 할 정도로 고통스럽게 만든다고 해서 '지랄탄'으로도 불리는 최루탄에 얼마나 많은 날들을 눈도 못 뜨고 울었는지 모른다. 많은 남학생들이, 주로 인문대나 법정대 남학생들이(그래서 "사고하는 문과대"라는 슬로건에 누가 "사고치는 문과대"라고 고쳐 써 놓았다) 경찰에 끌려갔는데 그들 중 일부는 감옥에 수감되기도 하고 일부는 심하게 고문 받아 장애인이 되기도 하고 심지어는 고문 후유증으로 죽기도 하였다.

그래서 급진적인 시인들 중에 「풀잎」으로 유명한 김수영 시인이 "…나는 안다, 자유에는 왜 피의 냄새가 나는지…"라고 썼는지 알 것 같았다.

난 캠퍼스에서 벌어지는 데모엔 참여 안 했지만 캠퍼스 밖에서 벌어지는 주로 대청동 미문화원에서 맹활약했다고나 할까.

영어로 말하는 것에 능숙하지 않지만 대청동에 있는 미문화원에서 한 번씩 미국국무부 소속 차관급의 고급관료들도 참석하는 공청회 스타일의 세미 캐주얼 파티 같은 모임에 나갔다. 맥주에 포테이토칩 같은 과자를 먹으면서 담소를 좀 나누다가 본격적인 토론시간이 되면 떠듬거리는 영어로 그 서슬 푸른 전두환 독재정권 아래에서 "I love my country but I hate dictative government, so we have to fight for our country's freedom.(나는 우리나라는 사랑하지만 독재정권은 증오하기 때문에 우리나라의 자유를 위해 투쟁해야 한다)"라고 말했다.

그런데 미문화원은 치외법권 구역이었는지 다행히도 난 연행되거나 투옥되진 않았다. 이 정도의 말도 그 당시엔 위험수위를 넘는 것이어서 한 번은 문화원의 담당자분이 날 부르더니 "학생은 전공이 법대 쪽이냐? 아니면 정외과냐?" 하면서 "남학생도 말하기 어려운 건데 참 당차고 용감한 여대생이라 속으로 많이 놀랐다."라고 했다. 내 전공이 국문과인 것을 아시고는 더 놀라워하셨다.

　영어공부도 할겸 겸사겸사해서 계속 미문화원에 뻔질나게 다녔는데 카페에 가서 커피라도 한잔 하면서 얘기 좀 하고 싶다는 남학생들이 몇 명 있었지만 문화원 밖에선 단 한 번도 만나주지 않았다. 남학생들은 주로 부산대 법대나 정외과에 다녔는데, 내 모습이 신기해 보여서 더 그랬던 것 같다.

　보통 그런 영어토론회에 오는 여학생들은 거의 다 두꺼운 뿔테 안경에다 화장기 하나도 없는 맨얼굴에 쇼트커트를 하고 티셔츠 하나 걸친 지극히 학생다운 수수한 차림이었는데 난 학생답지 않은 진한 화장이나 긴 웨이브 파마머리에 화려한 패션으로 치장하고 나타나선 책벌레처럼 책도 줄기차게 읽고 영어토론에도 적극적으로 참여했으니까. 사실 나처럼 화려하게 차려입은 여학생들은 그런 데엔 관심 없고 주로 나이트클럽에서 죽치고 있어야(그 당시 이런 여학생들은 나이트클럽 죽순이라 불림) 어울렸기에 안과 밖을 일치시키지 않는 내 스타일(반전매력의 원조랄까?) 때문에 "쟤, (정체가 도대체) 뭐야?"라며 남학생들은 혼란스러워하면서도 호기심을 느껴서 더 끌렸던 듯하다.

하지만 내가 남학생들을 만나주지 않았던 것은 무엇보다 내게 남자친구인 K가 있었기 때문이다. 난 여자라도 의리 없어 보이는 여자들을 경멸했으니까.

IV

대학 1학년, 입학하자마자 누군가의 손에 이끌려(일기를 1학년 여름방학 끝나갈 무렵인 1982년 8월 20일부터 쓰기 시작해서 1학년 1학기 때 일은 대략적인 기억밖에 안 남) 일종의 이념써클인 〈청향〉에 들어가게 됐는데, 남학생과 여학생 다 합쳐서 스무 명 정도의 소규모 써클이어서 마음에 들었다.

숫자는 적어도 부산 시내에 있는 대학에 다니는 학생들은 골고루 다 분포돼 있었다. 회장오빠는 부산대, 총무언니는 부산교대, 산업대와 부산여대, 동의대 그리고 동아대는 나 포함 두 명. 써클 모임장소가 대청동 미문화원 건너편에 있는 건물의 꼭대기 층에 위치해 있어서 우리 써클은 지하써클이 아니고 옥상써클이라고 둘러댔다.

그 당시 난 『불꽃같이 살다간 여인 시몬느 베이유』란 책을 읽으며 그녀가 34세의 더없이 짧은 생애를 살면서도 가난한 노동자들을 위한 너무나도 순수하고 실천적인 삶에 감명을 받았다. 나는 도저히 그런 삶은 흉내도 낼 수 없다는 것을 알았지만 왠지 이런 써클에 가입하고픈 뜨거운 그 무엇이 나를 이곳으로 이끈 것 같았다.

시몬느 베이유Simone Weil(1909. 2. 3 ~ 1943. 8. 24)는 철학교사이자 유태인으로서 그리스도교에 심취했으나 세례는 받지 않았고, 노동자들에 대한 연민이 컸으나 공산당에도 가입하지 않았다고 한다. 그녀의 관심은 늘 가난하고 힘없는 이들에게 꽂혀 있었다. 내가 그녀의 삶에서 너무 놀라웠던 것은 당시 노동자들의 처지와 비슷하게 산다고 그 부잣집 딸이 겨울에도 난로를 피우지 않고 생활했다는 것이다. 더군다나 학교를 1년 휴학하고 공장에 들어가, 금속을 자르는 남자들도 하기 힘든 공장 일을 했다니…….

그녀가 쓴 한 줄밖에 안 되는 「헌신의 기도」와 그녀의 삶은 일심동체였다.

이 몸과 영혼을 갈가리 찢어 당신을 위해 쓰게 하시고
제게는 아무것도 남아 있지 않도록 하옵소서.

그녀처럼 행동하는 지성인이 되고 싶었다.
그런데 막상 들어와 보니 이념써클이라기보다는 문학써클에 가까워서, 일주일에 한 번씩 모이면 그때그때 토론 주제로 마르크스 이론이나 이데올로기나 노동운동에 관한 무거운 주제보다 20대 젊은이와 어울리는 주제인 꿈, 인생의 좌우명, 인간의 죄의식 등등을 주제로 이런저런 느낌이나 의견 등을 나누었다. 그러다가 배고프면 근처 중국집에 가서 짜장면이나 우동 등으로 때우고, 아리아 다방에 가서 커피도 마시고, 남학생들은 당구장에도 가고, 가끔씩은 남포동까지 다 같이 우르르 걸어가서 '발바닥'이란 디스코장에서 발바닥도 비비고, 생맥주집에도 갔었는데, 그땐 나뿐만 아니라 여학생들은 거의 다 한 모금 입에 댔다가 쓰다고 오만상 다 찡그리고 호들갑을 떨다가 남학생들 잔에 거의 다 따라줬었다.

그래서 1학년 땐 술 보기를 돌 보듯 아니 쓰디쓴 약을 복용하는 것 같았지만, 그래도 굴하지 않고 마시는 시도는 여러 차례 했었는데 〈청향〉은 1학년 끝날 때까지 선배가 시켜서 가끔씩 토론진행도 하면서 한 1년간은 그럭저럭 잘 다녔었다.

2학기 들어서 그러니까 1982년 9월에 이번엔 교내써클인 〈PTP(People To People의 약자로서 거창하게도 '세계평화를 위해서'가 써클의 목적)〉에 가입했는데 거기서 나의 첫사랑이자 나의 소울메이트인 K를 만나게 되었다.

K를 맨 처음 봤던 날, 1982년 무척이나 청명했던 9월의 어느 금요일, 하단캠퍼스 정문 바로 앞 맞은편에 있었던 '상아탑'이

라는 카페에서 K를 보자마자 김승희 시인의 "사랑은 토성의 띠처럼 신비롭다. 사랑은 투명한 단체사진 속에서 한 사람을 발견하여 내 영혼의 벽 위에 그 사람의 사진액자를 못 박아 걸어놓는 것"이라는 표현이 떠올랐는데, 내게 있어선 이 구절보다 사랑을 더 잘 표현한 말을 아직까진 만나지 못했다.

LTE, 5G, 빅 데이터, 사물인터넷인 IoT, 알고리즘을 이용한 알파고 같은 인공지능(AI), 자율주행 등등 현기증이 날 정도로 스마트해지고 있는 4차 산업혁명 시대인 디지털혁명 시대에 사람들은 더 쉽게 만나고 더 쉽게 헤어진다. 그리고 쉽게 잊는다. 아니 아예 만남 자체를 거부하는 젊은이들도 많다고 한다. 그래서 접촉이 아닌 접속(오히려 log in에서 편안함을 느끼는)의 시대라고도 한다.

그러나 난 쉽게 잊지 못한다. 심지어 대학생이었을 때 DJ가 있는 음악다방에서 갖고 왔던 신청곡 적는 리퀘스트 메모지나 성냥갑들, 그때 친구들과 주고받았던 편지들도 보관하고 있다. 다만 K가 보내준 편지와 사진을 비롯하여 K와 연관된 것들은 헤어지고 난 후 다 불태워 버렸다. 그즈음 너무 아팠고 너무 슬펐기 때문에 K가 떠오르는 건 울면서 다 태워 버렸다. 지금에 와서야 왜 태웠을까 하고 후회도 되고 아깝기도 하고,

이럴 줄(이런 글을 쓰게 되리라는 것을) 알았으면 안 태웠을 건데. 내 젊은 날의 역사 중 가장 빛났고 아름다웠던 시절의, 말로는 이루 표현할 수 없는 귀중한 기록들을 분서갱유 해버린 것이다.

음악다방에서 K와 친구들과 함께 들었던, 지금은 꼭 '7080'이란 네 자리 숫자가 따라다니는 가요들과 팝송들은 지금도 유튜브를 통해 듣고 있다.

감명 깊게 읽은 책은 몇 번이고 자꾸 읽는데, 지금도 간직하고 있는 책들 중엔 내가 대학에 입학하자마자 구입한 전혜린의 일기에세이인 『그리고 아무 말도 하지 않았다』와 홍성사에서 출간한 에리히 프롬의 『소유냐 존재냐』, 그 유명한 『희랍인 조르바』의 작가인 니코스 카잔차키스의 『영혼으로 서러라』, 인도의 명상철학자인 오쇼 라즈니쉬의 『삶 사랑 웃음 그리고 빛』, 지두 크리슈나무르티의 『자유 속으로 날다』 등등의 책들은 삼십 몇 년간을 지금도 내 서재 책장에 꽂혀 있다. 전혜린의 책이나 지금 정리하고 있는 일기장 중 맨 첫 권은 어언 36년 동안이나 나와 동거 중이다.

또한 짧지만 따스한 문자메시지 몇 줄이나, 별거 아닌 것 같아도 사려 깊은 친절함이 묻어나는 몇 마디 말이나, 상대를 먼저 생각하고 배려하는 태도나 행동에서 내면의 아름다움을 느낄 때 덤으로 따라오는 감동과 고마움을 사랑해서인지, 미국의 시인이자 에세이스트였던 로버트 블라이의 짧지만 여운은 길게 남기는 일본의 하이쿠 같은 「사랑에 관한 시」를 참 좋아한다.

Love Poem (사랑에 관한 시)
— 로버트 블라이(Robert Bly) —

When we are in love, we love the grass,

And the barns, and the lightpoles,

And the small main streets abandoned all night.

사랑을 하게 되면 우리는 풀을 사랑하게 된다.

그리고 헛간도, 가로등도,

그리고 밤새 인적 끊긴 작은 길들도.

언젠가 어떤 여성지를 읽다가 창을 하시는 무형문화재이자 이름난 소리꾼을 인터뷰한 내용이 눈에 들어왔다. "…평생 소리에만 빠져 흰 속치마 뜯어 와이셔츠 만들어 주고 싶은 남자 하나 못 만난 게 내 인생에 있어서 제일 큰 한이여….''라는 글을 읽고 뭔가 가슴에 찌릿하게 와 닿았는데, 문득 사이먼 앤 가펑클의 노래 중 〈Scarborough Fair(스카브로우의 추억)〉가 떠올랐다.

Are you going to Scarborough Fair

Remember me to one who lives there

She once was a true love of mine

Tell her to make a cambric shirt

Without no seams nor needle work

Then she'll be a true love of mine

스카브로우 시장으로 가거든

그곳에 살고 있는 사람 중 한 여인에게 내 안부를 전해 주세요.

그녀는 전에 내가 진정 사랑했던 사람이라고.

질 좋은 케임브릭 셔츠를 만들어 달라고 그녀에게 전해 주세요.

그 옷을 만드는 데는 솔기도 필요 없고 자수도 필요 없어요.

그때가 되면 그녀는 내 진실한 사랑이 될 거예요.

창을 하는 소리꾼 여인이 진정 사랑하는 남자를 만나게 되면 밤새 그를 떠올리며 자신의 흰 속치마 뜯어 한 땀 한 땀 정성껏 손바느질해서 만들어 주고 싶다는 와이셔츠든, 포목점에서 골라온 푸른색 마직 원단의 케임브릭 셔츠든, 그의 옷을 만드는 시간은 입가에 잔잔한 미소가 떠나지 않을 것 같다. 밤을 꼴딱 새우면서도 별로 피곤하지도 않겠지.

난 그에게 정성껏 밥을 짓고 반찬을 만들어서 식사를 차려주고 싶다. 내가 맛있는 음식 먹는 걸 너무 좋아하다 보니 요리하는 것도 좋아해서인지, 주위 친한 사람들에게 음식을 해 먹이는 걸 무척 좋아하기 때문이다. 안 그래도 이번에 책을 내게 되었다니까 나를 잘 아는 지인들은 한결같이 '요리책' 내느냐는 말부터 할 정도였으니까. 나에게 있어서 사랑이란 말로 하는 사랑은 사랑이 아니고, 중노동의 사랑이 아니면 사랑이 아닌 것이다.

권번기생 출신으로 제3공화국 시절 요정정치의 산실이었던 전 대원각 주인이었지만, 법정스님의 『무소유』를 읽고 그 당시 시가로도 천억 원대(지금은 1조 원대)였던 대원각을 통째로 시주해서 지금은 길상사로 만든 통 큰 여인이 있었다. 이 굉장한 여인의 본명은 김영한이고, 천재시인 백석(1912~1996)과의 사랑으로도 유명한데, 그가 지어준 '자야'란 애칭과 법정스님이 지어준 법명이 '길상화'여서 절 이름이 '길상사'가 되었다고 한다.

그녀는 "천억 재산이 어찌 백석의 시 한 줄에 비할 수 있으랴."는 말로 백석과 자신의 이루지 못한 사랑이야기를 전했다고 한다. 성북동 길상사 내 공덕비 안내문에는 길상화 보살 김영한(1916~1999)의 간략한 일대기와 백석의 시 「나와 나타샤와 흰 당나귀」가 비문처럼 새겨져 있다고.

가난한 내가 아름다운 나타샤를 사랑해서 오늘밤은 푹푹 눈이 나린다.

나타샤를 사랑은 하고 눈은 푹푹 날리고 나는 혼자 쓸쓸히 앉아 소주를 마신다.

소주를 마시며 생각한다.

나타샤와 나는 눈이 푹푹 쌓이는 밤 흰 당나귀 타고 산골로 가자.

출출이(뱁새) 우는 깊은 산골로 가 마가리(오두막)에 살자.

눈은 푹푹 나리고 나는 나타샤를 생각하고.

나타샤가 아니 올 리 없다.

언제 벌써 내 속에 고조곤히(고요히) 와 이야기한다.

산골로 가는 것은 세상한테 지는 것이 아니다.

세상 같은 건 더러워 버리는 것이다.

눈은 푹푹 나리고 아름다운 나타샤는 나를 사랑하고

어데서 흰 당나귀도 오늘밤이 좋아서 응앙응앙 울을 것이다.

법정스님의 표현대로라면 이 두 사람은 시절인연에 의한 혼과 혼이 부딪친 진정한 영혼의 교감이 있는 만남을 가진, 사뭇 세상 드물게 아름다운 사랑을 한 세기적 연인들인 것이다. 요즘은 소울메이트soulmate(영혼의 짝)라는 말을 흔하게 쓰고 있지만 쉽게 헤어지고 쉽게 잊는 연인들에게도 쓸 수 있는 어휘는 아니라고 본다.

생애 중 비록 3년밖에 만나지 못했지만 영한은 평생에 걸쳐 백석을 잊지 못하고 죽는 날까지 그를 그리워하면서도 자신이 처해진 환경에서 불꽃처럼 열정적으로 살았던 백석의 진정한 소울메이트였다. 북에서 생을 마친 백석에겐 남겨진 기록이 없어 알 수는 없지만 그도 평생의 소울메이트인 그녀를 잊지 못하고 죽는 순간까지 그리워했으리라.

V

그날, 1982년 9월 24일 금요일, K를 처음 봤을 때의 모습이 지금도 선명하게 떠오른다, 마치 어제 만났었던 것처럼.

이런 느낌을 철학자 강신주 박사는 '영원한 현재Eternal present'
라고 명명했다. 내 경험으로는 나의 진정한 소울메이트를 만났
을 땐 그와 보내는 순간순간이 바로 영원임⋯⋯ 영원이 있다
면 지금 이 순간이 영원이라는 것을 직감적으로 느끼게 된다고
나 할까. 영화 〈대부God father〉의 주제가인 〈Speak softly love〉
의 가사가 그때의 떨리던 내 심정을 대신 잘 말해준다.

K와의 첫 만남을 두 문장으로 축약하자면 다음과 같다.

"I feel your words, the tender trembling moments start.
My life is yours and all because you came into my world
with love so softly love."(그의 말들이 가슴 깊이 와 닿고 가슴 떨리는 순
간들이 시작되었죠. 당신이 나의 세상에 사랑으로 부드럽게 스며들었기에⋯.)

고등학생같이 왠지 어색하게 담배를 피우고 있던 미소년, 베
이지와 브라운이 섞인 체크무늬 셔츠에 청바지 그리고 하얀색
운동화를 신고 있었고 간간이 웃을 땐 눈이 안 보이는 반달눈이
됐었지.

그날부터 나의 사랑은 시작됐고 숨 쉴 때마다 그를 생각했다.

영국의 3인조 록밴드인 The Police의 "Every breath you
take every move you make ~~~ every step you take I'
ll be watching you(당신의 숨결마다, 당신의 행동 하나하나마다~~~ 당신
의 걸음걸음마다 난 지켜볼 것이다)."라는 노랫말처럼 극심한 가슴앓이
를 하면서 거의 3개월이 지난 어느 날, 그날도 1982년 12월 3

일 금요일이었는데 이날도 같은 버스를 타고 제일 뒷자리에 그
것도 서로 옆자리에 앉아 있었으면서도 그날따라 서로 단 한마
디 말도 하지 않고(같은 써클이니까 평소엔 말은 하고 지냈는데) K는 왼쪽
창가, 난 오른쪽 창가를 뚫어져라 바라보면서 가고 있었다.

나는 모교인 경남여고가 있는 부산진역에서 내려서 다른 버
스로 갈아타야 했고, 그는 초읍까지 쭉 가면 되는 버스였는데,
아무래도 내가 그날 미쳐버렸는지 갑자기 K 보고 "야, 지금 내
려."라고 말했다. 심장이 쿵쾅쿵쾅 뛰고 있었는데 그걸 안 들키
려고 오히려 말을 명령조로 시건방지게 했더니 K는 너무 황당
하기도 하고 기가 찬다는 표정으로 "여기에서 내리면 안 되는
데…… 그런데 왜……."라고 물었다.

시간도 없는 데다 난 더 당황스러워져서 "내리라면 그냥 내
려."라고 화난 듯한 말투로 말해 버리고는 둘 다 경황없이 내
렸다.

내리자마자 내가 "지금 배가 너무 고파서 너랑 빵 같이 먹고
싶어서. 오늘은 내가 살게. 다음엔 네가 사."라고 했더니 K가
너무 어이없다는 표정을 지으며 갑자기 푸하하하하 큰 웃음을
터뜨리는 게 아닌가. 요즘 말로 하자면 내가 K를 멘붕이 올 정
도로 깜놀시킨 것이다.

수정시장을 지나 경남여고 정문 바로 옆에 있는 오복당 빵집
에 들어가자마자 우유랑 빵 몇 가지를 시켜놓고 내가 단도직입

적으로 말했다. 친구로서 나랑 한번 사귀어 보는 게 어떻겠냐고. 그랬더니 잠시도 주저하지 않고 싫다는 것이었다.

난 순간 머릿속이 하얘지고 간이 철렁 내려앉았는데(이 난관을 어떻게 돌파해야 하나 하고), K가 갑자기 한다는 말이 그냥 친구로는 싫고 여자 친구로 사귀고 싶다 해서 나 또한 하하하하하 웃음이 터져 나왔다. 처음엔 내가 K를 어리둥절 놀라게 만들었고 K는 내가 자기를 놀라게 한 보복으로 나를 놀라게 만든 것이었다. K 또한 만만치 않은 남학생이었다.

지금 시대야 여자가 남자에게 먼저 사귀자고 대시하는 경우가 그다지 드문 일이 아니겠지만 그 시절엔 여학생이 남학생에게 먼저 사귀자고 말하는 경우는 아주 드문 케이스였다.

이렇게 해서 K와의 본격적인 사귐이 시작되었다.

K가 군복무 중일 땐 부산에서 가까운 김해 공병대에 있었기 때문에 난 절친 선수랑 이것저것 맛있는 거 싸가지고 소풍가듯이 면회 가곤 했었다.

우리는 1982년 스무 살에 만나 한 번 헤어졌다. 우연히 다시 만나게 된 기적 같은 인연으로 88년 서울올림픽이 끝난 다음해인 89년 9월에 내가 미국 뉴욕으로 떠나기 전까지 만났었다.

K가 군에 입대하기 전 2학년 때 일이다. 2학년 1학기 봄에 남학생들은 일주일 정도 군 체험을 해야 하는 병영훈련이란 것이 있어서 단체로 훈련을 갔었다. 그때는 김태정의 〈백지로 보

낸 편지〉란 노래가 대히트였던 땐데 여학생들은 장난기가 발동해서 진짜로 편지지에 한 자도 안 쓴 백지를 고이 접어 보내기도 했었다.

훈련 마치고 오는 날 K를 또 놀라게 하고 싶어서 나는 부산역에 혼자 나가선 카페에 혼자 앉아 있다가(K가 도착하는 날과 부산역에서 내린다는 사전정보만 갖고 있었음) 커피를 마시면서 별의별 궁리를 다 짜며 창밖을 힐끔힐끔 쳐다보기도 하고 계속 기다렸다. 저녁 때쯤 정식 군인은 아니지만 군복 입은 남자들이 와글거리며 부산역 광장에 내리더니 순식간에 사라져 버렸다. 나가서 조교같이 보이는 사람한테 다들 해산했느냐고 물어봤더니 지금은 다들 중국집으로 가서 저녁 먹고 해산한다기에 어느 중국집에 갔냐고 다시 물었더니, 여러 군데로 갔을 것이라서 그것까지는 자기도 모른다는 것이었다.

그래서 난 또 도박하는 심정으로 몇 군데 가보자 하고 맨 먼저 부산역 맞은편 카페와 학원이 밀집돼 있는 골목으로 들어갔다. 그런데 중국집이 어찌나 많던지 그중에서 한 군데를 시험 칠 때 겐또 찍듯이 딱 들어갔더니 세상에 웬 남학생들이 그리 바글거리던지, 그들 중 한 명 보고 기계공학과 2학년 K의 이름을 말하면서 좀 찾아 달랬더니 몇 분 뒤 진짜로 K가 나타나서 둘 다 기절할 정도로 놀랐던 일이 어제 일처럼 생생하다. 어떻게 이 많은 중국집 중에서 그것도 단 한 번에 찾아왔느냐며 K와 친구들이 너무나 미스터리한 눈빛으로 날 쳐다봤던 것이다.

K의 친구들이 K 냄새 맡고 이까지 찾아왔냐면서 "니 여자친구 대단한 후각을 가졌다."며 날 놀렸던 기억이 난다.

너무 놀라워하던 K에게 "난 네가 우주의 끝 간 데까지 가 있어도 거기까지 가서 널 찾아내고야 말거야. (그러니 어디 딴 데 가려는 꿈은 아예 꾸지도 말라는 경고 내지는 협박)"라고 말했다. 그것도 사랑의 힘이라면 힘일까. 사랑의 힘은 위대하고 기적도 일어나게 할 수 있으니까.

사실 나는 그날 아침부터 수업이 문과대 학술발표회 때문에 다 종강이 돼서 부산역으로 일찌감치 10시부터 와선 DJ가 있는 음악다방에 자리 잡고, 그들이 도착할 시간인 저녁 7시까지 노래신청도 하면서 무려 장장 9시간이나 개겼던 것이다. 그런데도 하나도 지겹지 않았고 배도 고프지 않아서 커피랑 물만 계속 마셔댔는데도 누구 하나 눈치 주는 사람이 없고 해서 음악신청도 하고 책도 읽고 K를 생각하며 길고 긴 편지까지 썼는데 어찌나 시간이 후딱 지나가던지. 노래는 임수정의 〈무작정 그대가 좋아요〉와 팝송으론 〈Nothing's gonna change my love for you〉, 〈I will be waiting for you〉를 DJ오빠에게 몇 번이나 신청했다. 그날따라 손님이 별로 없어서 계속 내가 신청한 LP판을 틀어주어 얼마나 좋았는지 모른다. 그날도 정말 내 인생이란 책의 잊을 수 없는 한 페이지다.

VI

　K와 시영, 종일(이 세 명은 기계공학과 공돌이들로서 절친), 선수와 나 이렇게 우리 다섯 명은 PTP써클에서 만나 캠퍼스에서도 친하게 지냈고 캠퍼스 밖에서도 종종 만나곤 했었는데, 이 세 명이 군에 가 있을 때에도 우린 종종 편지를 주고받는 그런 좋은 친구 사이였다.

　아마도 1983년 2월 어느 날 남포동 부산극장에서 우리 다섯 명은 〈사관과 신사An officer and a gentleman〉를 함께 봤다. 쉴 새 없이 팝콘을 먹으면서 또한 선수와 나는 쉴 새 없이 소곤거리며 영화엔 거의 집중하지 못했는데, 주제가인 〈Up where we belong〉만은 젊은 우리들 가슴 깊이 와 닿아 청아한 종소리처럼 울려 퍼지고 있었다. 35년이 지난 지금까지도….

Who knows what tomorrow brings in a world few hearts survive?

All I know is the way I feel.

When it's real, I keep it alive.

The road is long. There are mountains in our way.

But we climb a step every day.

따뜻한 마음들을 찾아볼 수 없는 이 세상에서 내일 무슨 일이 생길지 누가 알까요?

제가 아는 건 제가 느끼는 것뿐이에요.

진짜라고 생각될 땐 지키려고 하죠.

갈 길은 멀어요. 우리 앞에 산들도 놓여 있죠.

하지만 매일 한 발자국씩 오르는 거예요.

Love lift us up where we belong where the eagles cry on a mountain high.

Love lift us up where we belong far from the world we know up where the clear winds blow.

Some hang on to "used-to-be" live their lives, looking behind.

All we have is here and now.

All our life, out there to find. The road is long.

There are mountains in our way. But we climb a step every day.

사랑은 우리가 가야 할 곳으로 데려가죠, 높은 산 위에 독수리들이 울부짖는 곳으로요.

사랑은 우리가 가야 할 곳으로 데려가죠, 우리가 알고 있는 세상으로부터 멀리 떨어진 시원한 바람이 부는 곳으로요.

어떤 사람들은 과거에 집착하죠, 뒤를 돌아보며 삶을 낭비하죠.

우리가 가진 전부는 바로 지금 여기에 있어요.

찾아야 할 우리의 모든 인생이 그곳에 있죠. 갈 길은 멀어요.

우리 앞엔 산들도 놓여 있죠. 하지만 매일 한 발자국씩 오르는 거예요.

Love lift us up where we belong where the eagles cry on a mountain high.

Love lift us up where we belong far from the world we know up where the clear winds blow.

사랑은 우리가 가야 할 곳으로 데려가죠, 높은 산 위에 독수리들이 울부짖는 곳으로요.

사랑은 우리가 가야 할 곳으로 데려가죠, 우리가 알고 있는 세상으로부터 멀리 떨어진 시원한 바람이 부는 곳으로요.

Time goes by. No time to cry.

Life's you and I alive, today.

세월은 흘러가요. 울고 있을 시간이 없어요.

인생은 당신과 제가 살고 있는 오늘이에요.

Love lift us up where we belong where the eagles cry on a mountain high.

Love lift us up where we belong far from the world we know up where the clear winds blow.

사랑은 우리가 가야 할 곳으로 데려가죠, 높은 산 위에 독수리들이 울부짖는 곳으로요.

사랑은 우리가 가야 할 곳으로 데려가죠, 우리가 알고 있는
세상으로부터 멀리 떨어진 시원한 바람이 부는 곳으로요.

나의 버킷리스트 중 하나는 만약에 만약에 K를 비롯하여 시
영, 종일, 선수까지 우리 다섯 명이 다시 만나게 된다면 해운대
신세계센텀 내에 있는 프리미엄 영화관을 전세 내어 〈사관과
신사〉 영화를 보면서 그때 그날처럼 팝콘이랑 버터오다리랑 콜
라를 마시면서 깔깔깔 맘껏 웃어대며 선수랑 난 그때처럼 영화
엔 집중하지도 않고 마냥 소곤거리면서 수다를 떠는 것이다.

하느님은 이 소원을 들어주실까? 소박하다면 소박하고 소박
하지 않다면 소박하지 않은 이 소원을….

앙리 마티스 〈음악〉

Part 1.

첫
사
랑
의

강

1
9
8
2
년

1982. 8. 20 (금)

"항구에 정박한 배는 이미 배가 아니다."라는 니체의 말이 항구에 닻을 내린 배는 무엇보다도 안전하겠지만 진정한 '배'로서의 의미를 상실했다는 뜻인 것처럼 난 나의 젊음을 안일하게, 아무런 목적도 없이 표류하듯 어영부영 허송세월로 보내기보다는 굉장히 고생되고 힘들고 위험하더라도 내가 스스로 개척할 미지의 세계를 향하여 거침없이 항해해 나갈 작정이다.

여기에 여자라고 해서 남자보다 못할 것은 없다고 생각한다. 여자나 남자나 어떠한 일이든 그 일을 시작할 때의 과감한 용기와 부단한 노력 여하에 따라서 일의 성패가 달려 있다고 생각한다.

하여튼 내가 꼭 도달하고픈 목적지까지 아무리 거센 폭우가 몰아쳐도 기어이 끝까지 헤쳐 나갈 작정이다.

오늘 나로서는 더군다나 스무살이 되어서 첫 일기를 쓴 역사적인 날인데 내가 좋아하는 니체의 말로 시작해서 니체의 말로 끝을 맺으려고 한다.

"모든 것의 시작은 위험하다. 그러나 무엇을 막론하고, 시작하지 않으면 아무 것도 시작되지 않는다."
— 프리드리히 빌헬름 니체, 『인간적인 너무나 인간적인』

1982. 8. 21 (토)

　요즘 날씨는 어찌나 변덕스러운지 해가 떴다가는 어느새 비가 내리고 또 흐렸다가도 금새 햇볕이 쨍쨍거리는 정말 감을 잡을 수 없을 정도로 짜증나는 날씨이다.

　오후에 이상한 예감이 들어 편지꽂이에 가보니 누런 봉투가 꽂혀 있지 않은가!

　대학에 들어와서 처음 받아보는 성적통지표였다. 대강은 내 성적에 관해 알고는 있었으나 막상 받아서 전과목을 훑어보니 실망이 이만저만이 아니었다. 한참 동안이나 학점표를 뚫어지게 쳐다보고는 애꿎은 교수님 원망만 잔뜩 했다.

　지나간 1학기를 돌이켜 보니까 대학에 처음 들어와서 고등학교 시절 생활과는 너무나도 이질적인 대학생활에 적응을 못하여 늘 친구들과 캠퍼스를 방황했고 공부는 할 생각조차 안 한 것 치곤 잘한 것 같다.

　그러나 요번 2학기부턴 뭔가 달라지리라는 새로운 결심으로 학생이니만큼 공부를 주축으로 해서 써클을 비롯하여 다각도로 펼쳐진 대학생활을 보다 알차게 보다 다양하게 보낼 작정이다.

1982. 8. 22 (일)

아침에 몸이 섬찟해서 눈이 떠졌다. 어느새 가을은 슬며시 내 방속으로 기어 들어와 잠자는 나를 깨우고 있지 않은가. 하긴 내일이 모기입도 삐뚤어진다는 처서다.

이제 개학도 며칠 안남았다. 차라리 학교에 가서 보고 싶은 얼굴, 보고싶지 않은 얼굴 할 것 없이 두루두루 만나서 정겨운 눈인사라도 나누고 싶다.

왠지 자꾸 공부가 하고 싶은 의욕이 생긴다. 부디 이런 마음이 오래 지속된다면 좋으련만……

오늘은 아무데도 안나가고 종일 영어 토플책하고만 씨름했는데 생각보다 안지겹고 페이지가 잘 넘겨졌다.

이런 식으로만 꾸준히 공부한다면 올 가을에는 토플시험을 한번 치러볼 작정이다.

오귀스트 르느와르 〈책 읽는 여인〉

1982. 8. 23 (월)

　약속도 안하고 무작정 친구들 만나러 학교에 갔다. 비는 질척질척 거리며 내리는데 빈 강의실과 빈 벤치를 이 잡듯이 뒤져도 끝내 한명도 안보였다. 학교는 등록기간이어서 그런지 북적북적 거리는게 자갈치시장 같았다.

　결국 한명도 못찾고 영숙이 등산용 버너 갖다 주기로 약속해서 다시 시내에 나가서 커피만 한잔 마시고 집에 오니 막 경미한테서 전화가 와서 받아보니 그때 시간이 8시 30분이었는데 거기가 수정동 오빠집 근처인데 내보고 직접적으로 나오란 말은 못하고 오빠집 좀 가르쳐 달라고 한다.

　밤늦게 나간다고 엄마한테 잔소리잔소리 융단폭격 맞고는 피곤한 심신으로 그까지 갔더니 원식이 하고 경미가 맥이 축 빠져서 있는 게 아닌가. 원식이 시켜 오빠 좀 나오랬더니 아직도 안 들어 왔다고 한다.

　경미는 오늘 하루종일 아무것도 못먹어서 휘청거리며 거의 쓰러질려고 했다. 옆에서 보는 나도 쓰러질 것 같다. 어찌나 안 쓰러운지……

　경미는 아직도 오빠를 체념하지 못하고 미련에서 못벗어나고 있다. 내가 볼땐 오빠는 경미가 재수하고 있으니까 공부에만 집중해라고 더 안 만나 주는 것 같은데 이 미련곰탱이는 아무리 내가 옆에서 힌트를 줘도 오빠한테 심하게 집착한다.

니가 너무 그러니까 오빠가 니를 더 피할려고 한다는 말이 목 끝까지 차올랐는데도 너무 충격 받을까봐 겨우 참았다.

1982. 8. 24 (화)

오후에 영어공부 하고 있는데 경미한테서 전화가 왔다.

수화기를 통한 경미의 음성은 거의 흐느끼는듯 했다. 거기가 〈비원〉이라는 칵테일하우스인데 좀 취한 목소리로 지 친구들하고 같이 있다고 한다. 어찌나 기가 막히던지 말문이 다 막혔다.

내가 당장 거기로 간다니까 지금 일어날 거라면서 지가 우리집으로 온다고 했다.

그런데 세상에 밤 9시가 다돼서 우리집에 왔다. 속이 부글부글 끓었지만 꾹 참았다.

아침 10시쯤 오빠집에 전화를 걸었는데 오빠 어머니가 받아서 심한 말을 들었다고 한다.

경미와 오빠와의 관계...... 옆에서 보기에 경미가 너무 애처롭다. 여자로서의 모든 자존심을 내팽개친채......

경미는 지금 재수생이다. 그것도 예시를 99일 앞둔......

그런데 지금 이 중요한 시점에 공부가 도통 안 된다고 한다.

지금 이 상태에서 되도록이면 빨리 경미의 마음을 진정시켜 공부에만 전념하게 할 좋은 방법이 없을런지.

그런데 무엇보다도 오빠를 만나는 게 급선무일 것 같다.

1982. 8. 25 (수)

아침 일찍이 경미가 집에 왔다. 오빠를 만나기 위한 최후의 수단으로 부산대 도서관에 가 보자는 것이다.

샅샅이 뒤졌지만 결국 오빠는 못만나고 오빠 친구를 만났는데 경미가 그동안의 일에 대해 솔직하게 다 털어 놓았더니 단 한살 차이밖에 안나는데도 경미 마음을 헤아려 주면서 자신이 생각하는 바를 사려 깊게 말해 주었다. 내보고 경미 공부 좀 하게 유도 잘해봐라고 한마디 곁들인다.

오빠가 한마디 한마디 하는 게 가슴에 어찌나 와닿던지 반할 정도로 멋있었다. 내가 보기엔 상현이 오빠 친구가 상현이 오빠보다 생각하는 것도 그렇고 훨씬 더 멋져 보였다.

물론 외모만 보면 상현이 오빠가 키도 크고 여자 마음 홀리게 하는 캔디 만화의 테리우스처럼 생겨 비교불가지만. 나도 외모는 아예 안 보겠단건 아니지만 어느 정도, 보통 수준~~~상현 오빠친구 정도???~~~만 돼도 되고 대화하면서 잘 통하는 사람이 가장 중요하다고 보는데 경미는 너무 외모지향적이라. 아마도 상현이 오빠 좋다고 난리치는 여자애들이 한두명이 아닐 거라서 혹여 오빠랑 잘돼서 계속 사귀게 되거나 설령 결혼까지 골인하게 되더라도 여자문제 때문에 계속 마음고생 하고 살아야 될건데...... 아휴 저 철딱서니 없는 것을 어떡해야 하나.

집에 오니 오늘 우리집에서 반상회 한다고 어디 잔치집 같다.

엄마가 부침개랑 잡채도 해놓으시고 과일, 음료수 등을 준비해 놓으셨는데 나도 엄마를 도와서 상도 차리고 일일이 접대도 하고 설거지하고 다 치우고 나니까 저녁 9시.

엄마하고 내하고 부랴부랴 절로 직행했다.

오늘이 음력으로 7월 7일, 칠월칠석으로 견우와 직녀 만나는 날이라고 한다.

나는 절은 안하고 싶었는데 엄마가 절하라고 자꾸 시켜서 억지로 했지만 하고 나니 왠지 좋은 기분이 들었다. 오늘이 칠월칠석이라 부처님께 절을 7번하면 소원을 들어준다 해서 절할 때마다 부모님 몸건강하시기를 빌고 경미와 오빠가 견우와 직녀처럼 꼭 다시 만나서 잘될 수 있길, 그리고 겨울이 오기 전에 아침에 만났던 상현이 오빠친구처럼 상대방을 배려해줄 줄 아는 따뜻한 마음과 사려도 깊어 대화도 잘 통하는 영혼의 동반자 같은 남자친구를 만날 수 있게 해달라고 빌었다.

1982. 8. 26 (목)

〈청향〉 모임에 갔다. 저번주에는 여학생은 한명도 안나오고 남학생 12명만 와서 바로 당구장으로 직행했다고 한다. 이번주에는 남학생은 몇명 안나오고 여학생이 훨씬 많이 나왔는데 저번주처럼 집회는 안하고 밖으로 나와 우리들의 아지트인 아리아다방에 모여 커피 마시면서 이런저런 이야기로 웃음꽃을 만발하게 피웠다.

밖엔 바람이 심하게 부는것 같다. 항상 이맘때쯤이면 어김없이 찾아오는 불청객 태풍인가 보다. 창밖으로 보이는 나무의 율동이 굉장히 리드미컬하다. 지금 시각은 어느새 0시 50분.

라디오에선 별밤 2부 마지막 곡으로 플라시도 도밍고와 존덴버 듀엣의 'perhaps love'가 흘러 나오고 있다. 오늘 밤따라 ~ 태풍이 몰아쳐서 그런지 ~ 이 노래가 더 절절히 가슴에 와 닿는다.

......perhaps love, love is shelter from the storm ......

......아마도 사랑은, 폭풍우로 부터 보호해주는 성벽......

축축한 머리를 마저 말리고 내일을 위해 이제 그만 자야겠다.

바깥이 그러니까 내방이 더 포근하고 아늑하게 느껴진다.

내게 있어서 아마도 사랑은 따뜻하고 푹신한 이불.

내 영혼이 추울때 날 따스하게 덮어주는 목화솜이불처럼 따뜻한 남자를 만났으면 좋겠다고 생각하면서 이불 속으로 스르르 미끄러져 들어갔다.

1982. 8. 27 (금)

학교에 가서 2학기 수강신청 하고 왔다. 126 강의실에 모였는데 거의 다 온 것 같았다.

반가워서 그런지 서로들 눈웃음을 지었다.

남학생들은 방학 전과 마찬가지인 것 같은데 여학생들은 파마를 한 애들이 많았다.

그래서 그런지 한결 성숙하게들 보였다.

정여, 봉애, 미희, 명숙 그리고 나 이렇게 우리 다섯 명이 우리과 남학생들 사이엔 '악당'이라 하면 통한다고 한다.

우리 다섯 명은 죽으나 사나 항상 떼를 지어 다니는데 그래서 그렇게 부르는지 우리가 무슨 나쁜 짓을 저질렀다고 그렇게 부르는지. 그런데 우리 다섯 명 중에서 한 명이라도 빠지면 서운하고 허전하고 재미가 없다. 그만큼 서로에게 끈끈한 정이 들었나보다. 하긴 매일 같이 해만 뜨면 만나서 해가 질 때까지 몰려 다니니까.

1982. 8. 28 (토)

아침밥 먹자 마자 학교에 등록하러 갔다. 등록금은 자그만치 50만 8천원. 또 오빠하고 둘이 합치면 110만원 가량 되는데 우리 같은 서민가정엔 결코 적은 액수는 아닌 것이다.

이 돈을 구하려고 부모님께서 꽤 고생을 하신 것 같았다. 정말 죄송한 마음 금할 길 없다.

공부 열심히 해야겠다는 생각이 절로 들었다.

등록 마치고 곧장 부여대로 향했다. 거기서 영숙, 옥순이 만나서 이야기 좀 하다가 남포동으로 출발했다. 5시에 우리들의 아지트 〈365일〉에서 청향 1학년 회원들 그러니까 15기들 모여서 ~ 오늘 부여대 가서 옥순이 친구 4명, 영숙이 친구 1명 도합 5명이나 영입시킴~ 입회원서 쓰게 하고 우리 싸클에 대해서 이런 저런 얘기 (특히 남학생들이나 선배들에 대한 정보를 상세히 알려줌 ~~~~~큭큭큭) 해주고 나왔다.

난 아무래도 영업담당이나 카운셀링상담 쪽이 딱 내 체질인 것 같다. 내가 설득력이 뛰어나서인지 어째서인지 뭔 말을 하면 사람들이 잘 넘어오고 사람들의 마음을 끌어당기는 힘이 크단다. 이런 사람들이 잘 못 풀려서 마음 한번 잘 못 먹으면 사기꾼 될 확률이 높겠지.

어릴 때부터 아버지랑 엄마랑 부부싸움 할 때마다 내가 중간에 끼어들어 아버지한테 몇마디 말씀드리면 "화가 머리 끝까지 났다가도 이상하게 니가 하는 말을 들으면 화가 눈녹듯 사라지고 엄마랑 빨리 화해하게 한다면서 참 희한하다."고 하셨다.

그리고 우리 과의 연애 상담은 내가 제일 많이 해 주고 있을 거다.

비록 직접 경험은 없어도 경미나 그외 다른 사귀는 친구들을 통한 풍부한 간접경험과 다양한 독서를 통해 쌓아온 내공으로 여학생, 남학생 막론하고 싸우고 말하기가 껄끄롭다거나 진짜 마음을 모르겠다, 계속 사겨야 할지 돌아서야 할지 등등 내한테 와서 벼라별 말을 다하는데 가끔씩 내가 본 것처럼 거의 신끼 있는 반무당처럼 콕 찝어 얘기해준다고 놀래는 얘들도 있다.

집에 오니 경미한테서 막 전화가 왔다. 다짜고짜로 한다는 말이 대학을 안가겠다는 것이다.

지금 이 상태로 공부할 기분도 안나고 자신이 없다는 것이다.

늦다고 생각할 때가 가장 빠른 때이니까 지금부터 해도 늦지 않으니 일단은 시험을 치르고 난 뒤 그 결과를 보고 그때 가서 결정하라고 몇번이고 타일렀다.

대학에 안 들어왔다고 해서 후회 안 할 자신이 있으면 공부하지 마라고 했다.

1982. 8. 29 (일)

아침부터 엄마랑 대청소하고 난뒤 같이 목욕탕 다녀와선 집도 몸도 어찌나 깨끗하고 개운하던지 누워서 뒹굴뒹굴 거리면서 tv 보다가 잠들어 버렸는데 점심 먹게 일어나란 엄마 목소리에 일어나선 양푼이에 비빈 매운 비빔국수에 달걀국을 마파람에 게눈 감추듯이 먹어치웠다. 엄마보고 이 비빔국수 팔면 사람들 줄서서 먹겠다고 하니까 "니 입에 맛없는 게 있냐."라고. 사실 친구들도 내가 맛있다고 하면 엄마랑 똑같이 심드렁하게 너무 식상하다는듯이 그렇게 말한다.

사실 맛없는 것도 있는데 맛없을때 굳이 맛없다고 내뱉을 필요가 있을까 싶어서 그럴땐 아무 말을 안하고 입 닫고 있다가 맛있을때만 맛있다고 표현하니까 이런 말을 듣는게 아닐까 내 나름대로 분석해 보았다. 그런데 엄마는 손맛이 워낙 뛰어나서 하는 음식 마다 다 맛있어서 너무 과식하게 되니까 살찔까봐 "엄마, 제발 저녁밥 만이라도 맛없게 만들어 주세요!"라고 몇번이나 요청해도 소용이 없다.

요즘 방송 보면 바야흐로 독서의 계절이 다가왔니 어쩌니 하면서 우리 나라 사람들이 책을 안읽어도 안읽어도 너무 안읽는다면서 이웃 일본국민독서량과 비교하면 아예 비교가 안된다고 떠들어대는데 사실 독서의 계절 운운하는게 나로선 이해가 안된다.

옛말에 《일일부독서 구중생형극 一日不讀書 口中生荊棘》이라고 하루라도 책을 읽지 않으면 입안에 가시가 돋는다고 한 말로 미루어 봐서도 독서의 계절이 따로 있는게 아니라, 아니 만약 있다면 일년 내내일 것이다. 그래서 가을은 독서의 계절이니 어쩌니 하는 독서캠페인 자체가 없어져야 한다고 본다. 그만큼 선인들은 책읽기를 생활화했던 모양이다. 물론 옛날에는 tv니 라디오니 하는 오락기기가 없어서 그랬는지 몰라도.

그런데 요즘의 현대인들에겐 《일일부TV 안중생형극一日不TV 眼中生荊棘》이란 고사성어가 적합하리라 본다. 하루 tv를 보지 않으면 눈에 가시가 생긴다. 내같은 경우엔 일단 일일드라마나 주말드라마 할 것 없이 드라마 종류는 별로 안보고 (몇번 보니까 끝날 때마다 사람 애간장 태우게 만들어서 다음 회 꼭 보게 만들려는 얄팍한 속셈으로 사람을 그 드라마의 노예로 만드는거 같아서) 그나마 보는건 단막극 위주로 문학작품을 각색한 tv문학관이나 중고등학교때부터 주말이면 온가족이 다함께 봤던 주말명화극장(주말명화극장이 빠진 주말은 오아시스 없는 사막이나 앙꼬 없는 찐빵처럼 상상할 수가 없음) 그리고 각종 다큐멘터리랑 레몬처럼 상큼하고 팝콘처럼 톡톡 튀는 왕영은과 왠지 어눌해 보이는 송승환과의 진행도 참신한 젊음의 행진 등은 챙겨 보는 편이다.

tv를 바보상자라 폄하하기도 하지만 어떻게 보느냐에 따라 천재상자도 될 수 있다고 생각한다. 사실 독서도 마찬가지라 생각한다. 아무리 책을 많이 읽어도 생각없이 읽기만 한다면 마음의 양식이 되기보다는 지적 허영심이나 채우는 자기만족에 불과해지지 않을까 싶다. 그런데 나도 요즘 들어 예전보단 ~심지어 고3 때도 공부보다 소설책을 끼고 살아서 선생님이나 주위 친구들을 놀랍게 만든 간 큰 학생이었던 내가~ 영 책을 안읽는 거 같아서 이번 가을엔 만사를 제껴놓더라도 책을 읽을 참이다. 이 가을에만 그치는 것이 아니라 독서습관을 완전히 몸에 배이게 만들어서 죽을 때까지 생활의 일부로 만들려고 한다. 사실 친구 중에 내 마음이 침울해질 때 책만큼 나를 가까이에서 위로해주고 의지되고 힘이 돼주는 평생친구는 찾기 힘들 것이다

〈달과 6펜스〉의 작가인 영국의 서머셋 모옴의 이 말이 우리가 왜 독서를 죽을 때까지 해야 하는지를 단적으로 보여주는 명언 중의 명언이라고 생각한다.

"책 읽는 습관을 붙인다는 것은, 인생의 거의 모든 불행으로부터 스스로를 지킬 피난처를 만드는 일이다!"

1982. 8. 30 (월)

우울하고 나른한 오후...... 하늘을 보니 "눈이 부시게 푸르른 날은 그리운 사람을 그리워 하자."라는 서정주 님의 〈푸르른 날〉이란 시가 떠오를 정도로 푸르렀다.

유난히도 에메랄드빛 짙게 드높이 떠있는 하늘을 보고 그만 가을을 느낀 것이다. 하늘은 높고 말은 살찐다고 가을을 보통 천고마비의 계절이라 부르는데 그야말로 높고 푸른 가을 하늘이 펼쳐져 있을 줄이야.

불현듯 시가 쓰고 싶어서 종일 끄적거렸는데 시를 쓴다는 게 이렇게 어려울 줄이야......

고등학교 다닐땐 시에 빠져서 소월 시집이나 김남조, 노천명,

조병화 시집을 비롯하여 외국시인으론 T.S 엘리어트를 비롯하여 윌리엄 워즈워드, 월트 휘트먼, 에밀리 디킨슨 이나 엘리자베스 브라우닝의 시집을 많이 읽고 습작도 가끔씩 했었는데 대학에 들어와서는 시집은 거의 안 읽고 다른 책들은 정말 다양하게 읽고 있는데 글쓰는 건 지금 쓰고 있는 일기가 다.

그런데 그때 쓴 자작시 수첩들, 일기장들, 독서감상문 등 한 박스가 됐는데 올 봄 대학입학식 하기 며칠 전에 대연국민학교, 대연여중, 경남여고를 졸업할 때까지 살았던 대연동 못골시장 옆 주택에서 여기 광안파크맨션으로 이사했는데 그때 엄마가 아파트란 곳으로 처음 이사하시면서 묵은 짐들은 싹 다 버리시고 가구를 비롯하여 모든 걸 다 새로 장만하셨는데 그때 내 여고시절 추억의 박스도 다 쓸려가버린 것이다. 그때 내가 별도로 잘 챙겨놨으면 됐는데 나도 난생 처음 아파트로 이사간다고 밤에도 잠이 안올 정도로 마음이 들떠서 그것들은 안중에도 없었던게 안타깝고 아깝기 그지없지만 어쩔 도리가 없으니 지금 쓰고 있는 일기장부터는 늙어 죽을때까지 잘 간직해야지. 만약 미국이나 외국에 가서 살게 되더라도 나의 분신들을 꼭 데리고 다닐 것이다. 어쩌면 내 영혼의 엑기스라고 해야 하나 어쩌면 내 영혼 그자체인 일기장이 나의 본체이고 이 몸뚱아리야말로 내 영혼이 시키는대로 움직이는 로보트 같은 분신일지 모르겠다는 생각이 언뜻 들었다.

그런데 난 해운대에서 태어나서 해운대 국민학교 3학년 2학기 때 대연동으로 이사해서 다시 대학입학에 맞춰 내가 그토록 좋아하는 바다가 가까이 있어서 바람에 바다내음 물씬나는 광안리 바다 근처로 이사와서 그런지 머나먼 타향살이 하다가 고향에 다시 정착한 느낌.

1982. 8. 31 (화)

가을로 접어드는 마지막 더위가 극성을 부렸다.

낮에 둘다 싱어송라이터인데 서수남과 하청일의 하청일 처럼 작은 키에 빵모자 쓰고 콧수염이 특징인 폴 사이먼과 키 크고 뽀글뽀글 파마머리에 잘생긴 아트 가펑클의 VOL. 2 앨범이 실린 레코드판을 들으면서 노래에 심취해 잡지책은 아무 생각없이 사진이나 그림 있는 페이지만 보고 있었는데 하도 많이 틀어서 그런가 중간 중간 바늘이 튀어 감상을 방해했다.

side A에는 이젠 팝의 클래식이 되버린 Bridge over troubled water를 비롯해 다섯 곡이 실려 있는데 그중에선 '철새는 날아가고'의 El condor pasa와 권투선수The boxer를 좋아하고 side B엔 일곱곡이 실려 있는데 그중에선 졸업의 주제가인 Mrs. Robinson과 America를 좋아하는데 사실 내가 제일 좋아하는 노래 역시 영화 졸업The Graduate의 주제가들인 The sound of silence와 Scarborough Fare가 빠져 있어서 아쉽다. 사이먼과 가펑클의 노래가사 대부분이 철학적이면서도 시적인데 특히 The sound of silence와 Scarborough Fare가 가장 압권인것 같다.

음악에 한참 빠져 있는데 정봉이한테서 전화가 왔다. 거기가 〈365일〉인데 지하고 원식이 하고 호진이랑 셋만 있다면서 재미있는 거 보여 준다고 곧 나오라고 한다. 영화 보여 줄려고 그러냐니까 아니라면서 빨리 나오기나 해라는 것이다.

남자애들 셋이서 무슨 꿍꿍이로 날 불러내는지 감도 안오고 불쾌지수가 너무 높아서 짜증도 나고 만사 귀찮아서 못나간다고 했는데도 자꾸 전화벨이 울리길래 안받아 버렸다.

이것들이 무슨 작당을 벌이고 오늘의 타겟으로 나를 삼았는지……

내일이 개학일인데 설레임과 함께 아쉬움이 감돈다. 얘들 얼굴 볼 생각하니 벌써 반갑고 아침에 늦잠 못잘 생각하면 끔찍하기까지 하다.

하옇튼 요번 2학기에는 1학기 때의 방황을 타산지석으로 삼아 심기일전해서 알차고 멋진 campus life를 즐겨 보리라 다짐해본다.

1982. 9. 1 (수)

드디어 개학을 했다. 캠퍼스는 예전처럼 젊음의 열기로 가득 찼다.

첫날부터 교수님들께서는 어찌나 열성적으로 강의하시던지 감동이었다.

어학연습은 강사님이 바뀌셨는데 새 강사님은 Mr. Scott.

자기 소개를 하는데 미국 미주리 대학 영문학과를 77년도에 졸업했으며 한국에 온지 2년 됐고 올해 27살이며 자기가 총각임을 총각이라는 단어만 한국말로 똑똑하게 '총각'이라고 몇번이나 강조했다. 그리고 가족관계랑 취미나 지금 사는 곳과 그동안 여행 다닌 나라 등등 ~~~~ 우리 실력을 감안해서인지 아주 느리게 또박또박 말해 주어서 난 사실 얼추 다 알아들었는데 다른 애들은 거의 못알아들어서 내가 중간에서 까막귀 애들한테 통역해주랴 혼자 어찌나 바빴는지. 반짝이는 금발에 녹색의 깊은 눈매 그리고 큰 키...... 영화 Love Story에서 하버드생 올리버 역을 맡은 라이언 오닐을 살짝 닮은 것 같다. 난 라이언 오닐도 좋아했지만 아역배우로 출발한 그의 딸인 테이텀 오닐을 더 좋아해서 고등학교 3년 동안 테이텀 오닐, 다이안 레인, 브룩 실즈 세명의 사진을 코팅해서 책받침으로 만들어 썼을 정도다.

난 사실 어릴 때부터 주말의 명화극장을 볼 때마다 크면 꼭 미국 특히 뉴욕으로 가서 살 거라고 꿈 꿨었고 결혼도 한국남자랑 안 하고 금발의 잘생긴 미국인이랑 결혼하고 인형보다 더 인형 같이 생긴 아기를 낳는게 나의 간절한 소원이었는데…… 남들이 비웃든가 말든가 그때는, 특히 중고등학교 땐 나에겐 진짜 절실한 소원이었다.

그때만큼 절실하진 않지만 지금은 한국인이든 외국인이든 국적불문하고 뭣보담도 나랑 대화가 잘 통하고 배려 잘하고 사려 깊은 마음이 따뜻한 남자면 된다. 외모까지 멋지면 금상첨화고.

봉애하고 캠퍼스 벤치에 앉아서 9월의 싱싱한 첫햇살을 받으며 시간 가는 줄 모르고 시와 인생에 관해서 참 많은 이야기를 나누었다. 둘다 시에 대한 문외한이지만 그래도 시에 대한 사랑만은 시인 못잖은 거 같다. 앞으로 남이 쓴 시도 많이 읽고 모방은 창조의 어머니라고 모방을 통한 습작도 틈틈이 하면서 차차 시다운 시, 마음에 쉽게 가시지 않는 여운을 남기는 시를 쓰고픈 게 나의 바램이다. 시, 산문 가릴것 없이 다 아름다워 자주 읽게 되는 김남조 시인의 시 중에서 '시인'이란 시의 서두는…… 수정의 각을 쪼개면서 차차로 이 일에 겁 먹으면서……로 시작되는데 시인은 구도자의 길을 걷듯이 수정 같이 맑은 영혼으로 이 세상을 사랑하는 사람이어야 한단 생각이 들었다.

봉애와의 대화는 항상 깊은 생각을 하게 한다.

1982. 9. 2 (목)

어젯밤엔 김홍신의 '인간시장'에 나오는 장총찬에 푹 빠져 읽다보니 새벽이 아닌가.

그런데다 수업이 1교시부터 있어서 지각 안하려고 한 두어 시간 눈 붙이고 와노니 강의실에서도 약 먹은 병아리처럼 비실비실거리며 졸고 집으로 오는 버스에서도 비몽사몽 졸고 있었는데 갑자기 누가 머리를 주먹으로 세게 쥐어 박아서 어찌나 아프던지 소스라치게 놀라 눈을 떴더니 왠 할아버지가 서 계셨는데 갑자기 잠도 확 깨고 하도 어이가 없어서 할아버지 왜 남의 머리를 때리셨냐고 물었더니 되려 큰소리로 요즘 젊은 것들은 어른이 옆에 있어도 자리양보도 할 줄 모르는 예의 없는 것들이 많다면서 우리나라가 원래 동방예의지국이었는데 요즘 와서는 동방무례지국이 됐다며 일장연설을 하시면서 막 더 화를 내시는 게 아닌가.

오늘 일진에 망신살이 뻗쳤는지 온갖 망신과 수모를 다 겪고 버스에서 내렸다. 지금 생각해도 너무 분해서 얼굴이 화끈거린다. 알고도 일어나기 싫어서 자는 척 한 것도 아니고 진짜로 잠이 깊이 들어버렸는데. 나로선 여간 억울한 게 아니었다.

하옇튼 집에 오자마자 자기 시작해서 일어나 보니 5시 40분. 허둥지둥 청향에 도착하니 오늘 따라 남자 선배들과 애들이 많이 나와 있었다. 확실히 부여대 애들을 많이 데리고 간 것이 효

과가 있었다. 9월 16일에 있을 애니버스리에 대해 대강 얘기 좀 하고 우리 15기들만 아리아다방에 모였다.

남학생은 원식, 정봉, 태웅, 청학, 병진, 호진이 6명이고 여학생은 인숙, 영숙, 옥순, 수경이 그리고 나 이렇게 5명이 모였는데 돌아가면서 각자 자기 소개하고 단합대회 할 것과 야유회갈 것을 의논하고 이런저런 이야기꽃과 웃음꽃을 피우다가 집에 오니 10시 30분. 그때부터 밥먹고 후식으로 사과 깎아먹고 신문 좀 읽고 내일 수업시간표 챙기고 입을 옷 다려놓고 나니 어느새 12시. 오늘밤부턴 책엔 눈길도 주지 않고 무조건 자야 한다.

1982. 9. 3 (금)

어젯밤엔 너무 잠이 안와서 밤새도록 뒤척거렸다. 새벽 2시에 머리를 감고 책 좀 읽다가 5시쯤 잠이 들어 딱 2시간 자고 7시에 깨어났다.

4시간 스트레이트로 연달은 강의를 듣고 나서 점심은 냉국수로 때우고 막바로 간행물실에 들어가 이런저런 잡지책 좀 보다가 남포동 〈365일〉에 갔더니 거의 다 와 있었다.

커피 한잔씩 마시면서 수다 떨다가 회비 2000원 씩 거두고 마땅히 갈데가 없어서 〈둘리스 디스코 클럽〉에 들어 갔는데 남학생들은 부루스곡이 나오면 같이 추자고 난리법석을 떨었다.

아무리 그래도 부루스는 끝까지 안추고 디스코음악에 발바닥 때만 실컷 벗기다가 9시 30분경에 나왔다.

〈꾸리에〉로 가서 시원한 사이다 한잔씩 마시고 집에 오니 경미가 와 있었다.

엄마는 내가 요즘 계속 밤늦게 들어 온다고 꾸중이 이만저만 아니셨다.

경미는 어제 오빠와의 관계 다 끝냈다고 울먹이며 말했다.

이제 얼마 안 남은 공부에만 전념하겠노라고. 시간도 너무 늦었고 해서 우리집에서 자고 가기로 했다.

1982. 9. 4 (토)

오늘은 토요일이라 강의가 없는 날이다. 엄마는 고종사촌언니 결혼식이 인천이어서 새벽에 집을 나서셨고 우리는 늦게 일어나서 경미는 재수학원이라 토요일에도 수업 받으려 가야 하는데 못나가고 하루종일 내하고 집에서 탱자탱자하게 뒹굴뒹굴 거리며 놀았다.

점심은 내가 직접 카레라이스를 만들었는데 경미는 내가 만든 게 세상에서 제일 맛있는 카레라이스라며 두그릇이나 먹어 치웠다.

설거지하고 났더니 좀 출출하길래 과일이랑 과자를 마구 먹어치우면서 누워서 수다 떨다가 잠이 들어버렸는데 눈떠보니 7시 5분, 경미는 놀래서 허겁지겁 집에 가버리고 tv를 켜보니 제6회 mbc대학가요제가 시작되고 있었다.

대상은 홍익대학교에 다니는 조정희의 '참새와 허수아비'란 노래가 뽑혔는데 노래가 왠지 청승맞게 슬펐고 동상을 받은 한양대 작곡과에 재학중인 우순실의 '잃어버린 우산'이 가슴에 더 와닿아서 대상을 받지 않을까 생각했었는데...... 전체적인 수준은 해마다 떨어지는 것 같다.

우리 학교 보컬그룹 유뉘월은 예선에는 걸렸다든데 준예선에는 떨어졌는지 참가자 중엔 보이지 않는다.

KBS주말명화극장 시간에는 며칠전에 암으로 사망한 looking forward eyes(먼 곳을 응시하는듯한 눈동자)의 잉글리드 버그만 추모특선 〈망각의 여로〉를 했는데 젊고 아름다운 정신과 여의사로 분한 피터슨(잉글리드 버그만)과 정신이상환자인 밸런타인(그레고리펙)의 사랑을 그린 것으로 프로이드의 정신분석에 기초한 인간의 죄의식을 다루고 있었다. 사실 내용보다도 그레고리펙 모습만 아른아른거렸다 .

1982. 9. 5 (일)

어저께 마산에서 경남대학을 다니고 있는 막내 오빠가 왔다.

엄마는 오빠가 객지에서 고생한다고 오빠만 오는 날이면 아침부터 부엌에서 아예 사신다. 계속 이것저것 해먹인다고.

나도 부엌에서 엄마를 거들었다. 오빠가 가고 나면 몸무게가 족히 한 2~3kg은 쪄버린 느낌이다.

오늘은 하루종일 밖에도 안 나가고 내 방에 틀어박혀 체육시간에 배운 허슬을 연습했다.

그리고 책도 읽고 낙서도 하고 여름옷과 가을옷을 분리해서 정리하고 젊음의 행진도 보고 지루하게 보내진 않았다.

오빠는 낮에 점심 먹자마자 친구들 만나러 나가더니 8시쯤 집에 들어와선 엄마가 챙겨놓은 가을옷들이랑 종일 땀 뻘뻘 흘리며 만들어 놓으신 가지가지 밑반찬 등을 잔뜩 싸가지고 9시가 다 돼서 부랴부랴 시외버스터미널로 갔다.

1982. 9. 6 (월)

1, 2교시 마치고 사진 찍으러 동문사진관에 갔다. 4학년들은 벌써 졸업앨범 사진 찍는다고 학사모와 까만 가운을 입고 폼을 잰다. 앞으로 4년 뒤의 내 모습은 어떻게 변해 있을련지······

미희하고 난 명함판사진 찍고 또 전신컬러사진도 대학교 1학년 기념으로 찍었는데 전신컬러사진만도 만원이라고 한다.

강당에서 이데올로기비판교육을 받았는데 인숙이하고 맨뒷자리에 앉아서 들을 생각도 안하고 내내 낙서하고 소근거렸다.

보수동에 가면 문학개론책을 시중보다 500원 싸게 판다고 해서 정여, 미희, 인숙이 하고 같이 갔는데 그 땡볕에 책점을 다 돌아다녔는데도 정여만 운좋게 겨우 1권 구했다.

1982. 9. 7 (화)

오늘부터 써클 신입회원 모집한다고 학교 식당안은 각종 써클에서 어지럽게 따닥따닥 붙여논 안내문들과 기타치고 노래부르면서 회원을 한사람이라도 더 자기 써클로 끌어모으기 위해서 안간힘을 다쓰고 있었는데 그야말로 젊음의 낭만이 가득했다. 앞으로 4일 동안 장사진을 친다고 한다.

친구들과 과연 어느 써클을 골라야 좋을지 써클 아이쇼핑하느라 여기저기 기웃기웃 거리는데 부산MBC TV에서 카메라맨이 나와 그 현장을 취재하고 있었다.

나는 초에도 맘 먹었던 PTP(People To People의 이니셜)에 들어가기로 했다. 인원이 많은 점이 안좋기는 해도 써클의 이념이나 내용 그리고 여러가지 행사나 활동이 나랑 잘 맞는거 같고 인생을 살아가는 데 있어서 사람과 사람과의 만남이 가장 기본이 된다 생각하니까.

자연과학개론과 언어학개론 시간에 어찌나 잠이 퍼붓던지 내양옆과 뒤로 남학생들이 쫙 날 포진하듯이 앉아 있었는데 몇번이나 고개를 끄떡거리다가 그럴때마다 깜짝 놀래서 눈이 번쩍 떠지고...... 몇번이나 그랬는지 모른다. 창피해서 죽을 뻔했다. 오늘부턴 새벽까지 책 읽는 걸 자제해야겠다.

새벽에 잠들어 잠깐 2~3시간밖에 눈을 못붙이니까 아침에 눈뜨기도 너무 힘들고 버스를 타도 졸고 강의실에서도 그렇고 어디에 앉기만 하면 잠들어 버려서 집으로 가는 버스에서도 내려야 하는 정류소를 몇번이나 지나쳤는지 모른다.

1982. 9. 8 (수)

국어, 윤리 시간 마치자마자 얘들과 함께 바로 학교 정문 앞에 있는 트럭을 개조해 만든 식당에 가서 쫄우동을 먹었는데 완전 쫄깃쫄깃한 쫄면 면발에 구수하고도 깊은 국물맛이 일품이었다. 어느 분식점에 가도 메뉴판에 비빔쫄면은 있지만 국물이 있는 쫄우동은 여기가 처음이고 맛도 기가 막히니 올때마다 줄서서 먹는 우리 학교 대표 맛집으로 이미 등극했다.

먹자마자 막바로 소화도 시킬겸 우리 학교 바로 옆에 있는 대

신공원 벤치까지 걸어 가서 한바탕 수다도 떨고 마구마구 웃다
가 "얘들아, 5교시에는 미국에서 오신 핸썸하신(많이는 아니고 쪼금)
영어 강사님의 어학연습 시간이니 예습 좀 하고 가자."며 영어
공부도 좀 시키고……

아직도 낮에는 더운데 여긴 숲속이라 바람이 서늘한데다 솔
향이 강한 숲내음이 우리들 심신을 안정시켜주고 머리를 맑게
해주어서인지 공부도 잘되고 수다 떠는 것도 너무 재밌고 아뭏
든 지금이 너무 좋다. 진짜 진짜 좋다.

지금 이 상태로 영원히 살았으면 좋겠다. 그러나 신은 우리의
젊음을 질투하며 가만히 놔두지 않을 것이다.

러시아의 위대한 문호인 톨스토이는 이렇게 말했다지.

"내가 만약 신이라면 젊음을 인생의 맨 마지막에 주겠다."고.

젊음이 얼마나 소중하고 아름다운지 잘 모르는 젊은이들에게
젊음을 준다는 것은 너무나도 아까운 일이므로……

1982. 9. 9 (목)

첫째 강의시간에 겨우 지각하지 않고 도착했다. 평상시보다
한시간이나 일찍 나왔는데 버스가 뭔 문제를 일으켰는지 버스
회사에서 파업을 했는지 소식깜깜…… 애간장 태우고 발동동
구르게 만들더니. 에구 기가 막혀 죽는 줄 알았다.

오늘부터 무조건 일찍 강의실에 도착할려고 어젯밤부턴 책읽고 싶은 것도 꾹 참고 일찍 자버리려고 전등 부터 꺼버리고(거의 매일밤 책 읽다가 잠들어 버리니까 불켜고 자는게 다반사라 아침마다 불 안끄고 잔다고 부모님한테 그렇게 잔소리를 들어도 못고쳤는데) 누웠는데 평상시랑 다른 생활패턴을 따르려니 잠도 안오고 읽고 싶은 책들이 허공에 둥둥 떠다녀서 다시 불을 켜고 독서삼매경에 빠져볼까 하는 강렬한 유혹도 겨우 이겨내고 자는둥마는둥 하다가 독하게 새벽에 일어나서 왔더니 이런 불상사가.

가는 날이 장날이라는 속담을 이런 경우에 써도 맞을랑가.

3시부터 구덕경기장에서 전국대학축구준결승전인 우리 학교와 성균관 대학과의 경기가 있었다. 바로 학교 옆인데도 직접 가서 응원은 못해주고 일찍 집에 와서 TV 중계를 봤는데 그만 애석하게도 세상에 2:1로 진게 아닌가. 어찌나 원통하고 하늘이 무너지는 것 같았다.

오늘 이기면 내일 결승전에선 직접 가서 목이 터져라 고함지르며 열정적인 응원을 해야지하고 생각하고 있었는데……

〈청향〉에 갔다. 오늘 토론주제인 '죄의식'에 관해선 토론하지 않고 18일에 있을 청향 애니버스리에 관해 대충 아우트라인을 잡았다. 그리고 오늘은 산업대 약대 여학생 2명과 부산 교대 음악교육과 여학생 1명 해서 도합 3명의 여학생 신입회원만 들어왔는데 교대 다니는 애가 참 예뻤다.

원식이를 비롯한 정봉이, 병진이, 호진이 등 남학생들이 일

제히 걔만 쳐다보고 헤죽헤죽거리는 게 내가 어찌나 민망하던
지. 그것들은 동갑이라도 어찌나 철딱서니 없는 남동생들 같은
지 한번씩 머리를 콩 쥐여박고 싶을 때가 한두번이 아니다. 언
제 철이 들런지 아니 철은 들기라도 할런지……

1982. 9. 10 (금)

수업시간이 후딱 지나갈 정도로 재밌다. 교수님들이 워낙 잘
가르쳐 주시고 재밌는 분들이라 그런 것 같다. 아까 언어학개론
교수님도 유머감각이 뛰어나신 분인데 강의 시작하기 전에 꼭
출석첵크를 하셔서…… 성은 한이고 이름은 외자로 선인 '한
선'을 불렀는데 얘가 안와서 대답이 없자 (1학기 초엔 교수님들이 누가
누군지 잘 모르셔서 자기 이름이 나올때는 자기 목소리로 대답하고 부탁 받은 애 이
름 부를땐 목소리를 약간 변조해서 대답해주기도 했지만 지금은 교수님들이 귀신 같
이 알아채신데다 2학기니까 이젠 거의 얼굴과 이름을 아셔서 했다가 들키면 죽음이라
엄두도 못냄) "한 선 이름 좋네. 한선 그어버리면 되네."라고 혼잣
말로 중얼거리셨는데 웃겨서 고개 숙이고 킥킥거렸다. 얼굴은
단아하게 예쁜 선이는 늘씬한데다 옷은 뭔가 독특하면서 세련
되게 입는 우리 국문과는 물론이고 우리 학교에서도 보기 드문
멋쟁인데 학교는 잘 빠지는 편이다.
그리고 교수님 강의스타일이 칠판엔 거의 적지 않으시고 말

씀으로만 하시는데 게다가 어찌나 속도가 빠른지 손에 쥐내릴 정도로 빨리빨리 받아쓰기를 해야해서 내혼자말로 "아이고 속독을 배워야지 숨차서 도저히 따라갈 수가 없네."라고 나도 모르게 내뱉었는데 어느새 들으셨는지 그 바쁜 와중에도 "아그야, 속독이 아니라 속기를 배워야지."라고 수정까지 해주시고 …… 큭큭큭.

정여, 경희랑 나 이렇게 셋이서 냉면곱빼기 먹고나서 막바로 부산대로 출발하려는데 미영이를 만나서 안가겠다는 애를 질질 끌고 가다시피 해서 네명이 갔다.

경남여고와 부산고 출신 부산대 애들이 만든 동문써클 '청수월래'에서 하루찻집을 한다고 티켓을 줬던 것이다.

좁은 다방 안에 인간군상들이 벌집처럼 빽빽하게 들어차 있었는데 고막이 터질듯한 시끄러운 음악과 곧 비라도 내릴듯 담배연기로 드리워진 회색구름 아래 남학생들이 다방레지 노릇한다고 차쟁반을 들고 분주히 왔다갔다 했다.

그 정신 없는 와중에도 3학년 때 같은 반(5반)이었던 경원, 선화, 진희, 은경 그리고 그때도 유난히 새치가 많았던 희숙이 모두들 우리를 어찌나 반겨주던지. 거기에서 지화, 한희도 만났는데 엄청 반가웠다. 한희는 사범대 수학과라고 한다.

담임선생님은 수학선생님이셨지만 나는 수학을 너무 싫어하고 못해서 학기초부터 담임쌤 수업시간인데도 수학책 대신 영어책이나 암기과목을 펴놓고 딴 공부해도 한번도 야단을 치시지는 않았다. 뭐라해서 될 문제가 아닌 걸 아시곤 뭐라도 열심히만 해서 몇점이라도 더 따기나 해라고. 그런데 한희는 나로선 불가사의하게 느껴지지만 수학시간이 제일 재밌다고 하더니만 참 잘됐다. 한희는 머리 아플 때 아주 어려운 수학문제를 탁 풀고나면 머리 아픈게 싹 가신다고.

나는 머리가 더 아프다 못해 골이 쪼개질 거 같은데.

그 시끄러운데서도 웃고 떠들고 얘기하고 재밌게 놀다가 집에 왔다.

아쉬움을 남긴채 다음에 꼭 만날 것을 약속하고.

1982. 9. 11 (토)

하단동 제2 캠퍼스에서 PTP 1차 오리엔테이션 한다기에 가 보았다.

무려 3시간 동안이나 축사낭독, 역대회장소개, PTP 연혁, 그간의 활동이나 행사내용, 임원단소개, 기타등등을 지겨워 죽을 정도로 오래 했다. 몇번이나 뛰쳐 나가고 싶었는데 겨우 참았다. 우리 다섯명이 맨날 뭉쳐 다니지만 이상하게도 써클은 다섯명이 각자의 취향대로 각각 다 다른데로 가입해서 갑자기 낙동강 오리알이 된양 혼자 다닐려니까 적응이 안돼서인지 처량한 마음도 들고 불편하기 짝이 없었다. 친구 하나 없는 외톨이로

보여 성격도 이상한 애로 보지 않을까 하는 벼라별 소심한 생각
도 다 들었다.

버스를 무려 5번이나 갈아 타고 부산의 극과 극을 달려 집에
오니 기진맥진할 정도로 녹초가 되었다.

부산진역 앞에서 고1 때 한반이었던 현숙이를 만났는데 고등
학교 교복을 입고 있었다.

3학년 초에 심하게 아파서 1년간 휴학을 하고 복학을 해서
다시 넌덜머리나는 고3이라고 한다. 토요일인데도 수업 마치고
자습까지 하고 온다면서 지긋지긋 하다고. 내보고 대학생이 되
보니 어떻냐면서 멋부리고 다니는 것도 부럽다고…… 계속 부
럽다고 얘기해서 원래 남의 떡이 커보인다고 니도 막상 대학생
이 되보면 별거 아니란걸 알게 될거라고 얘기해줬다.

누렇게 얼굴이 떠서 그런지 어찌나 주근깨가 따닥따닥 많이
나있던지…… 3학년을 표시하는 노란뺏지를 단(1학년은 흰색, 2학
년은 초록색) 하얀 교복 칼라가 유난히 더 희게 보였다.

오늘따라 지나간 여고시절이 더욱 그립다. 앨범을 꺼내 들고
그때 사진들을 한참 바라다 보니 친구들의 초롱초롱한 눈망울
과 와자지껄하게 떠드는 소리가 막 들리는듯 하다.

1학년 때 나의 짝지였던 미워할 수 없는 웬수이자 지금 재수
생인 경미, 남해에서 전학온 이름처럼 순박하고 착하디 착한 2
학년때 짝지 옥순이, 그리고 고3 때 짝지였던 우리 경남여고의
최고스타 남희는 소풍갈때나 오락시간 마다 불려나와서 오목조

목 이쁜 얼굴과 모델 같이 날씬한 몸매에 노래와 춤을 겸비해서 선생님들 사이에서도 가히 인기폭발이었다. 특히 스웨덴의 4인조 혼성그룹인 아바의 맘마미아나 댄싱퀸 등을 춤을 추면서 원어로 불렀는데 노래와 춤도 뛰어났지만 발음도 원어민처럼 해서 우리들의 우상이었다.

그래서 대학에 입학하기만 하면 대학가요제나 강변가요제에 꼭 나가야 한다고 내가 더 난리였다. 그리고 가수로 데뷔해서 tv에 나오면 내가 지 매니저도 해주고 어렸을때 부터의 내 꿈이 패션 디자이너라 내가 직접 디자인한 드레스 입힐거라고 밤새워 공부는 안해도(고3인데도) 남희 입힐 드레스 디자인하느라고 밤새워 스케치북에 가득 디자인해서 색칠까지 해가면 지는 날마다 툇자 놓으면서 어깨를 더 파라, 이래라 저래라 요구사항도 어찌나 많던지...... 하여튼 3년간 반 짝지들과 지금도 자주 연락하고 특히 경미와는 전생에 뭔 관계였는지 재수생인 애를 하루가 멀다 하고 징하게 만나고 있다.

남희는 어릴 때부터 쳐온 피아노를 전공하고 있는데 지난주 토요일에 있었던 MBC 대학가요제에 나가기엔 아직 준비가 덜 됐다면서 안 나가고 내년에 나갈 예정이라는데 뭔 준비를 그렇게 할게 많은지 내가 기다리다 숨 넘어 가겠다.

그리고 우리는 소식을 주로 자기 학교 학보지 나올 때마다 가운데 흰 띠지에 쪽지 처럼 몇자 적어서 부치고 남희처럼 서울에서 학교 다니는 애들이 방학때 부산에 내려오면 내가 부산에서 학교 다니는 애들한테 일일이 전화연락해서 같이 만나는 자리를 마련하는 것이다.

세상에 내처럼 오지랍 넓은 오작교팔자가 또 있을련지······ 엄마는 날더러 허구헌날 영양가 없이 너무 바쁘고 피곤하게 살지말라면서 잔소리하시지만 내심 흐뭇해하실거란 걸 난 알고 있다. 어릴 땐 심하게 내성적이고 아예 집밖으로 안 나갈려고 해서 걱정스러웠는데 이제는 친구도 너무 많고 한시도 집에 붙어있을 때를 못본다면서 애가 바뀌어도 이렇게 천지개벽하듯이 바뀔 수 있는지 신기해서 한번씩 애가 진짜 내딸 맞나 싶어 내가 잘 때 날 유심히 쳐다보게 된다고. 그런데 사실 이렇게 내 성격을 극적으로 변화시킨 데에는 사춘기 때부터 지금까지 얼마나 많은 책을 ~ 특히 니체나 스피노자와 키에르케고르를 비롯한 철학서나 오쇼 라즈니쉬와 크리슈나무르티의 명상서적 그리고 불교의 깨달음에 대한 심오한 책들이 처음엔 이해하기 어려웠지만 자꾸 읽다보니 이해도 되고 웬만한 소설책보다도 더 재밌어져서 ~ 읽어대고 내자신과의 싸움을 죽을만큼 했단 걸 엄마는 잘 모르시기에.

1982. 9. 12 (일)

완연한 가을이다. 어제만 해도 확 열어놓았던 문을 전부 다 닫았다. 들뜨고 분주했던 기운들이 약간은 가라앉으면서 밖으로만 내달리던 내 맘이 내 안의 깊은 곳으로 침잠하고 싶어지는 계절이다. 스님들이 일년 중 겨울과 여름 두번씩 동안거와 하안거 때 묵언수행 하듯이.

침대랑 세트로 된 흑갈색 티크장과 책상 그리고 커다란 거울이 있는 내 방...... 약간 벌어진 커텐 사이로 한줌의 햇빛이 방안을 알 수 없는 평화로 채워 주었다. 내 방문을 꼭 걸어잠가 놓고 종일토록 책과 씨름했다.

동양의 성인 공자님의 말씀을 그의 제자들이 밀도있게 집대성한 '논어'를 한문원서랑 한글번역판을 같이 펴놓고 비교해가며 읽었는데 정말 지겹도록 옥펜을 뒤졌다.

공자님의 그 많은 좋은 말씀 중에서도 '學而(학이)' 편에 나오는 "不患人知不己知 患不知人也(불환인지불기지 환불지인야)"라는 귀절이 가장 가슴에 와닿았다. 우리 말로 직역하면 "남이 나를 알아 주지 않음을 걱정하지 말고 내가 남을 모르는 것을 걱정해라."고 했는데 이 말은 친구와의 관계에도 무척 잘 적용되는 것 같다. 그러니까 친구가 나를 위해 주지 않는다고 섭섭하게 생각할 것이 아니라 역지사지로 내가 친구를 위해 진심으로 어떻게 해줄 것인가를 생각하게 하였다. 하지만 그렇게 행한다는 것은 결코 쉽지 않을거고 또 쉽지 않기에 더 가치 있는 행위가 되기에 더 그렇게 하리라 마음먹어 본다.

1982. 9. 13 (월)

수업 마치고 봉애랑 여학생 휴게실에 가서 나는 커피 마시면서 잡지책 뒤적거리고 봉애는 노트정리 하다가 6시 정각이 돼서 각자 써클 오리엔테이션에 간다고 헤어졌다. 난 PTP 2차 오리엔테이션을 하는 215 강의실에 갔는데 지난 토요일 보다 더 많이 온 것 같았다. 회원들 숫자가 많아서 부별로 활동한다고 한다. 부별로 다방에 모였는데 국제부는 〈초원〉에 모였다. 1학년 120명 중에 10명도 채 안됐다.

국제부장님은 듬직한 풍채에 파마머리한 아저씨로 보일 정도로 겉늙어 보였지만 유머감각도 풍부하시고 성격도 좋아 보여서 잘 들어온 것 같았다. 커피 마시면서 각자 자기소개하고 PTP와 국제부에 대한 Q&A time도 가지고 이런저런 얘기들을 많이 나누었다. 그런데 난 국제부라 외국의 대학생들 하고 방학 때는 국제적인 교류도 하고 해서 간단한 영어통역도 하고 드디어 내 영어실력을 발휘해볼려고 국제부에 들어 왔는데 그런건 전혀 아니고 명칭만 국제부라 한다.

왠지 속은 느낌이다. 실망스럽기도 하고 짜증이 나서 17일에 전체 다 모이면 다른 부서로 옮겨버려야겠다.

국제부장님은 좋아 보이시지만 졸업할 때까지 4년 동안이나 활동할 건데 아무래도 부가 나랑 맞아야 할 거 같아서다. 다른 부를 찾아봐야겠다. 안그러면 적극적으로 활동할 맘도 나지 않고 후회할 것만 같아서. 그리고 이 기분으로는 영 아닌 거다. 국제부장님껜 좀 미안하지만.

그런데 내가 써클에 너무 많은 의미부여를 하는 건 아닌가 하는 생각도 든다. 지금은 1학년이고 처음 가입해서 그렇지 과연 내년에도 열심일런지는...... 근데 내년은 내년이고 지금 내 맘이 더 중요하니까.

1982. 9. 14 (화)

아침에 학교에 오자마자 동문사진관으로 가서 일주일 전에 찍은 전신컬러사진을 찾았는데 내 맘에 어찌나 쏙 들던지.

딴 애들은 지금까지 거의 다 숏컷트나 긴 생머리로 있다가 이번 2학기 시작 직전 여름 방학때 파마를 많이 했던데 난 입학식 하기 전에 과감하게 아니 미쳤는지 긴머리를 뽀글뽀글 볶았다가 애들과는 반대로 긴 파마머리를 이번엔 스트레이트로 풀어선 앞머리만 핀컬 파마를 해서 이마를 살짝 가리고 용필오빠의 단발머리에 나오는...... 비에 젖은 풀잎처럼 단발머리 곱게 빗은 그 소녀처럼 단정하게 컷트했다. 경상도 사투리로 말하자면 내가 디비쪼우는데 일가견이 있는거다.

원피스는 엄마가 이번 여름에 사주신 건데 흰색 아사면에 연보라색 잔잔한 라일락꽃무늬에 무릎을 살짝 덮어 단정하면서도 사랑스러워 보이는 원피스에 하얀색 가는 벨트로 허리에 포인트를 주고 신발도 흰 샌들을 신어 통일감을 주었는데 내가 의도한대로 사진이 잘 나온거다.

청순하고 앳되게. 학기초부터 파마를 하고 다녀 재수생같이 보였는지 심지어 우리과 애들도 안친한 경우엔 무조건 언니라 불러서 황당했었는데…… 요즘은 보는 얘들마다 저거들보다 어려 보인다고 난리다. 여자의 얼굴은 헤어스타일이 70% 좌우한다고 맨날 머리를 강조하는 엄마말이 진짜 맞는가 보다.

미국처럼 입학식이 가을학기 때 있다면 이 모습이 입학식패션으로 딱인데.

너무 좋아서 지금 내 학생수첩에 책갈피처럼 코팅해 끼어 놓은건데 '고리오영감'으로 유명한 프랑스의 사실주의 대작가인 발자크의 '얼굴'에 대한 이 말은 두고두고 평생 곱씹어볼만한 가치가 있는 말 같다.

"사람의 얼굴은 하나의 풍경이다. 한권의 책이다. 용모는 결코 거짓말을 하지 않는다."

사진사아저씨 보고 실물보다 사진이 훨씬 낫다고 말하니까 아저씨는 사진이 실물보다 못하다고.

이젠 1년마다 한번씩 이런 사진을 찍으려고 한다. 내 인생에 있어서 가장 싱그럽고 아름다울 때의 모습을 1년에 한번쯤은 전문가의 손길을 빌려서 간직하려고 한다. 만원이면 나로선 부담스러운 돈이긴 하지만 그럴만한 가치가 충분히 있다고 생각하기에.

오늘 저녁에 우리나라와 일본과의 세계아마추어야구결승전에서 8회 말에 일본을 역전승하여 우리나라가 당당히 1위를 했는데 8회 말 역전할때 와아~~~~~하는 환호소리로 아파트가 떠내려갈듯 했다.

요즘 일본의 교과서왜곡문제 때문에 우리 국민감정이 상당히 날카로워져 있었는데 이렇게 야구를 통쾌하게 이김으로써 일종의 범국민적 카타르시스를 느끼게 한 것이다.

문학을 통한 감정의 정화도 후련하지만 스포츠를 통한 감정의 해소는 우리의 감정을 집단적으로 단 한방에 시원하게 펑 뚫어 주는 것 같다.

1982. 9. 15 (수)

어학연습 마치고 막바로 집에 가려고 교문을 나서다가 갑자기 심경의 변화를 일으켜서 다시 학교 벤치에 앉아서 애들하고 수다삼매경에 푹 빠져버린게 아닌가.

고등학교 때 우리 학교 대표 배구선수 중에서도 에이스로 그리고 운동선수치곤 예쁜 얼굴로도 이름을 날렸던 경래라는 애가 자기 남자친구가 우리 학교 야구부에 있는데 오늘 시합이 있어서 응원해주려고 우리 학교에 와서 우연히 만난 것이다. 대학은 안들어 갔고 집에서 노는데 너무 심심해 죽을거 같아서 요새는 컴퓨터 학원에 다니면서 배구시합에도 불려 다닌다는 것이다.

우리보고 부모님을 잘 만나서 좋겠다면서 어찌나 부러워하던지.

집에 오니 당감동에 사는 큰 오빠와 올케언니, 조카들인 홍천이, 수련이 그리고 지영이 모두 다 와있었다. 셋 다 연년생으로 유치원생들인데 수련이, 지영이는 여자애들이라 그런지 있는지 없는지 가만가만히 노는데 특히 우리집 장손인 홍천이는 어찌나 개구쟁이 악동인지 한번 오면 사람 혼을 쏙 빼놓을 정도로 온 집안을 초토화 시켜 놓고 간다. 저거들끼리 잘 노는 여동생들 보면 심통이 나는지 괴롭혀서 울리질 않나 하옇튼 우리집 TV를 몇번이나 고장을 냈는지 홍천이가 온다면 즉시 거실에 놓여진 TV를 안방으로 옮겨 놓고 방문을 잠가놔버려 아예 못들어가게 할 정도니까. 이번 봄에 어렸을때부터 살던 주택에서 여기 아파트로 이사오면서 흑백TV에서 칼라TV로 바꾼지 얼마 안됐는데. 올케언니는 자기 아들 심하게 별난 거 알 건데 그래도 자기 아들이라고 표정이 별로 안좋아 보였다.

모레가 음력 8월 1일로 아버지 생신이어서 미리 온 것이다.

저녁에 창원에 사는 언니집에 전화 걸었는데 형부는 직장 관계로 못오실 것 같고 언니 혼자만 애들 3명 영신이, 성신이, 종환이 데리고 온다는 것이다. 형부랑 오면 차로 한번만에 편하게 올 건데 고만고만한 유치원생들인 애들 세명이나 데리고 버스와 시외버스를 세번이나 갈아타고 올려면 얼마나 힘들까 생각만 해도 끔찍하다.

그나저나 난 지금 용돈이 다 떨어져서 빈털털인데 아버지한테 뭘 해드려야 하나 생각하니 심히 난감하기만 하다.

1982. 9. 16 (목)

우리 국문과 남학생과 사학과 남학생들과의 축구시합이 있었다. 우리가 열심히 응원해준 덕분인지 2대1로 이겼다.

시합후 할매집에 모여 남학생은 탁주, 여학생은 콜라, 사이다, 과자 등을 푸짐하게 시켜놓고 돌아가면서 노래도 부르고 손수건돌리기게임도 하면서 놀았다. 근데 우리과 애들은 왜 이렇게 손수건돌리기를 좋아하는지 나로선 이해가 안된다. 노는 시간만 생겼다 하면 실내에서든 야외에서든 손수건돌리기를 거의 빠트리지 않고 하는데 중고등학생도 아니고 차라리 국문과답게 끝말잇기나 한자사자성어 맞추기 등이 더 재밌을 거 같은

94

데......

6시경에 〈청향〉에 도착했는데 한명도 안와 있었다.

국어리포트를 하고 있는데 명제오빠가 오고 7시 30분 경에야 8명이 모였다. 오늘 토론의 주제인 '꿈'에 대해 돌아가면서 얘기 하였는데 난 이야기하는 대신 여고 3학년때 담임선생님께 보내는 편지 형식으로 적어서 읽었는데 다들 공감하는 눈빛이었다.

〈선생님께〉

선생님! 요즘 저는 밤차를 타고 무작정 도시로 상경하는 시골 처녀처럼 제가 잘 알지 못하는 이름모를 도시에 내려서 한번쯤 거리의 이방인이 되어 떠나온 고향을 그리워하는 나그네의 애수어린 눈빛이 되고 싶습니다.

선생님! 유난히도 신선해보이던 새하얀 칼라의 제복을 벗어 던진지 어느덧 여섯달이란 세월이 흘렀습니다. 수줍음 많고 촌티나던 갈래머리 소녀는 아직 세련은 덜됐지만 그래도 어느새 어엿한 숙녀가 다 됐답니다.

선생님! 날이 가면 갈수록 지나간 여고시절이 사무치도록 그립습니다.

특히 고3 시절, 그때 제 가슴을 처절하게도 짓누르던 '대학입시'라는 바윗덩이에 질식할것만 같아 '많고 많은 나라 중에 하필이면 왜 우리나라에 태어났을까?'라는 말도 안되는 상심에 빠지기도 했답니다.

지금 생각해보니 제 인생에서 가장 상처 받기 쉬운 그 여리고 여린 십대의 후반기에서 저는 무척이나 잘 견뎌낸거 같습니다.

선생님! 유토피아란 없었습니다. 막상 대학에 들어와 생활해 보니 친구들과 얘기하던 우리들이 꿈꾸고 상상하던 대학과는 상당한 차이가 있었습니다. 우리는 갑자기 갖게된 그 많은 시간과 자유를 주체하지 못해 친구들과 캠퍼스를 방황하기도 했으며 그 어두컴컴하고도 고막이 찢어질듯 시끄러운 다방에서 대학 1학년생의 특권 같기도 한 미팅이라는 것도 열심히 했습니다. 국민학교 졸업 이후로 처음으로 마주보고 앉았던 제또래 남학생들과의 스스럼 없는 대화에서 그들 역시 우리와 다름없이 어딘지 모르게 모자란듯 어설프지만 순수한 우리와 똑같은 인간이라는 것을 느낄수 있었습니다.

선생님! 어느 시인은 저희 세대를 보고 '아프면서 크는 나무들'이라고 표현하더군요.

아픔 없이는 나무든 저희들 영혼의 키든 1cm도 자랄수 없겠지요.

선생님! 지금의 제 심정을 잘 말해주는 김춘수 시인의 '꽃'이라는 시가 생각납니다. 그런데 저에겐 '꽃'이나 '꿈'은 같은 의미로 다가옵니다.

꽃 (김춘수)

내가 그의 이름을 불러주기 전에는

그는 다만

하나의 몸짓에 지나지 않았다.

내가 그의 이름을 불러준 것처럼

나의 이 빛깔과 향기에 알맞는

누가 나의 이름을 불러다오.

나도 그에게로 가서 그의 꽃이 되고 싶다.

우리들은 모두 무엇이 되고 싶다.

나는 너에게 너는 나에게

잊혀지지 않는 하나의 의미가 되고싶다!

1982. 9. 17 (금)

수업 마치고 140 강의실에 모여 우리 국문과 회의가 있었다.

1학기가 지나고 여름방학이 지나고 2학기가 되었는데도 아직도 서먹서먹하고 친밀감이 안들어서 이번 기회에 우리 과가 화합될 수 있도록 단합대회를 하기로 의논했다. 난 카니발을 하자고 제의 했는데 반응이 별로 안좋아서 야유회 가기로 결정했다. 다음 주 토요일 서생에 가기로.

마치자마자 부여대로 향했다. 2시 30분까지 경다방에서 청향 써클 부여대 애들과 만나기로 했는데 도착하니 3시.

수경, 성희, 경미, 옥순이 하고 원식이랑 정봉이가 앉아 있었다.

내가 내일 청향 애니버스리에 관해 대충 설명하고 회비 3000원씩을 다 받아 냈다.

원식이 하고 난 다시 학교에 와서 원식이는 6시에 경고동문회가 있고 난 PTP 임시소집이 있어서다.

난 부를 국제부에서 섭외부로 옮겼다. 이번 일요일 신입생환영회 때 부별 장기자랑을 해야 하는데 우리는 여학생 5명 하고 남학생 5명 씩 함께 허슬을 하기로 하고 단체합창은 '내 님'을 부르기로 했다. 또 〈초원〉에 모였는데 이름도 익히고 서로 친숙해질 수 있는 시간을 가졌다.

그런데 섭외부장님과 얘기하고 있는데 국제부장님이 와서 내 옆에 앉아 있었는데 정말 미칠것만 같았다. 국제부장님 보기 너무 미안해서 정말 쥐구멍이라도 있으면 들어 가고 싶은 심정이었다.

1982. 9. 18 (토)

아침 일찍 큰 오빠네 식구가 가자마자 엄마랑 무려 서너 시간을 구석구석이 청소하는 데 소비했다. 깔끔이 지나쳐 깔끔증세가 있는 엄마를 둔 덕분에 내 인생이 너무 피곤하다.

1시 30분 경에 성종이 오빠 한테서 전화가 왔다. 오후 6시에 시작될 청향 애니버스리에 필요한 음식을 만들기 위해서 자기 집에 오라는 것이다. 오빠 집은 특이하게도 주택가에 있는게 아니라 남포동 한복판의 무슨 빌딩 3층이었다. 가니까 영숙이 언니, 오빠, 청학이 세명이서 일은 안하고 응접실에 앉아서 커피 마시면서 노닥거리고 있었다.

우리끼리 싸워 가면서 감자샐러드, 야채샐러드, 샌드위치를 만들어서 딴 사람들보다 먼저 오늘의 애니버스리 장소인 영도에 있는 해강아동복지회관에 택시로 도착했다.

영숙이언니는 작은 몸집에 침착하고도 요령 있게 일도 잘 하고 진득하고 무던한 성격으로 주위 사람들에 대한 배려가 몸에 배여 있어 만날 때마다 뭔가를 깨우치게 해준다.

드디어 6시 30분에 역사적인 애니버스리가 개최되었다.

사회는 인식이 오빠와 해옥이 언니의 재치 넘치는 입담으로 진행되었다.

지금 국민학교 선생님을 하시는 선배님들도 오셔서 자리를 빛내주셨고 우리 15기 장기자랑에는 청학이의 진행으로 우리 15기 전부 다 나가서 패션쇼를 하였는데 패션쇼인지 코메디쇼인지 폭소로 넘쳐나는 웃음바다가 돼버렸다.

그리고 나랑 경미, 원식, 정봉이 4명은 젊음의 행진에 나오는

짝쿵들처럼 디스코허슬을 추었고 옥순이랑 청학이는 뚜엣으로 '작은 연인들'을 불렀는데 둘이 연습을 많이 했는지 호흡이 잘 맞는 진짜 연인들 같았고 수경이는 솔로로 '시인의 노래'를 무대 매너도 그렇고 진짜 가수 처럼 멋들어지게 불렀다.

또 우리 전부 다 나가서 다같이 손잡고 합창으로 '다정한 연인'도 불렀는데 가슴 한편이 먹먹해졌다.

마지막으로 불을 끄고 《청향의 밤》이라고 크게 적은 종이에 촛불을 세우면서 평소에 자기가 생각하고 있던 바를 말하는 시간이 있었는데 청향 주제가가 은은히 흘러 나오면서 굉장히 뜻깊은 시간이었다. 폭소로 시작했는데 우리 모두의 가슴에 여운을 남기는 감동의 눈물로 마무리 됐다.

오늘 이 자리가 있기 까지는 많은 사람들의 희생과 수고가 있었는데 그중에서도 영숙이 언니, 회장 오빠 그리고 총무인 성종이 오빠, 이 세사람의 수고가 가장 컸다고 하겠다.

오늘의 애니버스리를 잘 마치고 나서 남포동에 들러 〈나무그늘〉에 가서 오늘 행사를 무사히 잘 마친 것을 자축하면서 술 대신 커피로 축배를 대신 하고 이런저런 이야기꽃을 피우며 조촐한 뒷풀이를 하였다. 그런데 갑자기 식은 땀이 나더니 배가 어찌나 아파오던지 미칠 것만 같았는데 원식이가 사다준 약을 먹자마자 다행히 언제 아팠냐는듯이 금방 나았다. 애니버스리 한다고 너무 신경을 썼다가 무사히 끝나고 나니까 갑자기 긴장이 풀려서 그랬는지 소나기처럼 아팠다가 소나기처럼 나아버렸다.

경미는 오빠가 안온데 대해서 조금은 실망한듯 했다. 그런데 요즘 학원에서 멋있는 남학생이 접근해와 오빠가 조금씩 잊혀지고 있다고 해서 정말 잘됐다는 생각이 들었다.

카페문을 나서는데 갑자기 소낙비가 내려서 쫄딱 다 맞고 물에 빠진 새앙쥐처럼 집에 왔다.

늦게나마 하늘도 우리의 애니버스리를 축복해주는 비인듯 했다.

1982. 9. 19 (일)

L.A에서 개최된 최충일 대 멕시컨인 리몬과의 역사적 미들타이틀전을 TV중계로 봤는데 최충일 선수가 압도적으로 잘해나가다가 갑자기 리몬에게 복부를 강타 당해 K.O가 되었다. 어찌나 안타깝고 성질이 나던지 뭐든지 다 던져버리고 싶었다.

2시에 PTP 신입회원 환영회를 501 강의실에서 했는데 PTP 소속 보컬그룹인 Honey moon을 대동하고서 졸업후 직장생활 하고 있는 여러 선배님들과 타대학 PTP 축사객들이 오셔서 오늘의 행사를 한층 더 빛내 주셨다. 개회식으로 국민의례, 인류 평화에 대한 묵념, 회장인사와 축사로 끝내고 제 2부는 우리 섭외부장인 노계석 선배의 재기발랄하고 총기있는 사회로 기별 장기자랑, 부별 장기자랑 그리고 개인 장기자랑을 하였는데 우리 섭외부에서는 아라베스크란 독일 출신 3인조 여성그룹의 Hello Mr. Monkey의 경쾌한 리듬에 맞춰 흥겨운 허슬을 했고 또 전체 합창으론 '내 님'을 불렀다.

그리고 개인 장기자랑에서 우리 부의 인수환씨가 혼자 나가서 디스코의 진수를 보여 주었다.

제3부에서는 honey moon 밴드의 라이브 음악으로 〈써니 텐 타임〉 그러니까 〈흔들어 주세요〉 시간에는 PTP 모든 회원이 나가 흔드는 시간이었는데 난 사실 처음부터 나가고 싶은 마음은 꿀떡 같았지만 아는 사람도 없고 같이 나가자고 권해 주는 사람도 없고 해서 박수만 치고 앉아 있다가 불현듯 든 생각이 내가 무슨 여성해방운동하는 여자는 아니지만 꼭 춤을 추고 싶은 것 보다도 "만약 내가 남자라도 이런 식으로 주위 시선 의식하고 나가고 싶은데 혼자라고 해서 못나갈까. 남자든 여자든 상관없이 혼자라도 나가고 싶으면 나가는거고 둘이라도 나가기 싫으면 안나가는거지. 우리과 댄싱퀸인 지연인 나이트클럽에도 가고 싶은 날엔 혼자라도 가던데(디스코타임땐 혼자서 신들린듯이 추다가 부르스타임땐 남자들이 서로 부르스를 치자고 달려 들어서 부르스타임엔 화장실에 피신해 있고 디스코타임에만 밖으로 나온다고 했다)."란 생각이 딱 들길래 에라 모르겠다하고 용감하게 나갔는데 무대에 올라가기 직전에 그만 음악이 끝나는게 아닌가. 쫌 전의 대찬 여자는 온데간데 없고 얼마나 민망하고 뻘쭘하던지 창피해서 죽을 뻔 했다. '아는 애가 한명만 있었어도 이런 불상사는 안생겼을 껀데...... 아

휴 쪽팔려. 내가 미쳤지 미쳤어. 괜히 혼자 나와갖꼬.'라면서 혼자서 나온걸 얼마나 자책하고 후회했는지 모른다.

제4부는 분위기 잡는 시간으로 candle service라 하여 모든 불을 끄고 PTP 모든 회원들이 손에 촛불을 들고 PTP라는 세 스펠링에 꼽는 시간으로 은은한 음악이 깔리면서 축시가 낭독되었다.

행사를 끝마치고 우리 섭외부만 남아 온갖 뒷치닥거리를 다 하고 우리끼리 살풀이 하려 서면 카니발 나이트클럽에 갔다. 일요일이라 그런지 사람들로 꽉꽉 차 어디 발디딜 틈도 없었다. 그래도 그 사이를 뚫고 우리끼리 똘똘 뭉쳐서 둥그런 원을 만들어 신나게 놀았다.

사이키 조명과 고막이 터질듯이 시끄러운 음악, 현란한 플로아 색상과 원색의 옷을 입은 젊은이들은 모두가 자기가 살아 있음을 확인하기 위해서인지 쉴새없이 꿈틀거렸다.

그야말로 생동감과 에너지가 넘치는 곳이었다. 내가 대학에 들어와서 이런데 와본 곳 중에서 가장 재밌게 놀았다.

그리고 무엇보다도 중요한 점은 우리 섭외부끼리 더욱 더 친해질 수 있는 계기가 만들어졌단 것이다. 앉아서 땀을 좀 식히면서 수환씨와 얘기를 좀 했는데 "써클생활 하다 보면 알겠지만 자기는 결코 좋은 놈이 아니다."라고 말하는 것이었다. 내가 수환씨의 굉장히 솔직한 성격이 맘에 든다고 하니까 막 웃는다. 자기는 싸움도 대개 잘하고 독한 술도 잘 마시고 춤도 거의 춤

꾼처럼 춘다고 했다. 그래서 내가 오늘 행사 때나 여기 와서 같이 놀아 보니까 춤으로서는 사람들에게 뭔가를 확실하게 보여주었다고 생각한다고 말해주었다. 내가 처음 봤을 때 가수 이용을 닮은거 같아 유심히 봤는데 자그만한 몸집에 다부지면서 깡다구가 세게 보이고 안경 너머로 눈매는 실짝 처진 순한 인상의 반달눈이었는데 눈빛은 매의 눈처럼 매서운 눈빛이었다.

내가 여학생이 술 마시는 것에 대해 어떻게 생각하냐고 물어보니까 소주나 맥주 1병 쯤은 괜찮다고 했다.

1982. 9. 20 (월)

아침부터 내리 두시간을 에어로빅댄스로 땀을 쭉 빼고 여학생 휴게실에 가서 각자 써클에서 한 신입생 환영회 이야기로 한참을 수다 떨다가 점심을 먹었는데 꿀맛이었다.

작년에 정신착란증을 일으켜서 휴학했다가 복학한 정희라는 애가 내 옆에 앉았는데 봉애하고 셋이서 많은 이야기를 했다.

정희가 한다는 말이 자기가 지금까지 살아 오면서 사랑한다는 말을 하고 싶었던 남자가 셋이 있었는데 지금 생각해보면 우습기 짝이 없다면서 앞으로는 자기가 진짜 원하는 남자가 나타나기 전에는 절대로 사랑을 안하겠다는 것이다.

그런데 정희가 그러한 증세를 일으켰다는 사실을 안 아이들은 정희를 좀 피하는 것 같았다.

정희가 직접 한 말로 미루어 보아 아무래도 실연을 당한 아픔이 너무 커서 일시적으로 정신이상을 일으킨 것 같다.

여자란 사랑의 상실에 이다지도 약한 것일까? 마치 내가 실연을 당한 것처럼 마음이 아파온다. 하지만 지금 정희는 나보다도 더 정상적으로 보였다.

그리고 오후에 잠깐 짬이 나서 학교 캠퍼스 잔디밭에 혼자 앉아서 책읽고 있었는데 책장사 아저씨의 끈질긴 세일즈에 넘어가서 '창작과 비평'이라는 책을 한달에 6000원씩 10개월 월부로 구입했다.

책이 굉장히 좋다고 한다.

1982. 9. 21 (화)

아침에 엄마가 하시는 말씀이 내한테 돈이 너무 많이 든다면서 앞으로 절약해야 한다는 주의를 받았다.

내가 생각해도 이상하게 돈이 많이 드는 것 같다. 이제부턴 뭐든지 아껴 써야겠다. 주부들이 쓰는 가계부는 아니지만 날마다 내가 지출한 거는 수첩에 꼭 기입해둬야겠다. 일단은 내가 어디에, 얼마를 썼는지부터 알아야 절약을 할 수 있는 첫걸음을 떼는거란 생각이 들어서다.

오늘 점심은 구내 식당에서 엄청 큰 돈가스를 하나도 안남기고 싹싹 다 먹어치우고 매점에서 에이스 크랙커랑 과자 몇가지 고르고 커피 한잔씩 들고서 학교 나무그늘 아래 벤치에 앉자마자 커피에 에이스를 적셔 먹으면서 애들이랑 성희하고 이야기하고 있는데 쫌 양아치 같이 생긴 남자애들이 지나가면서 "많이 먹어도 좋다. 섹시하게만 자라다오."라고 한마디씩 하는 게 아닌가. 우리가 돈가스 먹는 모습도 봤는지...... 하여간 기가 맥혀서 할 말을 잃었다.

요즘 TV에서 자주 볼 수 있는 "개구장이라도 좋다. 튼튼하게만 자라다오."란 광고를 저거 나름 각색해서 우리한테 써먹고 간 거다. 남자애들은 코흘리개 국민학생 때나 덩치가 산만한 대학생이 된 지금이나 여자애들만 보면 하는 행사가 비슷하다. 어릴땐 뒤에서 머리카락을 잡아댕기지를 않나 고무줄놀이 하면

연필칼로 베고 도망가질 않나...... 그렇게 우릴 울리더니 커서도 그 습성을 못버리는거다.

성희가 한다는 말이 지금 우리과 간사인 병찬씨를 한때는 좋아했고 현재 사귀고 있는데 너무 병찬씨한테 얽매인 것 같고 또 여러가지 사정이 병찬씨와 맞지 않아서 그만 사귀고 싶다는 것이다.

그런데 병찬씨가 자기를 영 놓아주지 않을거 같고 미래지향적으로 결혼까지 생각하고 있어서 부담스럽다는 것이다.

우리가 성희 보고 한 말은 병찬씨와의 관계를 갑작스럽게 끊으려 하지 말고 서서히 자기의 감정을 있는 그대로 표현하되 될 수 있는 한 질질 끌지는 말고 확실한 태도를 보이라고.

사실 우리 다섯명 중에 남자친구 있는 애가 단 한명도 없어서 직접 경험한 것도 아니고 다들 친구들한테나 어디서 줏어들어 어줍잖게 간접 경험한 이야기들을 마구 해줘서 성희가 더 혼란스러워졌을 거 같다. 그런데다 말해놓고 보니 세상에서 가장 견고한 방패와 세상에서 제일 날카로운 창을 파는 장사꾼의 자가당착에서 유래된 한자어인 '모순'이란 단어처럼 마치 울되 눈물은 흘리지 마라는 식이어서......

나이가 나이인만큼 우리에겐 이러한 사랑의 문제가 다른 어떤 문제 보다도 가장 고민되고 중요하게 다가온다. 지금보다 더 어른이 된 먼 훗날에 이러한 일을 생각하면 별거 아닐지 몰라도.

그런데 참 아이러니한게 성희처럼 좋아하는 남자친구를 사귀고 있는 애들이 더 행복해야 할텐데 현실은 고민에 찌든 어두운 얼굴색에 더 불행해 보이고 우리처럼 이제껏 변변한 남자친구 하나 없는 애들이 불행해 보이기는커녕 천진난만하게 밝은 얼굴로 더 행복해 보이니 이 무슨 '모순'이란 말인가.

하지만 아무리 그래도 우리는 남자친구를 사귀고 싶다!!

1982. 9. 22 (수)

둘째 시간 마치고 정여가 싸온 제사떡을 학교 옆 숲속 벤치에 앉아서 마파람에 게눈 감추듯이 먹어치우고 ~ 3교시, 4교시 수업은 비어 있고 5교시에 어학연습시간 한 과목만 남아 있어서 ~ 막간을 이용해서 곧장 애들이랑 남포동으로 직행해선 돌아다니면서 메이드 인 루마니아 제품(구루마에서 파는 것들)으로 난 얼굴 작게 보일려고 커다란 링귀걸이랑 겹쳐 낄려고 플라스틱 팔찌는 두개, 보석박힌 헤어밴드 등을 쇼핑했는데 애들 말이 니 아니면 누가 이런걸 하고 다닐수 있겠냐면서 빈정거리듯 저거는 거저 줘도 못한다고 손사래쳐댔다. 내가 너무 심하게 과감한 건가??

회국수집에 가서 입안이 불날 정도로 매운 회국수로 점심을 때우고 학교에 다시 와서 5교시 오늘의 마지막 수업인 어학연습시간엔 어찌 그리 잠이 퍼붓던지 머리에 헤드폰을 낀 채로 실 컷 졸다가 마지막 테스트 할 때 잠이 깨서 겨우 시험을 치렀다.

오늘 부터 우리 악당 5명에 성희 1명이 추가 되어서 6악당이 돼버렸는데 우리끼리 조촐하게 신입악당환영회 한다고 여학생 휴게실에 가서 새우깡이랑 맛동산, 오징어땅콩, 다이제스티브 하고 하드도 이것저것 푸짐하게 사놓고 환영파티를 열었다. 여 섯명이 왁자지껄 수다를 떨어노니 시끄럽다고 여기저기서 하도 눈총을 주길래 두명씩 짝을 맞춰 조용하게 대화를 나누었는데 난 울 다섯명 중에서 가장 속깊은 이야기를 많이 나누고 죽이 제일 잘 맞는 봉애랑 오늘도 결코 가볍지 않은 주제로 오랫동안 대화를 이어갔다.

봉애가 한다는 말이 손가락으로 꼽을 수 있는 친한 친구가 거의 없고 지금 같이 다니는 애들도 진정한 친구라고 생각되기 보다는 그냥 같이 다니는 동행자라고 밖에 생각 안된다는 것이 다. 나는 어려운 일이 닥쳤을 때 도움을 주고 받을 수 있는 친 구를 손으로 꼽아 보면 5명 정도 있다고 하니까 봉애가 눈을 동그랗게 뜨더니 약간 믿기지 않는다는 표정으로 나를 빤히 쳐 다 보았다.

내가 생각해도 난 친구를 많이 사귀는 편은 아닌데 사람들이 나에게 진실한 친구가 몇명쯤 되느냐고 물어볼 때 자신만만하 게 몇명이라고 말할 수 있는 친구들이다. 요즘같이 진정한 친구 를 단 한명도 가지지 못한 사람들이 꽤 많은 세상에서 난 다섯

명이나 가졌으니 굉장한 행운아라고 자부하고 싶다.

(정)경미를 비롯해서 경혜, 진화, (김)경미, 영선...... 대연국민학교 다닐 때랑 대연여중에 다닐 때 또 경남여고 다닐 때부터 나의 분신 처럼 붙어 다닌 친구들이다.

가끔 가다가 옥신각신거리기도 하지만. 집에 와서 곰곰히 생각해 보니 봉애한테 이 말을 꼭 해주고 싶다.

진정한 친구를 사귀기 위해선 내가 먼저 진정한 친구가 돼줘야 한다고.

그런데 나도 이런 말을 떳떳하게 해줄 처지는 아닌거 같다.

난 어릴 때부터 인덕이나 인복이 많게 태어 났단 말을 많이 들었는데 그래서 내 능력 이상으로 운좋게 좋은 사람들이나 좋은 친구들을 많이 만난 것 같다. 그리고 깡패들 세계에서만 '의리'가 중요한게 아니라 여자들의 우정에 있어서도 '의리'는 유효하다고 본다. 난 여자라도 의리 없는 여자는 정말 싫다. 상대도 하기 싫다. 어디까지나 '여자도 의리'인거다. 그래서 우리 다섯 명이 남학생들 사이에 '악당'이라 불려진걸까?

1982. 9. 23 (목)

오늘은 세시간이 내리 휴강이 되어서 우리과 끼리 미니체육대회를 했다. 남학생, 여학생 모두 참여해서 foot baseball 그니까 발야구랑 피구를 했는데 쓰릴 넘치게 재미있었다.

피구에 있어서는 남순이랑 나랑 끝까지 살아 남아 우리 홀수 팀이 이겼다. 남순이는 공을 잘 받아내서 끝까지 살아 남은 거고 난 공울렁증이 있어서 공만 보면 무서워 죽자사자 피하다가 재수 없는 날은 맨첨 부터 맞아 죽던지 아니면 운좋게 끝까지 살아 남아 우리 팀이 이긴 적이 종종 있었다.

어찌보면 나야말로 피구의 정석을 보여 주는 진정한 피구를 하는거다. 피구...... 난 공을 잘 피하니까.

운동으로 상쾌해진 몸과 맘으로 얘들과 며칠 굶은 것처럼 허겁지겁 점심을 먹곤 각자 스케줄이 다 잡혀 있어서 오늘 오후는 각자 각개전투로 다니기로 했다

아침에 아버지한테서 회수권 사고 옷 사입으라고 2만원을 받고 찡박아둔 내 돈 만원을 합쳐 처음으로 혼자서 남포동에 나갔는데 처음엔 사람들이 나만 쳐다 보는거 같고 영 안편하더니 몇 바퀴 돌고 나니까 혼자라도 그런대로 다닐만 했고 운 좋게도 괜찮은 옷을 서너벌이나 건졌다. 왕재수다!

시간을 보니까 청향 갈 시간으론 빠른 것 같아서 유나백화점 8층 힐타워에 가서 시원한 아이스커피 한잔 시켜놓곤 책도 읽다가 낙서도 하다가 멍하니 명상에 잠기기도 하면서 킬링타임을 보냈는데도 시간이 남아서 아이쇼핑도 하면서 천천히 산책하듯 걸어서 청향까지 왔다.

그런데 오늘은 집회실을 사용할 수가 없어서 우리들의 아지

트인 아리아 다방으로 모였다.

그래도 오늘은 출석률이 딴날 보단 괜찮게 나온 편이었다.

메모지에 음악 신청서 적고 ~ 난 프랭크 발리의 Can't take my eyes off you랑 더스티 스프링필드의 You don't have to say you love me 그리고 가요로는 이정희의 '그대여'를 그리고 간단한 멘트 몇줄 적어서 ~ 딴 애들꺼랑 같이 DJ에게 갖다 주었다.

우리가 신청한 노래 들으면서 커피도 마시고 넌센스퀴즈 푸는데 전전긍긍하며 시간을 보내다가 다방을 나와선 우리 15기끼리 따로 모여 2차 가기로 했다. 여학생들끼린 조용히 얘기하면서 남학생들은 노래 부르고 휘파람 불어대며 시끌벅적거리며 한참을 걸어서 전에 한번 가본적 있는 발바닥 나이트클럽 바로 밑에 있는 생맥주집에 갔는데 냄새에도 취할 것만 같았다.

15기만 11명이 갔었는데 각자 500cc 잔이 돌아 갔었는데 여학생들은 거의 다 마실 줄 몰라서 남학생들 한테 다 부어주었다. 난 내딴에는 다 마셔 볼려고 결심에 결심을 했건만 술이 도저히 목구멍 속으로 넘어가지지를 않는 것이었다.

아무리 억지로 마셔볼래도 식도로 넘어 가는게 잘 안돼서 어쩔수없이 원식이 잔에 다 따라줘버렸다. 원식이 뿐만 아니라 남자애들은 쉴새없이 마셔대더니 쫌 취한거 같았는데도 또 마셔댔다. 아마도 몇천 cc는 족히 마셨을 꺼다.

그런데 남자들이란 맹탕 쓰기만 쓴 이 술이 뭐가 그리 맛이

116

좋다고 벌컥벌컥 마셔대는지……

그리스로마신화에선 술은 너무나도 좋은 음료이기 때문에 신들만 마실 수 있는 신의 음료란 뜻으로 넥타라고 했다는데 남자들이 여자들보다 신들하고 더 가깝게 만들어져서 술맛이 넥타같은 천상의 음료맛이 나는지……

정말 내가 이해못할 불가사의 중의 불가사의다!!!!!

1982. 9. 24 (금) (바람은 몹시도 불었지만 무척이나 청명한 하늘)

수업 마치기가 무섭게 엄마랑 만나기로 약속한 남포동 미화당 백화점으로 달려갔다. 먼저 근처에 있는 원산면옥에 가서 엄마는 물냉면, 난 비빔냉면을 후딱 먹어치우고 엄마와의 본격적인 데이트가 시작되었다.

사실은 미화당 백화점에서 아이쇼핑 하다가 내 맘에 꼭 드는 투피스를 발견했는데 학생 신분으로 사기엔 너무 비싸서 며칠 동안 엄마를 구어 삶아서 처음 말할 땐 야가 미쳤나 하시던 엄마가 결국 백기를 드시고 어릴 때부터 종종 들었던 "내가 귀신한텐 당해내도 저거한텐 못당해내겠다."며 직접 보시고 사주던지 말든지 하시겠다며. 그런데 백화점에서 매장 직원언니 보기에 창피해서 얼굴을 못들었다. 백화점은 정찰제인데 시장에서

흥정하듯이 너무 비싸다며 자꾸만 깎아달라고 어찌나 심하게 그러시는지.

태어나서 처음으로 산 비싼 백화점옷이 고이 모셔진 쇼핑백은 엄마가 가져 가시고 난 곧장 하단에 있는 동대 제2캠퍼스에 있는 상아탑 다방에 왔는데 PTP 회원 중 우리 섭외부랑 체육부만 모였다. 토요일, 그러니까 내일 집회 때 '미팅'을 피고로 한 모의재판을 가지는데 오늘 모인건 대강 각본을 짜기 위해서였다. 몇시간 죽치고 앉아서 그간 미팅이나 소개팅 했던 자신의 온갖 경험담들을 방출해내며 실전에 대비한 엑스사이즈도 했는데 포복졸도할 정도로 웃다가 진짜로 죽을뻔 했다. 피고가 피고인 만큼 실성한 여자처럼 어찌나 웃어댔는지 지금도 배가 땡기고 허리가 아플 정도다.

그런데 웃다가 웃다가...... 어떤 남자애를 언뜻 보게 됐는데 선배로는 안보이고 나랑 같은 1학년으로 보였고 베이지와 브라운이 섞인 체크무늬셔츠에 청바지 그리고 사서 처음 신은 것 같이 새하얀 운동화를 신고 있었는데 간간이 웃을땐 눈이 안보이는 반달눈이 됐었고 고등학생 같이 왠지 어색하게 담배를 피우던 남학생이었는데......

그 애를 보자마자 0. 001초의 망설임도 없이 거의 빛의 속도로 바로 저애다하는 확신이 강렬하게 들었다.

신이 내게, 내가 세상에 태어나서 단 한 사람만 만나라 한다면 바로 저 애일거라는......

난 그순간 대담하게도 앞으로 그 애를 꼭 사귀고 말거라는 비장한 결심을 하였다.

한편 어떻게 생각하면 오늘 산 옷처럼 꼭 갖고 싶은 물건이라면 어떻게 해서든 가질 수 있겠지만 사람은 내혼자 마음에 든다고 사귀겠단 결심을 한다고해서 되는 일이 아니란걸 너무나 잘 알기에 이런 말도 안되는 바보 같은 결심을 한거 같아 기가 막혀 허탈한 심정이었다.

난 그애 이름도 전공도 모르고 그앤 아예 나란 존재 자체를 모를건데.

알려고 하면 얼마든지 알 수 있으니까 설령 알게 되었다해도 가장 중요한건 그 애도 나를 사귀고싶어 할련지는 더더욱 미지수이니......

웃다가 웃다가 그 애의 옆모습을 우연히 보게 된 것처럼 앞으로도 계속 계속 웃는 얼굴로만 봤으면 좋겠는데...... 왠지 많이 울 것 같기도 하다.

집으로 가다가 대연동에 잠깐 들릴 일이 있어 못골시장에서 내렸는데 정류소에서 대연국민학교 5학년때 짝지었던 경미랑 우연히 만났는데 어찌나 반갑던지 근처 다방에 가서 커피 마시면서 그동안 밀린 수다를 왕창 떨면서 또 뒤집어지게 웃어댔다.

그런데 경미는 집안 형편이 안좋아져서 대학에는 못들어가고 백과사전이나 전집류 책세일즈를 하고 있는데 시도 때도 없이 전화해서는 책사라는 말은 한번도 안하고 너거 학교 남학생들 중에 괜찮은 남학생 하나 소개팅 시켜 달라고 하도 졸라대서 한 번은 "야, 괜찮은 아니 쬐끔이라도 괜찮은 애 있으면 내가 먼저 사귀지 니부터 소개해주게 생겼냐."라고 면박을 줘도 절대 굴하지 않고 그러면 쪼깨라도 괜찮은 애 발견하면 니부터 만나고 갸보고 지 아는 친구들 중에 한명 소개시켜 달라 해라고 지시까지 내린다. 아이고 기가 막혀 죽을뻔 했다. 아니나 다를까 이번에도 맨 먼저 꺼내는 소리가 제발 빠른 시일내로 소개시켜 달라고 애걸복걸한다. 어쩐 일로 이번엔 애원조다. 평소엔 거의 명령조로 말하던 얘가.

그리고 '괜찮은'이란 단서를 떼고 무조건 우리학교 다니는 애면 된다고 하는 걸로 봐서 다급해진거다.

그래도 난 경미를 어느정도는 이해할 수 있을거 같다. 지가 꼭 남자친구를 사귀고 싶다기보다는 그렇게도 가고 싶었던 대학에 못간 대신에 대학 다니는 남학생과 사귀게 된다면 지도 왠지 대학생이 된듯한 뿌듯한 느낌을 갖고 싶어서이지 않을까하는 내나름의 경미에 대한 심리분석을 해보았다.

그런데도 경미 얼굴엔 언제나 싱글벙글 웃음꽃이 활짝 피어 있다. 지를 둘러싼 현실을 원망하거나 도피하려 하지 않고 그냥 받아들이면서 하루하루를 지 나름 재밌게 열심히 살려고 하다보니 그러니까 지 안에 있던 어둠한테 동조를 안해주니까 "뭐 저런게 다 있냐. 날 무시해도 유분수지 아예 상대를 안해주 심심해서 죽겠다."며 어둠이 못견디고 물러가버려서 저리도 해

맑게 밝은 얼굴로 살고 있지 않나 하는 생각도 다 들었다. 그런데 역시나 오늘도 한시간 반이나 수다 떨면서 책 팔아달란 말은 한마디도 안했다.

1982. 9. 25 (토)

오늘 우리 과가 서생으로 야유회 가는 날인데 가는 날이 장날이라고 그만 폭우가 쏟아지는게 아닌가. 그래도 9시20분 까지 부산역에 나갔더니 간사, 총무를 비롯해서 약 열일곱여덟명 정도가 와 있었다. 좀 더 기다렸다가 애들이랑 역 옆 아리랑 다방에 가서 커피 한잔 마시고 곧장 중국집으로 갔다. 2층 널찍한 방 하나를 독차지하고 콜라, 소주, 크랙카, 해장국, 탕수육, 잡채밥 등등 푸짐하게 시켜놓고선 먹고 마시고 수건돌리기놀이도 하고 벌칙으로 노래 부르고 남학생들~우리과는 유독 거의 군필한 복학생이 대부분~은 왜 그렇게 노래 부를때마다 젓가락으로 상을 뚜드리는지 모르겠다. 옛날 영화 보면 선창가 선술집에서 한복 입은 작부들이 남자 손님들과 합석해서 놀때 거의다 젓가락을 두드리며 구슬프고도 구성진 노래를 부르더니만.

그런데 여학생들 중에는 명화 혼자서 소주를 홀짝홀짝 의외로 잘 마시는 것을 보고 속으로 많이 놀랐다. 우리는 콜라만 홀짝홀짝 거렸는데. 명화가 평소에 얌전하게 보여서 더 그런지 몰라도. 얌전한 강아지가 부뚜막에 먼저 올라간더니만 옛 속담 중에 틀린 말이 하나도 없는거 같다.

왠지 사연 많은 여자로 보였다. 1시 30분 쯤 밖으로 나왔는데 우리가 노는 사이에 세상에 비가 완전히 그치고 볕이 쨍쨍거리는게 아닌가.

232 강의실에서 PTP 정기집회가 있어서 학교로 왔는데 3분 speech와 어제 좀 연습한 '미팅'을 피고로 한 모의재판이 열렸다. 요즘 TV에서 하는 '시민법정'을 모방한 것이었다.

검찰측과 변호인측 간에 살 떨리는 열띤 공방전을 벌렸다.

그런데 피고가 피고(미팅)인지라 다들 할 말도 엄청나게 많았고 처음부터 끝까지 너무 많이 웃어서 배가 아플 지경이었다.

결론은 미팅에게 무죄판결이 내려졌다. 하기사 미팅이 뭔 죄가 있겠냐마는. 잘못을 따지자면 '혹시나' 하는 기대감을 안겨주곤 번번이 실망감을 안겨주며 '역시나'로 끝난다는 것. 그러니까 군이 죄목을 붙이자면 사행심이나 요행을 부추기는 '항정신성 요행죄'라고나 할까.

내일은 우리 써클에서 삼랑진으로 추계야유회 간다고 한다.

내일 9시까지 회비 2000원 들고 부산진역에 모이는 걸로.

집에 오니 영선이 한테서 막 전화가 왔다. 모레 월요일에 대학원서 쓰려 경미 하고 경남여고에 간다면서 11시 30분에 학교 정문 앞에 있는 '먹보' 집에서 만나자고 한다.

친구들도 보고 싶고 선생님도 뵙고 싶어서 만나기로 했다.

1982. 9. 26 (일)

오랫간만에 쾌창하게 맑은 전형적인 가을 날씨였다. 어제 폭우가 쏟아져서 공기까지 샤워를 해서인지 박하사탕처럼 상쾌한 공기맛이 느껴졌다. 오늘 아침 내 마음의 풍경화를 그려보자면 그러니까 국민학교 다닐 때 기다리고 기다리던 운동회날 티없이 푸르던 가을 하늘엔 만국기가 휘날리고 그 위로 어린 내 마음처럼 둥둥 떠다니던 원색의 풍선들 마냥 당장 하늘로 날아갈 듯이 중력을 벗어난 가벼움이 느껴졌었다.

9시까지 부산진역에 나갔더니 우리 PTP 뿐만 아니라 내쇼날, 로타렉트, LEO 등 인원수 많은 써클은 거의다 오늘 야유회를 떠나는 것 같았다. 누가 날 잡았는지 몰라도 오늘 날 끝내주게 잘 잡았다.

우리들은 소풍 가는 아이들처럼 마냥 들떠서 청명한 가을 속으로 떠났다.

삼랑진에 도착할 때 까지 기찻간에서 잠시도 쉬지 않고 게임하고 통기타 치고 손뼉 치며 노래 부르고…… 남학생들은 안주는 손도 안대고 깡맥주와 깡소주만 마셔대고 여학생들은 콜라랑 사이다에 안주는 우리가 다 먹어치웠다.

그런데 오늘은 우리가 기차를 통채로 전세냈는지 아니면 객석의 손님들이 거의다 대학생이어서 그런지 그렇게 주구장창 시끄럽게 떠들어대도 누구 하나 한마디 하는 사람 하나 없는 우리들만의 천국이었다.

드디어 삼랑진에 12시 반쯤 도착해서는 모래사장에 둥그렇게 앉아서 기다리고 기다리던 김밥을 먹었는데 완전히 꿀맛이었다.

그리고 밤 9시경 부산진역에 도착할 때 까지도 쉬지 않고 놀았다. 어찌나 다들 에너지도 넘치고 신나게 잘들 놀던지. 다 좋았는데 옥의 티라면 남자선배들이나 우리 9기 남학생들은 EDPS(음담패설) 타임을 한다나 어쩐다나 하면서 자기네들 끼리 있을 때나 하지 일부러 우리 들으라고 더 그러는거 같았다. 선배 중 한명은 어디서 풍선 두개를 줏어들고는 막 쪼물딱 거리면서 앞으로 자기 미래의 와이프 가슴이 딱 이 싸이즈만 됐으면 좋겠다고 주책을 부리는데 차마 눈뜨고 볼 수가 없어서 난 제발 그만 좀 해라는 싸인으로 인상 팍 쓰면서 눈을 내리까니까 이젠 넌센스퀴즈라며 들어가기 전엔 딱딱한데 나올땐 물렁해지는게 뭐냐니까 9기 남학생 중에 한 명이 1초만에 '껌'이라고 맞혔는데 저거들끼리 음흉스럽게 낄낄거렸다. 그뒤를 이어 우리 인체기관 중에 '지' 자로 끝나는 단어를 돌아가며 맞추는 게임이었는데 맨 처음엔 모가지가 나오니까 뒤를 이어 손모가지, 발모가지 정도뿐이었고 그다음엔 딱히 떠오르는 게 없어서 여학생들은 속이 타들어가는 초조불안함에 미칠거 같았는데 그때 잔다르크 같은 한 9기 여학생이 씩씩한 목소리로 '해골바가지'라는 이 구원의 재치 넘치면서 귀여운 대답에 특히 여학생들은 그간의 긴장이 싹 풀리면서 포복졸도할 정도로 웃어댔다.

하옇튼 남자들이란 왜 저럴까 싶다. 모였다 하면.

한마디로 아더메치유 목불인견들!!!!!

오늘 내가 가장 흐뭇했던 점은 2학년 선배언니를 알게된 점이다.

수학과 2학년 황경(성은 황이고 이름은 외자로 경이다)언니인데 처음 봤을 때 부터 무지무지 친근감이 가고 악의라곤 한 톨도 찾아볼 수 없을 정도로 선하고도 순한 얼굴에 정말 친언니로 삼고싶을 정도이다. 또 대화를 나눠보니 서로 잘 통하는데다가 언니가 여동생이 없다면서 앞으로 언니 동생 사이로 지내자고 하는게 아닌가. 언니의 이 말이 어찌나 반갑고 고맙던지 눈물이 나올뻔했다.

오늘의 가장 큰 수확은 경언니를 알게 된거다.

1982. 9. 27 (월)

학교에 갔더니 오늘 문과대학 학술세미나로 전과목이 휴강이라고 한다.

경미, 영선이가 대학원서 때문에 고등학교에 간다고 해서 나도 가서 애들과 만났다. 거기서 여전히 까만 피부와 곱슬머리에 항상 생글생글 웃는 눈인 명화를 만났다. 그런데 공부를 너무 열심히 해서 부은건지 아니면 살찐건지 옛날보다 많이 통통해 보였다.

　담임선생님은 수업 들어 가셨는지 만날 수 없었고 경미랑 영선이 원서 쓰고 나오자마자 학교 옆에 있는 먹보집에 가서 냄비 우동, 비빔국수, 김밥, 도너츠, 음료수 등을 잔뜩 시켜 며칠 굶은듯이 먹어치우고 곧장 서면으로 직행했다.

　경미는 막바로 학원으로 들어 가고 나랑 영선인 전자오락실에 들러 난 갤러거를 잘 할줄 몰라서 주로 어린이들이나 하는 차운전게임하고 게임의 여왕인 영선인 어찌나 빠른지 손가락이 안보일 정도로 신들린듯이 갤러거 몇판 하다가 경양식집인 아마란스에 들어 갔다. 내가 아마란스란 이름이 참 특이하고 예쁘다면서 무슨 뜻이냐고 물어봤더니 아마란스가 꽃이름인데 영원히 시들지 않는 전설의 꽃이란다.

　커피랑 토스트를 시켜서 야금야금 먹고 있는데 영선이 친구가 왔다. 영선이가 재수학원에서 만난 애인데 술을 좀 마실 줄 아는 애라 오자마자 맥주 1병을 시켜 셋이서 홀짝홀짝 다 마셨다. 안주는 영선이가 밖에 나가서 구운 쥐포랑 크랙커를 사왔다. 그런데 맥주 한모금도 쓰다고 온갖 인상 다쓰고 남학생들한테 다 부어주던 내가 오늘 처음으로 한 잔을 다 마신거다. 물론 안주발이 한몫 했지만. 그것도 백주 대낮에 낮술을. 둘다 재수생이다보니 주로 재수생활의 애환과 그 와중에 재수학원에서 만난 남학생들 얘기도 하면서 매 웃다가 내만 3시 30분쯤 나와서 하단 캠퍼스로 향했다.

가다가 정봉이를 만났는데 청향 15기만 '365일' 카페에서 이번 수요일 5시까지 만난다고 한다. 어제 우리집에 이거 알려 주려고 전화 걸었는데 우리 아버지가 받아선 학생이면 공부나 열심히 해야지 여학생집에 왜 전화질이냐며 심하게 야단을 맞았다면서 자기는 억울하다고 하소연 했다. 내랑 사귀는 것도 아니고 단지 공지사항을 전할려고 했을 뿐인데라면서. 사실 정봉이 말이 맞긴 한데도 괜히 고소한 생각도 들고 그때 상황이 상상이 돼길래 표시나겐 못웃고 속으로 킥킥거렸다.

운동장에 들어 섰더니 PTP 전회원이 나와서 얼마 뒤에 있을 써클배 운동시합에 대비한 연습을 하고 있었다. 여학생들도 전부다 츄리닝 바지 입고 나와서 구슬땀을 흘리며 연습하고 있었는데 내혼자 공주풍의 레이스 달린 치마(모교방문 해서 담임샘도 뵐거라고 나름 조신하게 입었음)를 입은 관계로 죄지은거 마냥 쪼그리고 앉아서 보기만 했는데 미안해서 혼났다. 시합날까지 매일 같이 연습한다고 한다.

그런데 연습 마치고 집으로 가는 길에 학교 앞 포장마차에 들러 떡볶기, 순대, 오뎅, 튀김 등을 푸짐하게 시켜줘서 난 사실 같이 먹을 자격도 없으면서 게다가 하루종일 먹어놓고도 또 이성을 잃고 먹어댔다.

1982. 9. 28 (화)

내일까지 제출해야 할 문학개론 리포트가 있어서 강의가 비는 시간마다 했는데도 다 못해서 집에 와서도 매달려서 겨우 마무리했다.

그리고 며칠 동안 청소를 안해서 엉망진창으로 어질러진 내 방을 대청소 했다. 고등학교 때까지는 엄마가 내 방 청소를 해주셨는데 대학 입학한 이후론 "니 나이가 스물살이면 성인이니 이제부턴 니 방은 니가 알아서 청소해라."고 하시면서 진짜로 한번도 안치워주셨다. 엄만 열아홉에 시집와서 니 나이에 큰 오빠 낳았고 온갖 고초를 다 당하며 시집살이했다면서 으레히 나오는 엄마의 단골 레파토리인 시대 잘못 만나서 그리고 세상물정 모르는 조선시대 선비 같은 남편 만나서 엄마 고생하며 살아온 이야기를 글로 썼으면 책 몇권이 될거라고 하시면서……

청소라는 게 처음에 하기 싫어서 그렇지 일단 하고보면 운동이 되서 살도 빠지고 주위도 깨끗해져서 무엇보다도 기분이 상쾌해지는 것 같다. 일종의 성취감도 생겨서 뿌듯한 마음도 드니 그야말로 일석이조 아니 일석삼조다.

그렇다고해서 난 결코 청소예찬론자는 아니다.

이제 어느 정도 내 방이 말끔해져서 침대 시트부터 새 걸로 다 바꿔놨는데 뽀송뽀송한 새 이불 위에서 뒹굴뒹굴거리며 저번 일요일 우리 PTP써클에서 삼랑진으로 야유회 갔을때 알게 된 경아언니한테 편지를 쓰야겠다. TV에선 내가 좋아하는 〈11시에 만납시다〉도 할 시간인데 오늘밤은 말상 문세오라버님의 별밤이나 들으면서 편지를 쓰자.

보고싶은 언니에게...... 라고 시작해야지. 그런데 잠이,

잠이...... 불가항력적으로 자꾸 눈이 감긴다.

잘 보낸 오늘에게 "Bye!"라고 서둘러 짧게 안녕을 고했다.

1982. 9. 29 (수)

2시 20분에 봉애랑 School bus를 타고 하단동 제2캠퍼스로 왔다. 낙동강이 내려다 보이는 허허벌판 같은 곳에 덩그러니 세워진 공대 건물이랑 학생식당과 라운지 등을 살펴보니 10층이 넘는 고층에 첨단 시설로 지어졌지만 왠지 정이 안가고 삭막해 보였다.

지금 우리가 공부하고 있는 문과대, 예술대, 법정대와 상경대 건물로 들어찬 대신동 제1캠퍼스는 뭣보다도 아름드리 소나무가 많고 저층에 빨간 벽돌이 많이 들어가 있어서 고풍스러운 유럽의 박물관 분위기가 나는데 제일 맘에 드는건 학교 정문 옆으로 나란히 있는 숲에 벤치가 군데군데 놓여져 있는데 낮에 들어가도 어두울 만큼 울창하고 숲에서 나는 솔향이 너무 좋아서 점심 먹고 나면 커피랑 과자 등을 챙겨가서 소화도 시킬겸 산책하

다가 벤치에 앉아서 수다 떠는게 우리 일과 중의 하나다. 그리고 종종 숲 옆에 있는 우리가 숲빈이라고 부르는 '숲속의 빈터'란 카페에 가서 주로 클래식 음악을 감상하면서 커피를 마시기도 한다.

둘이서 여기저기 돌아다니며 실컷 학교 구경하다가 운동장에 가보니 우리 PTP 회원들이 본격적으로 연습하기 전에 워밍업 하고 남학생들끼리 배구연습 하고 있었는데 봉애가 1캠퍼스로 다시 가야해서 버스 타는 곳까지 데려다 주고 오니 여학생들 끼린 foot base ball을 하고 있길래 나도 같이 연습을 했는데 생각보다 영 하기 어려웠다. 너무 못해서 쪽팔려 죽는 줄 알았다.

나란 존재는 뭐 하나 제대로 하는게 없으니 PTP에 별 도움이 안된다.

우리 PTP와 호우회간의 foot base ball 연습게임이 있었는데 우리가 17:0으로 압도적으로 이겼다. 심하게 상대가 안되니까 시시하고 지겹기만 했다.

오늘도 연습 마치고 출출해져서 우리끼리 속닥하게 포장마차에 가서 떡볶이, 오뎅, 호떡, 튀김 등을 게걸스럽게 먹어치웠다. 선배는 후배의 영원한 밥이라면서 오늘도 선배님들이 사주셨다.

1982. 9. 30 (목)

아침부터 엄마의 진두지휘 아래 큰 올케언니, 작은 올케언니랑 나까지 부엌에서 추석음식을 본격적으로 장만한다고 분주히 움직였다. 난 명절날 설거지 담당이라 음식 장만할 땐 안도와줘도 되는데 그냥 부엌에서 세 사람 일하는거 기웃기웃거렸다. 그런데도 명절 기분은 어릴 때랑은 비교도 안 되게 안 났다.

그래도 송편을 만든다고 어린 조카녀석들이랑 집안 식구들 부엌마루에 옹기종기 모여 앉아 이야기꽃과 웃음꽃을 피우며 송편 만드는 재미는 제법 솔솔했다.

아버지께선 추석은 우리 민족의 정겨운 풍속이고 우리의 조상은 필시 정많고 슬기롭다고 말씀하셨는데 정말 공감되고 일리가 있는 말씀이었다.

낮에 잠깐 틈을 타서 참 좋은 언니, 보고싶은 언니, 경언니에게 보낼 편지를 썼다.

설령 언니가 나를 좋은 동생으로 여기지 않더라도 난 언니를 언제까지나 좋은 언니로 생각할 것이다.

언니를 알게 해준 PTP에 무궁무진한 발전이 있기를······

1982. 10. 1 (금)

오늘은 음력으로 8월 15일…… 중추절, 한가위, 가배절 등등
으로도 불리는 추석이다.

하루종일 날씨가 잿빛이었다. 오후 1시쯤 창원에 사시는 형
부랑 언니 가족이 오고 연이어 엄마 동생들인 문현동과 연산동
에 각각 사시는 둘째 외삼촌네 가족과 막내 외삼촌네 가족도 오
셨는데 큰 오빠집 애들 3명, 둘째 오빠집은 1명, 언니집 3명 포
함해서 대여섯살 정도 되는 애들만 해도 12명이라 고만고만한
악동들이 뛰고 구르고 악쓰고~~~~~ 아휴 지금도 머리가 어
질어질, 혼이 다 나갈 지경이었다.

아이들은 한번씩 또 잠깐만 볼땐 귀엽고 예쁘고 사랑스러운
데 시간이 길어지면 세상 피곤해지는 것이다.

난 종일토록 설거지만 했다. 우리집 명절지내는 원칙은 명절
전날에 명절음식할때 엄마는 큰 올케언니하고 둘째 올케언니랑
세명이서 준비하고 명절 당일엔 부엌에서 설거지는 내가 전적
으로 도맡아서 해야하고 올케언니들은 날 도와주는데 어른, 아
이들 다 합해서 한 30명 정도 되니까 설거지 양이 어마어마하
게 많은데 이걸 언제 다 하나 싶어 엄두도 안나고 한숨 밖에 안
나지만 시작이 반이라고 일단 물 틀어놓고 그릇 하나만 씻고나
면 에베레스트산 같이 쌓이고 쌓인 설거지들이 어느새 마지막
그릇 하나만 남아있는 것이다. 진짜 기적이 따로 없다. 일단 시

작하는 것이 어려워서 그렇지 일단 시작만 하면 어떻게든 다 하게 된다는걸 설거지를 통해서 배웠다. 설거지를 통해 인생살이에서 꼭 알아야할 가장 귀중한 지혜를 배운거다.

고등학교 때부터 설, 추석 명절 설거지는 내가 거의 전담했으니 지금은 어느 정도 설거지 전문가가 되었다.

만약 지금 당장 미국유학을 가게 돼서 아르바이트로 설거지를 하게 된다면 일 잘한다고 인정 받을 자신이 있다. 그런데 나이에 비해 손이 거칠어져서 앞으로 남자친구를 사귀게 돼 차차 손을 잡게 되면 겉으론 말 못하겠지만 속으론 "그런데 손이 왜 이리 아줌마 손 같이 거칠지. 아마도 어렸을땐 가정형편이 어려워서 고생을 참 많이 해서 그런가......"라고 이상하게 생각할 수도 있을 것 같다. 앞으로 남자친구 사귀게 되면 내 손 잡기 전에 내가 먼저 팔짱껴야지. 게다가 대학 들어와선 신문이나 잡지 읽고 맘에 드는 기사나 패션사진을 오려서 보관하는 스크랩 하는데 취미를 붙여 가위질도 매일 하니까 손이 주인 잘못 만나 쉴틈도 안주고 계속 혹사시키니.

사실 고등학생일때도 어릴때 엄마가 어디서 주워온 바비인형을 보물단지처럼 간직하고 있었는데 솜씨 좋은 엄마가 겨울이면 너무 오래 돼서 더 이상 입을 수 없는 쉐타의 실을 다 풀어서 바비인형의 모자부터 머플러, 코트까지 다 짜주신 타고난 디자이너이시다. 어릴 때부터의 내 꿈이 패션디자이너였던게 알게 모르게 엄마의 영향력이 컸던거 같다.

난 진짜 의상학과로 갔어야 했는데 아버지가 여자가 바늘질 하고 살면 팔자가 드세진다면서 옷 만드는 과 갈라면 대학은 절대로 보내줄수 없다며 그냥 옷 만드는 복장학원이나 가라고 어찌나 강경하게 나가시던지 엄마랑 내가 그렇게 아버지를 설득해도 안통하서서 그냥 국문과에 들어온거다.

일단 책 읽는 것도 정말 좋아하니까. 이르면 2학년이나 늦어도 3학년 부터는 의상학과로 편입하기 위해 편입학원 중에서 제일 알려진 서울에 있는 김영 편입학원이란데도 전화로 알아보고 열심히 자료도 찾아보고 있는데 쉽지 않단다.

편입하기도 까다롭지만 편입학원이 의외로 돈도 많이 들어서 아버지를 어떻게 설득해야 할지 모르겠다. 아버지 때문에 내 인생이 더 복잡해지게 생겼다.

1982. 10. 2 (토)

아침 일찍이 1차로 창원에 사는 형부, 언니팀이 떠나고 점심밥 먹고 큰 오빠네 가족, 작은 오빠네 가족들이 줄줄이 몽땅 다 떠났다. 모두들 다 떠나고 나니까 집안이 어디 절간 같이 적막하다.

아까까진 시끄러워 죽겠더니 이젠 갑작스럽게 너무 조용해지니까 적응이 안돼 죽겠다.

사람의 마음 만큼 변덕이 죽 끓듯 하고 교활한게 또 있을까?

그리고 우리 집은 이상하게도 모일땐 왕창 모이고 흩어질 때도 한꺼번에 흩어져 버린다.

적당하게 조용한게 가장 좋겠지만 둘 중에서 굳이 하나를 골라 보라면 좀 쓸쓸해도 조용한게 더 좋다.

엄마가 남자친구한테 전화왔다고 해서 (남자 친구 없는거 내가 잘 아는데 이상하게도 가슴이 설렘) 받아 보니 PTP 써클의 노계석 섭외부장님이었다.

내일 송도에서 우리 섭외부끼리만 속닥하게 단합대회한다고 회비는 3000원이고 3시까지 송도 구름다리 바로 앞에 있는 매표소에서 모인다고 한다. 우리 과인 광미한테 연락해라고 전화번호를 불러줘서 메모지에 적어서 소파옆 전축 위에 분명히 올려놓은거 같은데 어디로 갔는지 아무리 찾아봐도 안 보인다. 선배에게 전화해서 다시 물어보기 싫은데.

그런데 이틀 전에 PTP 경언니에게 띄울려고 적어논 편지도 온데간데 없어졌다. 편지는 다 써서 봉투에 고이 넣어 책상 위에 놔뒀는데 (마침 우표가 딱 떨어져서 추석 지나고 우표 사서 부칠려고) 아무래도 조카녀석들이 딱지놀이 한다고 딱지로 만들어 버렸나 보다. 짜증이 너무 나서 폭발 직전이다. 사실 애들한테보다도 내 자신한테 더 화가 난다. 애들이란 삼시랑들은 원래 다 그런걸 몰랐단 말인가.

그래서 애들 잘못은 애들 탓이 아니고 어른 탓인걸.

1982. 10. 3 (일)

추석을 잘 보내고 썰물 빠지듯 친척들 다 가시고 난뒤 우리 가족끼리만 오붓하게 나들이 가는데 나만 살짝 빠지고 우리 섭외부 단합대회에 갔다. 3시에 만나기로 했는데 PTP타임 때문에 거의 4시쯤 됐는데도 여섯명 밖에 안 모여서 횟집에 갔다.

아나고회, 소주와 음료수, 매운탕과 밥...... 실컷 먹고 실컷 마시고 실컷 이야기하고 실컷 웃고 실컷 노래 부르고 실컷 게임도 하고 하옇튼 실컷 놀았다.

9시가 다되어 나와서는 불빛에 비친 송도바닷가를 우루루 모여서 잡담을 하며 쓸데없이 거닐었다.

2차로 남포동에 있는 신천지백화점에 가서 롤러스케이트를 탔다. 나는 청미니스커트를 입어서 넘어지면 죽음이다 (너무 창피하고 쪽팔려서) 싶어서 얼마나 조심조심 탔는지 다행히 한번도 안 넘어졌다. 땀을 무진장 흘리고 차갑디 차가운 콜라 한잔 마시고 나니 쫌 살 것 같았다. 오늘 모임이 가족나들이하고 겹쳐서 갈까말까 고민하다가 에라 모르겠다 하고 와버렸는데 여기로 오길 정말 잘했다는 생각이 들 정도로 재밌었다.

버스를 타고 집으로 오면서 써클에 관해 이런저런 생각에 잠겼다. 앞으로 써클 생활 하면서 써클에서의 내 행동반경에 대해서도 생각해 보았다. 아무래도 적극적인 행동을 해야겠다.

너무 나서는 것도 쫌 그렇지만 너무 얌전하게 처져 있는 것도 그 집단에서 있으나마나한 존재가 되기 때문에 써클 생활하는 보람이나 의미를 못찾을 것 같다.

1982. 10. 4 (월)

체육시간에 에어로빅을 하지 않고 자유롭게 운동을 했다.

나는 줄넘기하다가 배구하다가 농구를 했는데 운동복이 축축해질 정도로 땀에 흠뻑 젖었는데도 모를 정도로 재밌게 운동에 빠졌다. 난 제일 싫어하는 것도 또 못하는 것도 운동인데 오늘은 이상하게도 운동이 재밌어지다니 무슨 이런 일이.

점심을 먹고 운동장 스탠드에 앉아 남학생들 야구하는 거 보고 있는데 명숙이 하고 여혜가 와서 한다는 말이 우리과 여학생들이 내가 학생답지 않게 화장도 너무 진하고 옷도 너무 튀게 입는다고 하더란다.

이 말을 듣는 순간 얼굴이 화끈 달아 오르고 기분이 확 나빠졌다. 봉애가 한다는 말이 일종의 질투심리에서 그런 말이 나온 것 같다면서 신경쓰지 마라고 한다. 하긴 내 옷차림만 보면 아무도 국문과로 안보고 (심지어는 내가 국문과 수업을 선택과목으로 듣는 타과 학생인 줄 아는 애들도 있었음) 미대나 의상학과 다니느냐 말은 여러번 들었다. 일반적인 국문과 1학년 여학생들은 화장기 없는 얼굴에 귀걸이 같은 액세서리는 일절 안하고 파마머리도 거의 없고

긴 생머리나 숏커트에 티셔츠와 청바지 차림이 대부분인데 좋게 보면 청순해 보이고 솔직히 말하자면 촌스러워 보인다.

난 여고 졸업한 다음날 미장원으로 달려가서 여고시절 땋았던 긴 머리를 약간만 쉐기컷하고 뽀글뽀글 볶았다.

입학식 하기 전에 경주에서 2박 3일 정도 1학년 신입생 전체 오리엔테이션 했었는데 파마한 애는 눈을 씻고 봐도 찾기 어려웠는데 애들이 내가 재수한 언니로 보였는지 재수 없게 하도 언니라 불러서 어찌나 짜증이 나던지.

마산상고 졸업하고 우리 학교 차석으로 들어와 법대에 입학한 마산촌놈인 이종사촌 형호는 미대나 무용과 등 예술대 여학생들이 문과대 여학생들보다 훨씬 예쁘다고 생각했었는데 이번에 문과대랑 예술대 체육대회 할 때 보니까 다같이 화장도 안하고 똑같은 흰티에 청바지를 입으니 문과대 여학생들도 예쁘다는 걸 알았다면서 예술대 여학생들은 예술적으로 꾸미고 다니니까 더 예쁘게 보인 거였다고. 사실 형호는 서울대 법대에 충분히 갈 실력이었는데도 작년 이맘때쯤 이모부가 갑작스런 사고로 돌아가셔서 동생들이 많은 관계로 우리 학교에 대학 4년간과 대학원 2년 총 6년간의 전액장학금과 숙식이 해결되는 고시원 생활과 별도로 한달 생활비까지 제공받는 파격적인 조건으로 왔는데 한번씩 큰이모집인 우리집에 와서 밥도 먹고 커피도 마시면서 서로 소개팅 해주기나 캠퍼스 라이프에 대해서 이런저런 얘기를 많이 나누었는데 시골촌놈이 디스코클럽에 처음 갔을 때 싸이키 조명이 나올때는 걸어만 다녀도 춤추는거 같더라고 해서 얼마나 웃었던지. 니만 장학금 받냐 나도 전액장학금 받고 학교 다닌다니까 무슨 장학금 받냐고 묻길래 FM장학금이라고~~~~~Father's Money 장학금이라 했더니 "그러면 그렇지."라면서 웃겨죽겠다고 뒤집어졌다.

또 문학개론 시간엔 뒤를 보고 이야기 하다가 교수님한테 지적 당해 앞으로 불려 나갔다. 그 많은 학생들 앞에서 몰피 중의 몰피를 당한 것이다. 너무나도 창피해서 쥐구멍이라도 있으면 들어가고픈 심정이었다. 게다가 교수님은 보수적이기로 악명 높은 구연식교수님...... 날더러 학생신분에 안맞게 화장도 진하게 하고 귀걸이까지 달았다면서 앞으로 자기수업시간엔 학생신분에 맞지 않게 사치스럽거나 야하게 화장하고 손톱에 매니큐어를 칠하거나 귀걸이를 단 여학생에겐 학점을 안주겠다면서 아예 엄포를 놓으셨다.

남학생들은 극히 지당하신 말씀이라면서 저거들 끼리 어찌나 낄낄낄 거리던지 기가 막혀 죽는줄 알았다. 어찌나 창피했는지 지금까지도 얼굴이 벌겋게 달아오를 정도다.

저번달엔 그날도 밤늦게 집에 들어 와서 화장을 지우려고 화장대를 본 순간 화장품이 하나도 없어졌길래 화들짝 놀라서 엄마한테 내 화장품 도데체 어디에 치워놨냐고 물었더니 아버지가 내가 학교에 가자마자 내 방에 들어와서 화장대에 있던 화장품이란 화장품들을 싸그리 까만 비닐 봉투에 넣어서 다 버리셨다고. 엄마가 아무리 말려도 안되더라면서.

  학생이면 학생답게(?) 다녀야지 날마다 술집 색시처럼 화장을 떡칠하고 다니면서 밤늦게 들어온다고~~~~~ 그때도 기가 막혀 죽을뻔했는데. 아버지도 구연식 교수님처럼 조선시대 선비 저리가라 할 정도로 시대에 맞지않게 어찌나 고지식하고 융통성이 없으신지 숨이 턱 막힐 지경이다. 그리고 난 아버지한테 몇번에 걸쳐 책산다고 돈받아내서 화장품을 다시 다 사서는 옷장에 숨겨놓곤 색조화장품만 파우치에 담아 가방에 넣어두고 학교에 도착하면 빈 강의실에 가서 눈화장부터 한다. (아버지는 괜한 짓 하셔서 아버지 돈만 더 나간거다 흑흑흑) 화장이라고 해봤자 눈에 아이라인 긋고 옷칼라에 맞춰 아이쉐도우 칼라 맞춰 바르는 게 다이고 분도 안바르고 립스틱도 안바르는데도 내처럼 과감하게 눈화장하는 애들이 없다 보니까 전체적으로 화장을 진하게 하고 다니는 것처럼 보인것 같다. 사실 나의 진한 눈화장과 치렁치렁한 짚시스타일 치마와 큰 귀걸이 패션은 내가 진짜진짜 좋아하는 Girl just wanna have a fun이란 노래(나 역시 이 노래처럼 우리같은 girl들은 단지 재밌게 살길 원할 뿐이기에)와 이 노래를 부른 신디 로퍼(나는 이상하게도 마돈나는 썩 안 끌림)를 거의 숭배하기 때문에 그녀의 진한 눈화장과 치렁치렁한 패션을 쫌 따라한거임. 내 친구들은 눈화장 빼곤 바를건 다 바르고 다니는데도 걔들은 화장안하고 책만 열심히 읽는 모범학생들로 보이고 나만 억울하게 머리에 든거 없이 멋만 부리고 다니는 날라리나 나이트클럽 죽순이로 낙인 찍힌 거다. 사실은 알고보면 내가 책벌레인데.

그런데 아무리 생각해도 이게 말이 되냐 말이다. 내가 고등학생도 아니고 대학생인데 눈화장 좀 진하게 하고 다닌다고 이렇게 안팎으로 핍박을 받아야 하다니. 하지만 아무리 그래도 난 내가 하고 싶은 건 하고야 만다.

오늘은 온전히 내가 수난을 당한 날이다.

1982. 10. 5 (화)

학교 식당 옆 벤치에서 대열씨와 수환씨하고 이야기를 나누고 있는 광미를 보고 그쪽으로 갔더니 요번 PTP 9기 기장선거에서 여학생은 광미, 남학생은 수환씨를 밀어 달라고 한다.

그렇게 하겠노라고 승락은 했지만 마음 한 구석으로 왠지 서운한 감이 들었다.

무언가를 뺏긴 기분이라 할까. 내딴에는 한번 적극적인 활동을 해볼까 했는데……

하지만 이왕 이래 된 일 광미라도 잘 되도록 밀어줘야겠다.

내일 선거한다고 꼭 참석해라고 신신당부를 해서 그렇게 하겠노라 하고 헤어졌다.

그런데 이건 학생들의 순수한 선거라고 보기엔 기성정치인들이 하는 구태의연한 정치판에서 하는걸 보고 답습하는게 아닌가 하는 생각이 들어 왠지 씁쓸한 느낌이 들었다.

딴날과는 비교도 안되게 일찍 즉 아직 해가 떠있을때 (이런 일은 몹시도 드문 현상이기에) 집에 와서 녹차를 진하게 한대접 우려내선 엄마가 아침에 삶아논 알밤을 까먹으며 내가 좋아한다기 보다는 감히 흠모하고 있는 ~하지만 안타깝게도 그가 아닌 그녀는 내가 세 살 때 유명을 달리했다 즉 생을 마감했다~ 천재 중의 천재인 전혜린의 〈그리고 아무 말도 하지 않았다〉란 제목의 유고집인데 32세에 자다가 심장마비로 세상을 떠난 그녀의 일기나 편지, 독서감상문, 신문에 실렸던 글 등을 모아 엮은 책인데 어제 거의 밤을 꼴딱 새우다시피 읽고 몇 페이지 남은걸 마저 다 읽었다. 그런데 내겐 너무 울림이 큰 글들이라 평생 내 곁에 둬야겠다고 맘먹었다.

이화여대 국문과 교수이자 문학평론가인, 이분 또한 천재이신데, 이어령교수님의 이어령교수님다운 글로 전혜린을 추모하는 끝페이지를 장식해주셨다.

그의 추모사 제목도 책 제목과 같은 '그리고 아무말도 하지 않았다'인데 전설이나 신화 속으로 사라져 가는 사람들이 있다. 전혜린 ──────── 그도 그중의 한 사람이다.

그는 하나의 활화산이었다. 이 지상에 살고간 서른 두해.
자기의 생을 완전하게 산 여자였다.
가짜가 아닌 생이었다. 생을 열심히 진지하게 살았다.

정말로 유일한 여자였다.

그는 오늘의 침묵에 이르기 위하여 언제나 말을 했고 언제나
노상에 있었다.

당신은 이제 알 것이다. 그가 도달한 침묵의 값을.

그리고 그는 아무 말도 하지 않았다.

1982. 10. 6 (수)

마지막 수업 마치자마자 정여랑 여학생 휴게실로 직행해선
커피를 마시면서 여성잡지책들을 뒤적거렸는데 너무너무 예쁜
옷들이랑 가방, 구두들이 많아서 다 사고싶었다.

자기보다 나이는 훨씬 많아도 갖고 싶은 건 뭐든지 사준다는
돈 많은 남자랑 사귀는 여자들 심정이 이해가 간다.

결국 정여랑 남포동 미화당백화점에 가서 한바퀴 돌면서 아
이쇼핑만 하고 나와서는 한푼이라도 아낄 거라고 (우리가 언제부터
이렇게 알뜰했다꼬) 골목 구석구석을 이잡듯이 돌아다니면서 이것저
것 고르다가 내만 겨우 15000원짜리 구두 한켤레 사고 정여는
돈이 모자라서 다음에 사기로 하고 먹자골목에 가서 팥빙수랑
순대, 떡볶이, 오징어무침, 부추전 등을 골고루 시켜 배가 터
지게 먹고있는데 지나가는 남학생들이, 우린 모르는 얘들인데,
"살찌겠다. 그만 묵어라."고 한마디 하면서 지나가는게 아닌가.

"그 말이 왠지 기분 나쁘게 안들린다. 아직 살 안쪘다는 말 아니가." 하고 정여에게 말했더니 정여왈 걔들이 '더' 자를 빠뜨렸다는 거다. 난 긍정이 지나쳐서 발전성은 쫌 없지만 일단 내 속은 편하게 산다. 하지만 정여는 냉철하게 현실을 파악하는 능력이 뛰어나서 매사 노력파라 사는게 좀 피곤하다. 난 사실 무지 무지 먹는거치곤 살안찌기로 악명 높은데, 오죽하면 친구들이 사기꾼몸이라고 부를까. 실컷 먹고도 또 아이스크림을 손에 들고 둘다 다시 학교로 올라 왔다.

캠퍼스엔 어느새 어둠이 깔리기 시작했는데 써클도 성격대로 정여는 미국의 〈타임〉이란 주간지 골땡기게 번역공부하는 TIME써클에 난 그저 먹고 마시고 놀자판인 PTP써클로 발길을 향했는데 이미 PTP 9기 기장선거가 시작되고 있었다.

남학생은 K와 수환씨의 치열한 공방전 끝에 수환씨가 남기장으로 선출됐고 여학생은 우리과에서도 PTP에서도 여학생들 중에선 가장 활달한 광미가 될 줄 알았는데 뜻밖에 항상 부시시하게 파마한 숏커트에 볼때마다 달라붙는 청바지에 아저씨들 공장 작업복 같은 헐렁한 베이지잠바차림의 섬머스마같이 생긴 건축과에 다니는 재분이라는 얘가 걸렸다. 무슨 이런 이변이. 그런데 내가 보기엔 K는 말도 잘 안 하고 앞에서 나서는 건 질색으로 싫어하는 조용한 성격으로만 보여서 기장에 추천되어 앞에 나가서 한마디할 때 말도 잘 하지 못할 것 같아서 굉장히 불안했었는데 뜻밖에 의외로 박력있게 잘 하는 게 아닌가.

평소 K의 이미지랑 완전히 달라보여서 K의 얼굴을 한참 쳐다보았다. 사실 저번달에 하단캠퍼스정문 맞은편 상아탑이란 카페에서 PTP신입회원 첫모임이 있어서 거기서 K를 처음 봤을 때부터 느낌이 남다르긴 했었다. 선수하고 혜련이는 K가 안되고 수환씨가 기장이 된데 대해서 불만이 많은듯 했다.

나도 마찬가지 심정이지만 이왕 이렇게 된거 뒤에서 잘 밀어 줘야겠다.

하지만 K가 안된데 대해 왜이리 서운함이 드는지 모르겠다.

1982. 10. 7 (목)

세시간 수업을 스트레이트로 마치고 봉애, 미영이 하고 구덕 분식점에 가서 라보떼(라면 보통으로 떼우기)하고 막바로 음악감상실로 올라가서 셋이서 소근소근 속삭이듯 이야기 했는데 미영이 집안얘기 때문에 웃음 참는다고 혼났다. 사실 웃을 일이 아닌 심각한 일인데. 미영이 오빠도 우리 학교 정외과 3학년인데 키도 훤칠하고 핸썸한데다 작년에 총학생회장에 뽑혔는데 전두환 독재정권 타도를 외치며 며칠전엔 석당 도서관 앞에서 삭발식도 감행하고 그날부터 도서관 앞에서 돗자리 펴놓고 몇몇 남녀 학생 간부들이랑 단식투쟁 중인지라 회장인 자기 집이 단식투쟁 중인 학생 간부들 부모님들의 아지트가 돼버려서 거의 매일

밤 모이는데 웃기는건 아버지들은 애들 저래 놔두면 죽는다고 이만하면 단식 풀게 해야된다고 목소리를 높이면 오히려

엄마들이 그건 안된다면서 이왕 시작한거 죽으면 죽더라도 하는데까지 해야한다며 아버지들보다 더 세게 나간다는 거다. 여자는 약하지만 어머니는 강하다는 말이 맞는거 같다면서.

그리고 자기 오빠 전담하는 형사님이 있는데 감시하는 건지 돌봐주는 건지 모르겠다면서 자기 집에 자주 전화해서는 엄마 보고 아들얼굴이 많이 수척해 보이던데 고기 좀 해먹이세요 라든가 이런저런 걱정해주는 안부전화를 자주 걸어주니까 형사님 하고 친해져서 오히려 전화가 안오면 불안하다는 거다.

입학해서 지금까지 아침마다 전경들이 우리를 제일 먼저 반겨주고 있다. 매일 보니까 인제는 익숙해져서 어쩌다 없는 날이 더 이상하고 서운할 정도다. 걔네들도 같은 학생인데 군배치를 전투경찰로 받아서 어쩔수 없이 우리랑 대치하고 있는거라서 동족상잔이 따로 없다. 그런데 데모가 없는 날은 하루종일 서있기만 하는데 저거들끼리 뭐하면서 시간을 보내냐 하면 여학생들이 지나갈 때마다 쟤는 몇점이다하고 여학생들 외모 순위 매기면서 노는 것보고 참 어이가 없었는데 한편 짠하기도 하고. 얼마나 심심하면 저럴까 싶어서.

아까도 점심 때쯤 문과대 남학생들이 주축이 돼서 전두환독재정권타도를 외치며 와아 하고 함성을 지르며 교문 밖으로 달려 나가니까 전경들이 저지하느라고 최루탄을 어찌나 쏴댔던지

지금도 눈알이 빠져나갈듯이 쓰리고 따가운지 모르겠다. 앞으로 우리 눈 다 나빠지면 저 지랄같은 지랄탄 때문일 꺼다. 시력 나빠진 데 대한 배상청구를 정부에 할 것이다.

미영이는 수업 때문에 먼저 나가고 내하고 봉애는 눈을 뜰 수 없을 정도로 아파서 눈을 꾹 감고 있다가 깊은 잠이 들어버렸다. 몇시간을 잤는진 모르겠는데 숙면을 취해서 그런지 눈 뜨기가 한결 수월해졌다. 타박래라는 노래가 나오는데 가사가 어찌나 슬픈지 눈물이 주르륵 뺨을 타고 흘러 내렸다. 오늘은 최루탄 때문에 울고 노래 때문에 울고……

> 엄마 엄마 나 죽거든 앞산에도 묻지 말고 뒷산에도 묻지 말고
> 양지 바른 쪽에 묻어주
> 비가 오면 덮어 주고 눈이 오면 쓸어 주고 친구들이 찾아오면
> 울지 말고 대해주
> 엄마젖이 먹고 싶어서 엄마 무덤가에 개참외가 열려있어
> 따먹었는데 그 맛이 엄마 젖맛과 똑같았어
> 엄마 있는데 데려다주

이래저래 실컷 울어서 토끼눈처럼 돼 나온 우리를 보고 우리과 파마머리 마당발인 한철이가 눈을 동그랗게 뜨더니 무슨 일 있었냐면서 묻길래 니가 알거 없다면서 쏘아붙이듯 한마디했더니 어처구니가 없는지 여자들 성질머리가 어쩌구저쩌구 하더니

우리보고 정외과 카니발을 위한 소개팅제의가 들어왔다면서 나가보라고 조르는걸 단호하게 거절했다.

소개팅이든 미팅이든 고개가 절래절래 흔들어진다.

갈때마다 '혹시나' 해서 나가 보면 아니나 다를까 '역시나'이다.

5시 20분에 school bus를 타고 2캠퍼스로 갔는데 벌써 내쇼날하고 우리 PTP 간에 축구경기가 시작되고 있었다.

운동장엔 세 팀이 동시에 축구시합을 하느라고 헷갈려서 어지러울 지경이었다.

신경질나게도 우리가 1 대 3으로 지고 말았다. 그까짓 내쇼날팀 하나 못이긴 남학생들이 한심스럽게 보였다.

1982. 10. 8 (금)

수업 마치고 얘들이랑 운동장에서 배구 하면서 노는데 국민학교 동창 남학생을 만났다.

6학년 때 바로 내 뒤에 앉은 얘니까 걔도 남자치곤 꽤 작았었는데 세상에 훌쩍 커있었다.

공으로 노는 내내 어떤 꺽다리 남학생이 자꾸 쳐다보는거 같아서 이상하다 생각했었는데.

난 국민학생 때랑 중학생일땐 너무 안커서 줄곧 맨 첫째줄에 앉았는데 선생님들한테 '에고 귀여버라.' 하시면서 양볼을 많이 꼬잡혔었다. 다행히도 고등학교 다니는 내내 계속 커서 특히 고2에서 고3될 때까지 10cm가 커버렸는데 어떤 날은 교실에 들어가면 반얘들이 "너, 오늘도 밤새 커서 왔네. 우짜면 날마다 그리 콩나물처럼 쑥쑥 크노."라는 부러움과 놀라움이 뒤섞인 아침인사도 많이 들었었다. 그래서 아주 작았던 얘가 지금은 167cm라는 여자들이 원하는 꿈의 키를 갖게 된 것이다.

개도 내가 너무 커버린걸 보고 좀 놀란듯 했는데 반갑다며 서로 무슨 과니 물어보고 헤어졌다.

얼마전에도 캠퍼스를 지나가다가 마주친 준희라는 얘도 국민학교 6학년 때 같은 반이었는데 그때 우리 반 남학생 여학생 통틀어 제일 큰 애여서 그때 내 눈에는 거의 아가씨로 보였는데 그때 이후로 키가 하나도 안컸는지 세상에 내보다도 훨씬 작고 얼굴도 애리애리한 여고생으로 밖에 안보이는거였다. 내가 보니까 어릴때 아주 작았거나 아주 컸던 얘들은 이상하게도 역전현상이 일어나서 그 반대로 돼있고 중간쯤 됐던 얘들은 지금도 중간층을 이루고 있는 얘들이 많은거 같다.

어제는 축구시합만 있어서 남학생들만 뛰었고 오늘은 우리 PTP하고 Youth J.C와의 foot base ball이랑 배구경기가 있었는데 두개 다 여학생들만 뛰는 시합이라 더 열심히 응원하려고 갔는데 체육부장님이 자꾸 내한테 와서 키도 크고 운동도 잘하게 보인다며 배구 선수로 한번 뛰어보라고 해서 사실 그대로 운동엔 전혀 소질도 없고 연습도 전혀 안한 상태라 겁도 나고해서 못하겠다고 아무리 말해도 막무가내였다. 너무 그러시니까 나중엔 에라 나도 모르겠다는 자포자기 심정으로 얼떨결에 나가게 됐는데 내가 너무 못해서 나 때문에 더 참패한 것이다. 난 너무 창피하기도 하고 미안함에 고개를 못 들었다. 어디 쥐구멍이라도 있으면 들어가고 싶을 정도였다.

모르긴해도 체육부장님은 내 말 안 듣고 날 집어넣은 걸 자기 발등을 찍고 싶었을 것이다.

1982. 10. 9 (토)

아침 10시까지 오라고 했는데 뭘 하느라 미적미적 거렸는지 하단 2캠퍼스에 도착하니 11시가 넘었다. 그 시간에도 다는 안 왔지만 그래도 그만하면 적지않게 모인 편이었는데 다들 연습에 열중하고 있었다. 나도 끼어서 같이 연습했는데 땀을 뻘뻘 흘리고 난 뒤 먹는 냉면은 진짜 꿀맛이 따로 없었다.

다함께 우루루 서면에 있는 하야리아 미군부대 축제인 스펙터큘러에 가기로 했다.

버스 속에서 나랑 경옥, 시영, K 넷이서 번호맞추기게임을 했는데 내가 제일 많이 맞았지만 그래도 재미있었다.

부대 안은 발디딜 틈도 없이 인파로 가득 찼다. 우리는 인원이 너무 많아서 한꺼번에 다 같이 몰려다닐 수 없어서 4~5명씩

조를 나누어 다녔다.

돌아다니면서 비행기낙하산쇼, 무술시범을 필두로 스릴 넘치고 흥미진진한 다채로운 쇼가 많아서 눈호강도 실컷 하고 미군들 영내 식당에서 미군들이 먹는 본토맛이 나는 오리지날 햄버그랑 캔콜라에 아이스크림, 팝콘 등 두루두루 사먹었다.

PTP 선배님으로 여기서 카츄사(톨스토이의 소설 '부활'에 나오는 여주인공이름) 아닌 카투사KATUSA(Korean Augmentation To the United States Army의 약자로 주한미국 육군에 파견되어 근무하는 대한민국의 육군군인)병으로 근무하고 있는 분의 안내로 미군부대 영내 장교클럽에도 들어갔다.

난 약자로 쓰는 단어는 우리말이건 한문이나 영어든 간에 뭔 수를 써서라도 찾아내고야 마는데 그 찾는 과정도 재밌고 딱 찾았을 때의 희열감이 너무 좋아서다. 또한 뭣 때문인지는 몰라도 안찾아보곤 못배긴다. 그래서 AFKN이니 우리끼린 바보TC라고 부르는 ROTC니 NNL이니 PX나 PS 등 우리 생활 속에서 한번씩 접하는 것들은 꼭 찾아보고 이런 것들만 적어놓는 전용노트에다 옮겨 적어놓는다. 나중에 쓸 일이 있든 없든 간에 그냥 찾아서 적어놓는게 진짜 너무 재밌기 때문이다. 중고등학교 다닐때 짝지랑 쉬는 시간엔 매점에 안가면 지리부도책 꺼내놓곤 나라랑 수도이름 빨리 찾아내기 놀이를 즐겼는데 난 수많은 즐거움 중에서 먹는 즐거움 다음으로 좋아하는게 아는(알아내는) 즐거움인 나만의 지적인 유희를 즐기기 때문이다. 그래서인지

난 갤러거나 고스톱 같은 이런저런 게임이나 놀이는 별로 재밌지 않아서 안 좋아하고 또 안좋아하니까 잘 안하게 되고 그래서 더 못하게 되는 거 같다.

사탕 같이 딱딱하고 판에 박혀 있고 재미대가리 없는 지식은 딱 질색이지만 젤리같이 말랑말랑하고 부드럽고 재밌게 지적인 모든건 다 알아내고 싶다.

사실 그래서 나같이 엉뚱하기도 하고 새로운 발상을 잘 하는 사람은 우리나라 교육하곤 잘 안맞는다. 게다가 시험에 절대로 안나오는 것들만 더 열심히 공부했으니까.

중고등학교 다닐땐 수업시간에 난 정말 궁금해서 질문했는데 그때마다 선생님들이 내 질문의 요지를 잘 파악하지 못하셨는지 아니면 시간낭비라 생각하셨는지 "그런 건 시험에 안나온다. 무슨 개풀 뜯어먹는 그런 질문을 하냐?" 식의 답변들이 돌아와서 질문의 문을 닫아버린지도 오래전의 일이었다. 그대신 궁금한게 있을때마다 책이나 국어사전이나 영어사전, 옥편 그리고 백과사전 등을 찾아보고 스스로 알아내는 즐거움에 푹 빠졌기에.

사람들이 크게 오해하는 것 중의 하나가 게임이나 놀이는 다 재밌는 거고 지적인 건 거의다 지겹고 재미없다고 생각하는데 내 생각엔 정반대다. 내게 있어선 이상하게도 게임이나 놀이는 별로고 (아니 스트레스고) 나를 가장 신나게 하고 재밌게 하고 시간 가는 줄 모르게 만드는 것들은 지적인 호기심을 채워주는 것들이니까. 지금 동시대를 함께 살아가고 있으며 현 인류 중에서 크게 깨달음을 얻은 몇 안 되는 각자 중의 한 사람으로서 인도의 명상철학자인 오쇼 라즈니쉬의 이 말이 바로 내가 추구하는 것과 일맥상통한다고 본다.

"지식 있는 자a man of knowledge가 되지 말고

알아나가는 자a man of knowing가 되어라."

미군부대 구경도 샅샅이 하고 축제기분도 실컷 내고 막바로 시민회관으로 향했다.

11월 2일 까지 내야될 무용공연 관람 후 감상리포트를 내라고 해서 할 수 없이 반강제적으로 갔는데 관객의 80%가 중고 여학생들이고 나머지가 아주머니, 할머니 들이고 대학생은 눈을 씻고 찾아봐도 찾기 어려웠는데 리포트 때문인지 몰라도 우리 과 애들 몇명이 보였고 세상에 봉애를 만나서 얼마나 반가웠는지. 처음에 가기는 억지로 갔는데 혼자 보기 아까울 정도로 볼 만 했다.

1982. 10. 10 (일)

오늘 시합은 못할줄 알았다가 뜻밖에 하게 됐는데 배구, foot base ball 내리 내리 다 졌다.

그런데도 내 기분은 그다지 나쁜 편은 아니었다. 비록 졌지만 운동장에 옹기종기 모여 앉아 응원하는 재미도 솔솔 했다. 해가 질 때까지 경기 끝내고 우리 9기만 단합대회하러 에덴공원에 있는 강나루에 갔다. 늦게 모였기 때문에 조금의 여유도 없이 속사포처럼 진행해서 빨리 마쳤다.

선배님으로는 회장님 한 분만 오셨고 우리끼리 했는데 부족한 점이 많았지만 조금은 서로가 얼굴을 익힌거 같고 약간은 단합이 된거 같았다.

오늘도 집에 도착하니 11시가 다 돼 갔다. 조심스럽게 문을 열었는데 부모님 두분다 안 주무시고 소파에 앉아서 심각한 얼굴로 잔뜩 벼르고 계셨다. 해도 해도 너무 한다고 하시면서 야간 대학을 다니는 것도 아니면서 도대체 뭐한다고 이렇게 허구헌날 늦게 다니냐고 동네 사람 창피해서 못살겠다며 어찌나 심하게 야단 치시던지 동네 사람들 다 들릴까봐 내가 더 창피해서 죽을 거 같았다.

하긴 PTP에 들어가고나서부턴 일찍 집에 들어간 역사가 없는 것 같았다.

생활하면서 바쁜 게 좋긴 하지만 요즘의 내 생활은 PTP 때문에 너무나도 많은 시간을 뺏기는 거 같다. 그러니까 자연히 몸도 피곤해지고 공부에도 소홀해진 것 같다.

당장 내일까지 내야 될 리포트 할 생각하니 눈 앞이 다 깜깜해진다.

내일부터는 공부만 해야지! 시험기간 만이라도!

1982. 10. 11 (월)

아침 일찍 와서 언어학개론 리포트를 정신 없이 다했는데 교수님께서 하시는 말씀이 리포트는 안 내도 되고 공부하는 데 참조하라고 한다. 나 참 기가 막혀서……

체육시간엔 찰스톤에어로빅을 했는데 짧은 시간에 땀으로 목욕을 할 정도로 격렬하게 힘들었는데도 할 만 했다.

가정간호학 시간엔 2시간 연달아 슬라이드를 보여 줬는데 우리 악당들 다섯 명 다 쿨쿨 자고 일어났다. 앞으로도 종종 슬라이드를 보여 줬으면 좋겠단 생각이 들었다. 깜깜하니까 자도 교수님한테 들킬 염려도 없고.

참 우리 학교하고 건국대학교 간의 추계대학야구리그전 결승전에서 우리가 4대 2로 역전승했다고 한다. 남학생들 중엔 오늘 결강하고 어제 밤차로 서울로 올라간 학생들이 많다고 한다.

그런 남학생들이 왠지 멋져 보였다.

우리과 남학생들은 라디오를 가지고 와서 귀기울이기도 하고 다방이나 음식점 안에 들어가서 TV 중계를 본다고 난리법석이었다.

문학개론 교수님께서 하시는 말씀이 야구만 전국에서 제일 잘할것이 아니라 공부도 한국에서 제일 잘할수 있도록 노력해 봐라고 하셨다.

동 아 대 학 교 화 이 팅 ! ! !

이젠 시험 걱정이 슬슬 되기 시작한다.

공부 공부 공부 공부 공부를 하자 ! ! !

공부 공부 공부 공부 공부만 하자 ! ! !

시험기간만이라도......! ! !

1982. 10. 12 (화)

수업 마치자마자 봉애하고 미희는 신발하고 옷사러 남포동으로 가고 정여, 명숙이랑 난 떡볶이랑 튀김, 순대 등 간식으로 점심을 때우자마자 도서실로 올라갔는데 2학기 들어 처음 가봐서 그런지 낯설고 좀 이상했다. 벌써부터 후끈 달아오른 뜨거운 열기가 느껴질 정도로 열심히들 공부하고 있었다. 그런데 몇바퀴를 돌았는데도 빈 자리를 하나도 찾을 수 없는 것이었다.

그래서 책만 있고 주인없는 자리에서 셋방살이로 전전해야 하나 싶었는데 다행히 주인이 짐 챙겨서 빨리 나가길래 자리는 내 차지가 돼버려 운좋게 셋방살이에서 곧장 내집장만하게 됐는데 앞으로 시험 끝날 때까지는 무조건 학교에 일찍 와버려야 되겠다. 일단은 자리부터 잡아놓고 콕 처박혀서 나죽었네 하고 공부해야겠다. 옆자리에 앉은 원옥이 하고 주위의 뭇 눈총을 받으며 속닥 이야기를 하다가 원옥이 먼저 가고 일어책을 두루두루 살폈는데 골이 띠~~~~~~잉 했다. 이 일을 어쩌면 좋을지……

머리가 아파서 바람 쐬려 나가자고 명숙이를 꼬들겨서 밖으로 나와선 벤치에 앉아서 몇마디 한다는 게 몇시간째 시간 가는줄 모르고 이야기 삼매경에 빠져 있었는데 정여가 우리 짐 싹 다 싸들고 기가 찬다는 표정으로 나오는 게 아닌가. 그래서 집으로 막바로 와버렸다. 오늘은 내일부터 본격적인 공부에 들어가기 전에 예행연습하고 온 날 같다. 갑자기 이런 말이 생각난다.

"어제는 부도난 수표고 내일은 약속어음이며 오늘만이 바로 쓸 수 있는 현금이다."

참 지당하신 말씀이다. 오늘만이 내 맘대로 쓸 수 있는 현금인데 정말 가치있게 잘 쓰야겠다. 나중에 땅을 치며 후회하지 않고 살아가려면……

그나저나 내일부터는 새벽부터 도서관 자리쟁탈전이 피터지게 치열해질거 같다.

1982. 10. 13 (수)

어학연습 시간에 정신 없이 자고 일어나서 며칠전에 수학과 미숙이한테 빌린 바지랑 운동화를 갖다주러 2 캠퍼스에 가서 건네주고 도서실은 어떤가하고 한번 시찰하러 갔는데 여기 도서실은 놀랍게도 빈자리가 제법 보였다. 거기서 원식이 하고 정봉이를 만났는데 썩 반갑진 않았다.

2 캠퍼스 도서실에서 공부하고 싶어도 걔들과는 짜달시리 마주치고 싶지 않아서 주저해진다.

전에 청향 15기 회원들이랑 남포동에 있는 발바닥이란 디스코클럽에 놀러갔었을때 남학생들이 취해서 특히 원식이랑 정봉이의 추태에 실망한 이후론 걔들 얼굴 보기가 꺼려졌다.

대신동 본대로 돌아오는 school bus에서 내 옆자리에 PTP그룹 밴드인 '허니문'의 리드 싱어가 앉았는데 내보고 앞으로 심심할땐 노랫말 가사 좀 적어놔라고 했다. 아무래도 내가 국문과니까 잘 할 것 같다고. 심심할 틈도 없지만 이런 말 들으면 어찌나 부담되는지. 그런데 그룹밴드 이름을 하필이면 왜 'honey moon' 즉 '신혼여행'으로 지었는지 궁금했는데 물어볼 좋은 기회를 놓친게 아쉬울 따름이다.

여학생 휴게실에서 옥경이를 만나 공부하려는 얘를 꼬들겨 우리 학교 보컬 그룹인 '윤유월' 공연 하는데 데리고 갔다.

대체적으론 그냥 그랬는데 그나마 팝송 중에선 자그만 체구에 검정가죽미니스커트를 입은 에너제틱한 여자 싱어가 부른 로버트 파머의 Bad case of loving you가 분위기를 좀 띄워줬고 영선이가 가장 좋아하는 For the good times가 가을비처럼 우리가슴을 촉촉히 적셔주며 공연은 끝이 났다.

영선이는 다방 가면 리퀘스트지에 항상 1번으로 이 노래를 적는데 한번은 남포동에 있는 밀물 다방에서 DJ가 이 노래를 안틀어주자 노트 한장을 북 찢어 For the good times를 싸인펜으로 몇번이나 덧칠해 굵게 적은걸 DJ 부스 앞에서 데모 시위하듯 종이를 들고 있어도 안틀어주자 이번엔 리퀘스트지에 다시 [DJ오빠님이 오늘 이 노래를 안틀어주면 밀물이 썰물 되도록 울거고 틀어줄때까지 집에도 안들어갈꺼예요.]라고 적어내자 그걸 그대로 읽어줬는데 그때 밀물다방 안에 있던 사람들이 다 웃었던 기억이 났다.

밖으로 나오니 겨울을 재촉하는 가을비가 추적추적 내리고 있었다.

1982. 10. 14 (목)

수업 마치자마자 점심은 간단히 빵이랑 우유로 때우고 곧장 2캠퍼스로 몸을 날렸다.

요즘 들어선 매일 같이 school bus를 애용하고 있다.

봉애랑 둘이서 도서실로 직행했는데 처음엔 둘다 2캠퍼스 도서실에서 공부하는게 처음인지라 적응이 안돼서 그런지 공부에 집중이 안돼더니만 차츰 나아져서 나중엔 맘 잡고 공부에만 매진했다.

그래도 봉애는 보기보다 독한 구석이 있어서 처음부터 독하게 맘 잡고 공부하려는 얘를 내가 옆에서 뭐 사먹으러 나가자, 바람 쐬러 나가자 라는 등 자꾸 바람을 쑤셔 넣어 자주 들랑날랑 거렸다. 나중엔 나도 독기를 품고 공부했지만. 하옇튼 옛말 중에 틀린 말 없다고 "친구 따라 강남 간다."는 말 진짜 맞는 말 같다. PTP 회원들을 간간이 만났는데 서로 간단한 눈웃음만 지었다.

저녁땐 프롤레타리아 식당(앞으로 문과대나 예술대 등이 여기로 이사오면 생길 부르조아식당의 반대 개념으로 노동자계급식당이란 뜻)으로 불리는 공대 식당(저거는 졸업하면 공장에 들어가서 공돌이로 일해야 하기 때문에 가난하단 의미에서)에 가서 냉면 한그릇씩 후루룩 뚝딱 해치우고 자판기 커피를 두잔 빼와선 공대 앞 벤치에 앉아서 봉애랑 이런저런 이야기를 했는데 밑으로 낙동강이 굽이 흐르고 약간 어둑어둑해지면서 핑크빛으로 물든 저녁하늘은 어디 그림엽서 같이 아름다웠다.

1982. 10. 15 (금)

　　요즘 엄마 신경이 굉장히 날카로우시다. 오늘 아침에도 엄마한테 야단 맞았다.

　　일요일에도 집에 붙어 있는 날이 없고 아무리 시험기간이라 해도 너무 늦게 집에 온다면서 좀 일찍 집에 와서 공부하면 안 되냐고…… 사실 맘 한 구석이 찔렸다. 시험기간이라 도서실에 가긴 가도 사실 공부는 아주 쬐금 밖에 안 하고, 아니 한다는 표현을 쓰기가 부끄러울 정도로 먹고 마시고 수다 떠는 데 시간을 다 쓰기 때문이다.

　　오늘은 우리 학교 설립자이신 석당선생 추모기념 학술대회날인데다 국문과선후배단합체육대회 한다고 휴강을 했다. 난 체육대회엔 참석안하고 미정이랑 곧장 2캠퍼스 도서관으로 갔다.

　　내가 책을 읽는게 아니라 책이 나를 읽는것 같았다. 그래도 "니가 이기나 내가 이기나 한번 해보자."는 이젠 더 이상 물러설 곳이 없다는 절박한 심정으로 계속 책을 노려봤더니 책도 나와의 기싸움에서 져버렸는지 점점 공부가 잘 되는게 아닌가.

　　공부는 잘됐지만 오늘 아침에 엄마가 한 말도 있고 해서 발걸음은 떨어지지 않았지만 과감하게 박차고 일어나서 집으로 가는 버스에 몸을 실었다. 버스 안에서 오늘따라 내 자신이 초라해 보이고 외로움이 뼛속 깊이 사무치더니 갑자기 눈물이 확 쏟아졌다, 소낙비 내리듯. 다행스럽게도 금방 그쳐서 주위 사람들이 눈치챌 수 없었지만.

특별히 슬픈 일도 없었는데 급작스럽게 눈물이 왈칵 쏟아져서 어찌나 당황스럽던지. "나는 철저히 혼자다."라는 생각이 나의 전신을 감싸면서 내가, 이 끝간데없는 우주에서 한 점도 안 되게 미미하고도 아무 것도 아닌 나라는 존재가 우주의 고아가 되어 순식간에 우주의 암흑 속으로 사라져버리는 듯한 허무를 순간이지만 강렬하게 느낀 것이다.

마치 사람이 임종하기 직전 우주의 심연 속으로 되돌아가야 할 때 이러한 강렬한 허무를 느끼지 않을까하는 생각이 들었다.

내가 가장 좋아하는 바브라 스트라이샌드의 '사랑에 빠진 여인woman in love'의 첫가사가 뇌리를 스친다.

Life is a moment in the space 인생은 우주 속의 한 점
When the dream is gone 꿈마저 사라지면
it's a lonelir place 더 외로운 장소가 되지

사람들은 그래서 너도 나도 꿈, 꿈, 꿈을 가질려고 하고 또 아이들한테 그렇게 꿈을 가져라고 독려하는지도 모르겠다. 꿈이라도 가지고 있어야 그나마 덜 외롭게 살아갈 수 있으니까.

방금 최승자 시인의 〈일찌기 나는〉이란 시가 떠올라서 지금 찾아보고 일기장에 적어 놓는다.

<일찌기 나는> 최승자

일찌기 나는 아무 것도 아니었다.

마른 빵에 핀 곰팡이

벽에다 누고 또 눈 지린 오줌 자국

아직도 구더기에 뒤덮인 천년 전에 죽은 시체.

아무 부모도 나를 키워 주지 않았다.

쥐구멍에서 잠들고 벼룩의 간을 내먹고

아무데서나 하염없이 죽어 가면서

아무데서나 하염없이 죽어 가면서

일찌기 나는 아무 것도 아니었다.

떨어지는 유성처럼 우리가

잠시 스쳐갈 때 그러므로,

나를 안다고 말하지 말라.

나는 너를 모른다 나는 너를 모른다.

너당신그대, 행복

너, 당신, 그대, 사랑

내가 살아있다는 것,

그것은 영원한 루머에 지나지 않는다.

맞는 말 같다. '내가 살아 있다는 것, 그것은 영원한 루머에
지나지 않는다.'는 게.

1982. 10. 16 (토)

학교에 도착하니 10시, 도서관에 자리가 있을 턱이 없겠지만 그래도 한번 올라가봤더니 정여, 미희, 봉애랑 모두 쪼로미 자리 잡고 공부하고 있었는데 혹여나 내가 올란가 싶어서 내 자리까지 잡아놓은 게 아닌가.

명숙이는 도서관에서 근로장학생으로 사서 일을 돕고 있었는데 12시까지만 하고 우리 있는 데로 온다고 했다.

그런데 오늘따라 어찌나 공부가 안 되던지 미치고 환장할 노릇이었다. 오만때만 잡념들이 꼬리에 꼬리를 물고 집중이 전혀 안됐다. 환경을 바꿔주면 좀 될런가 싶어서 2캠퍼스 도서관으로 와버렸다. 애들이 점심시간이 다됐는데 그래도 점심은 먹고 가야 한다고 붙잡는 걸 겨우겨우 뿌리치고 온 것이다. 이상하게도 오늘은 여기가 집중이 너무 잘돼 책이나 노트를 한번 보기만 해도 펼쳐진 페이지가 즉시 복사가 돼 머리에 쏙쏙 들어가버리는 것처럼 공부가 잘되니까 기분이 좋아져서 그런지 배 고픈 것도 모르겠고 신들린듯이(?) 공부하고 있는데 정봉이가 어느새 내 자리를 알고 와서는 점심 사준다고 나가자는 걸 내 옆에 남학생들이 많이 앉아 있었는데도 니가 무슨 부잣집 막내아들이냐는 둥 온갖 수모를 다 줬더니 어이가 없다는 표정으로 가버렸다.

그런데 내가 왜 그런 심한 말을 했을까 후회가 물밀듯 밀려왔지만 이미 엎질러진 물이었다. 사실 정봉이가 내한테 그렇게 잘못한 것도 없는데 왜 걔만 보면 쌀쌀맞고 매몰차게 대하는지 ??? 그래도 지는 내 볼때마다 뭐라도 사줄라고 그러는데. 그런데 웃기는 사실은 믿을만한 소식통에 의하면 정봉이가 진짜로 부잣집 막내아들이라는 거다. 아무래도 전생에 우리가 연인이었는데 지가 내 맘을 몹시도 아프게 하고 떠난 남자라 현생에서 내가 이런 식으로 갚는 것 같기도 하고. 다음부터 정봉이를 만날땐 연한 배처럼 사근사근하게는 못대해줘도 벌처럼 톡 쏘지는 말아야지라고 맘먹어 본다.

8시에 아침 먹고 학교에 와선 모닝커핑 한 잔 마신게 다라 ~ 내 20년 인생에 있어서 근 7시간 동안이나 금식해보기는 오늘이 처음인거 같음~ 3시가 넘으니까 출출해져서 간단하게 요기나 하려고 내려가선 달랑 커피 한잔에 ABC비스켓으로 때웠다, 그것도 책보면서.

언어학개론을 마저 다 훑어보고 짐을 싸선 하단에서 광안리까지 극과 극을 달려 피곤한 몸을 이끌고 집에 오니 요즘 우리 딸이 공부한다고 얼굴이 많이 수척해졌다며 내 생일상보다 더 거한 거의 아버지 생신상처럼 거나하게 내가 좋아하는 잡채랑 부추전, 꼬막무침, 불고기 등등 많이도 차려놓으셨길래 며칠 굶은 사람처럼 이성을 잃고 먹어치웠다.

시험기간이니까 설거지는 엄마가 하시겠다는 걸 요리하신다고 수고도 많으셨는데 설거지까지 안 한다면 너무 염치 없는 짓 같다며 내가 후닥딱 해치워버리고 TV 보면서 엄마 흰머리를 뽑았는데 뽑아도 뽑아도 끝이 없다.

세월이란 얼마나 무섭도록 무정한지 모르겠다. 엄마가 열아홉 꽃다운 아니 꽃 피기 전 꽃봉오리 나이 때 시집와서 지금 내 나이인 스물에 큰 오빠를 낳기 시작해서 32세에 나를 막내로 12년 동안 3남 2녀를 낳아 기르셔서 큰오빠랑 언니, 둘째오빠까지 세명이나 결혼 시켜 며느리 둘과 사위 한명에 손주들은 현재까진 7명 보셨고 지금은 둘다 대학생인 막내오빠와 나 이렇게 남은 거다. 한 여자의 일생이 이렇게 짧게 다섯줄로 요약되다니...... 엄마가 늘상 내게 하시던 말씀이 내가 살아온 인생 = 고생한 인생을 글로 썼으면 소설책 한권으론 턱도 없고 몇권은 나올거라고 하셨는데......

하지만 소설책 한 권도 안되는 아니 한 페이지도 안되는 단 다섯줄로 요약되다니......

19세에 시집 온 그날부터 현재 52세가 될 때까지 나는 온데간데 없고 온전히 한 남자의 아내와 엄마로서만 살아온 거다. 기도도 오로지 남편이나 자식들 그리고 자식들의 자식들만 잘 되기만 바라는 기도만 하고 그들을 위해서만 뼈가 녹아나게 살아오신 거다. 물론 대다수의 엄마들은 자기라는 존재는 시집 오는 날부터 친정집에 냅다 버려두고 와선 다 이렇게 살고 있을거고 또 당연히 그렇게 살아야 한다고 뼛속 깊이 믿고 있을거 같은데 난 이렇게 살 수 없을 것 같다. 내같이 자의식이 강한 여자는 이렇게 살래야 살 수가 없다.

자기 집에서 가스를 틀어놓고 자살한 너무나도 자의식이 강했던 버지니아울프는 '여자의 방'이란 소설에서 여자가 온전히 자기만의 방~그게 서재든 뭐든~을 가지고 있을때 진정 독립된 ~ 남편의 아내나 자식의 엄마로서가 아닌~ '나다운 나'로 '나다운 인생'을 살아갈 수 있다고.

모파상의 처참하기까지 한 '여자의 일생'이 아닌, 우리 엄마들 같은 지질이도 궁상맞은 '엄마의 일생'이 아닌 앞으로 우리가 엄마 나이가 됐을때 지금의 엄마세대들은 상상할 수 조차 없을 정도로 멋지게 살아가는 새로운 여자의 일생이 쓰여질것이다. 어쩌면 할머니세대와 지금 엄마세대는 우리세대를 찬란하게 꽃피우기 위한 거름으로 여자에겐 잔인한 규범이었던, 아니 악법이었던 남존여비나 삼종지도, 열녀문 등 여자에게만 그토록 정절을 강요하고 무조건 순종(남편은 그렇다치자 아들이 남자란 이유로 아들에게까지 순종해야 한다 했다니)만을 요구했던 그 말도 안되는 시대를 묵묵히 견뎌내신거다. 우리가 진정 자유롭고도 인간적이며 새롭게 우리의 인생을 꽃피우지 못한다면 그건 그분들의 희생을 욕되게 또한 헛되게 하는 거라 생각한다.

우리 세대는 그리고 나는 무척 다른 새로운 여자의 일생을 살아낼것이고 또 반드시 써내고야 말것이다.

난 원곡자인 밥말리보다도 보니엠이 부른 no woman no cry를 더 좋아하는데 세상의 모든 여자들이 울지 않아도 되는 시대가 빨리 도래하길 간절히 바래본다.

1982. 10. 17 (일)

아침에 눈뜨자마자 대신동 1캠퍼스로 갈 것이냐 하단동 2캠퍼스로 갈 것이냐로 잠시 갈등을 겪다가 결국은 2캠퍼스로 갔다. 도서관에서 저번에 삼랑진으로 PTP추계야유회 갔을때 친해진 수학과 황경 언니를 만났는데 언니가 나를 친동생 이상으로 잘 챙겨주어 얼마나 고마웠는지 모른다.

나도 언니를 그날 처음 봤을때부터 왠지모르게 친언니처럼 정이 가고 좋았다. 언니가 점심땐 맛있는 돈가스도 사주고 커피까지 뽑아줘서 맘도 위도 기분 좋은 배부름과 따뜻함으로 가득 차올라서 행복이란 이런거구나 싶었다. 오늘 2캠퍼스로 온 것은 탁월한 선택이었음에 틀림없다.

언니가 이번 시험에서 전과목 A뿔 받았으면 좋겠다.

그런데 오늘은 어제와 달리 지독시리 공부가 안됐다. 책만 보면 졸음이 쏟아지고 온 몸이 꽈배기처럼 뒤틀려 앉아있을수가 없어서 어찌나 들락날락거렸는지…… 옆에 있는 사람들 보기에 미안할 정도로. 바람 쐬면 괜찮아질련가 싶어서. PTP써클에서 알게돼 친해진 선수도 도서관에서 우연히 만났는데 둘다 너무 반가워 어쩔줄 몰라서 두손을 꼭 잡고선 빙글빙글 몇바퀴나 돌았는지 모른다. 그런데 공부 잘 하고 있는 선수를 꾀어선 바람을 넣어 같이 세트로 들락날락거렸으니…… 커피도 줄커피를 마셨는데도 소용없었다. 선수가 도저히 안되겠는지 짐싸고

방 빼자해서 네시 무렵이라 집으로 가기엔 이른 감은 있었지만 하는 수 없이 집으로 가는 같은 버스에 올랐다.

우리집은 광안리고 선수집은 수영이라서 내 먼저 내리고 선수집은 두세구역 뒤라 그런지 편하게 잠들어도 되고 하옇든 그냥 좋다.

선수랑 같이 있으면 시간 가는줄 모를 정도로 재밌고 참 희한한건 아무 말 안하고 있거나 심지어 서로 딴 짓하고 있어도 불편하질 않고 편안하다는 거다. 마치 친자매 같은 느낌이랄까. 영혼의 주파수가 서로 비슷해서 그런거 같기도 하고. 난 PTP 들어와서 수지 맞은거다. 친언니 같은 황경언니도 알게 된데다 친자매 같은 선수도 만나게 됐으니까......

오늘 공부는 쫌 안됐지만 그래도 기분은 억쑤로 좋다!

1982. 10. 18 (월)

오늘 정여, 미희, 봉애, 명숙이를 봤는데 요즘 고작 2~3일 안본 것이 몇년만에 본 것처럼 다들 반가워서 팔짝팔짝 뛰었다. 맨날 붙어 다니니까 정이 들대로 든 거 같다.

명숙이가 도서관 사서 보조로 일하면서 근로장학금 받았다고 오늘 한턱 낸다해서 학교에서 좀 내려와 구덕체육관 바로 맞은편에 있는 문화반점에 가서 탕수육이랑 짜장면, 짬뽕, 볶음밥

등을 푸짐하게 시켜서 걸신 들린 것처럼 먹어댔다.

그래 먹고도 바로 옆에 있는 코끼리빵집에 가서 빵을 잔뜩 사 갖고 자판기 커피 한잔씩 뽑아서는 숲속 벤치에 앉아 발등의 불인 시험걱정은 안하고 이번 중간고사 끝나고 이달 말에 있을 축제파트너 걱정만 늘어놓았다.

다섯명 다 우째 오리지날이 한 명도 없는지 스스로를 한심해 하면서 넋두리 내지는 신세한탄 같은 자아비판을 하면서 내린 결론은 입학해서 지금까지 대학을 헛다녔다는거였다.

그런데 한편 생각해보면 명숙이만 부산여고 출신이고 정여, 미희, 봉애 그리고 나 우리 네명은 다같이 경남여고를 나왔는데 같은 대학 같은 과에 입학해서 지금까지 계속 붙어다니다시피 하니까, 얼마나 붙어 다녔으면 심지어 생리주기나 생리현상도 비슷해져서 화장실도 같이 다닐 정도로, 우리과 남학생들도 우리 다섯명을 악당이라 부를 정도니 딴 남학생들이 감히 접근할 틈을 전혀 주지 않았던 것 같다. 그러면 앞으로 남자친구를 사귈려면 지금부터라도 우리 다섯명 같이 다니지 말고 뿔뿔이 흩어져서 각자도생 해야 하나??? 참 난감하고 답답하고 갑갑하다.

내가 아는 남자애들만 헤아려봐도 ~ 또래들이나 선배들 다 포함하면 ~ 결코 적지 않은 수인데도 그야말로 그냥 친구나 선배지 쫌 가슴이 두근두근거린다거나 설렌다든가 하는 애들이나 오빠들은 단 한 명도 없는걸로 봐서 아무래도 내 핏속엔 여성호르몬 보다도 남성호르몬이 더 많이 흐르는 것 같다. 내같은 경우엔 이상하게도 잘 생긴 남자들한텐 별 관심이 없지만 왠지 독특하면서도 멋스러운 자기만의 매력으로 무장한 여자가 지나가면 한번 더 눈길을 주게 된다. 호르몬검사를 한번 받아봐야 하나?

아! 아니다...... 다시 생각해보니까 검사 안받아봐도 될거 같다. 섬광처럼 딱 한 사람이 떠오른다. 지금까지 스무해 살아오면서 처음으로 내 심장을 마구 뛰게한 한 남자가......

답도 없고 영양가도 없는 쓰잘데기 없는 얘기만 계속 하다가 갑자기 정신이 번쩍 들어선 파트너고 파김치고 간에 당장 발등에 떨어진 불부터 끄자며 셋방살이라도 할 각오로 도서관에 들어갔는데 이게 왠 떡인지 다섯명 다 전셋방을 얻을 수 있었다.

횡재한 기분이 든 것까지는 좋았는데 지갑을 손에 꼭 쥔 채로 책상에 잠깐 엎드려있다가 그만 잠이 들어버렸는데 눈을 떠보니 지갑이 없어진게 아닌가. 순간 하늘이 노랗고 기가 막혀 말이 안나왔는데 신성한 도서관에서 이럴수 있단 말인가. 속이 부글부글거리면서 부화가 나고 어찌나 짜증이 나던지 공부도 전혀 되질 않았다. 내혼자 있다가 이런 일 당했다면 집에도 못돌아갈뻔 했다. 도서관 책임자에게 말했더니 아무리 학생증 검사를 해도 양아치들이 가짜 학생증을 위조해서 들어오는걸 도저히 막을수가 없어서 종종 이런 일이 일어난다면서 학생들 스스로가 조심하는 수 밖에 없다고 한다.

시험공부도 안하고 그것도 모잘라서 지갑도 잃어버리고 ~아
니 엄밀히 말하면 날강도한테 네다바이 당한거지만~ 다니다니
난 도데체 어떻게 되먹은 인간이란 말인가.

1982. 10. 19 (화)

일기를 쓰는 데에 회의가 느껴진다. 단순한 하루의 기록.
쓰기가 싫어서 억지로 쓰는 경우도 허다하다. 내 정신세계를
그다지 성숙시켜주는것 같지도 않다.
쓰는게 귀찮기도 하고 뭣보다도 쓰는게 보통 노동이 아니다.
정신적으로도 육체적으로도……
하지만 쓰는게 안쓰는거 보다 유익한 점이 훨씬 많을거 같아
서 귀찮긴 해도 쓰기는 계속 쓸건데 지금처럼 아이들 일기숙제
처럼 의무감을 가지고 매일 쓰긴 싫고 이제부턴 쓰고싶을 때만
쓰려고 한다.
무엇보다도 어느 정도 나이가 들어 한 40~50세쯤 되어서 읽
게 되면 너무 좋을거 같아서이다. 내 젊은 날의 기록이, 무엇보
다도 내 내면의 풍경과 참으로 버라이어티하고도 액티브한 나
의 활동들이 사진에 찍힌듯이 고스란히 남아있는 이 노트를 읽
게 되면 과연 어떤 기분이 들까 궁금해진다.
갑자기 날씨가 꽤 추워졌다. 벌써 차가운 공기에 겨울 내음이

물씬 풍긴다.

이번 겨울엔 꼭 마음이 따뜻한 남자친구를 만나서 검정 캐시미어코트에 빨간 니트모자를 쓰고서 빨간 하이힐을 신고 빨간 벙어리장갑을 끼고 뜨거운 군밤을 남자친구가 까주면 난 호호거리면서 먹을거다. 재밌는 얘기도 쉴새없이 나누면서 깔깔깔 웃어댈거다.

상상만 해도 웃음이 새어 나온다. 그런데 내 패션이 너무 튈란가. 대체적으로 남자들은 여자들의 강렬한 원색패션보다 베이지나 카키 같이 사람들 눈에 그다지 안띄는 수수한 차림을 선호한다고 하던데. 특히 자기 여동생이나 여자친구가 화려하게 입거나 노출이 심하게 입어서 다른 사람들 눈에 확 띄면 굉장히 안편안해 하고 부담스러워한다고. 아직 사람도 없는데 옷차림부터 신경쓰다니 우물가에서 숭늉찾고 있다.

아...... 편지를 써야 하는데......!

경미, 영선이 마지막 남은 공부에 혼신의 힘을 쏟고 있는지.

제발 이번 시험은 꼭 잘 치러서 좋은 결과 나와야 할텐데.

그래서 시험 끝나고 우리 셋 화안한 미소로 만날 수 있게 되기를.

이번 중간고사 끝나면 제일 급선무가 친구들한테 소식 띄우는 일일 것 같다.

그런데 내가 지금 쟤들 걱정할때가 아닌거 같다. 지금 내발등에 떨어진 불부터 꺼야 하는데 눈꺼풀에 천근만근 쇳덩이를 올려 놓은 것처럼 무거워서 눈이 안떠진다. 내일 시험 칠 과목조차 다 안봐 놓고 이러고 있다. 이놈의 웬수 같은 잠만 안와도 열심히 공부할 자신이 있는데. 도저히 안되겠다. 지금 먼저 자고 내일 일찍 일어나서 공부해야겠다.

1982. 10. 25 (월)

하룻밤 사이에 날씨가 매섭게 추워졌다.

두터운 스웨터에 머플러로 칭칭 동여매고 집을 나섰다.

어제 파마를 했는데 이번엔 지독시리 볶아서 자고나니 머리가 붕떠서 한 소쿠리다. 내가 미쳤나보다, 어쩔려고 감당이 안되는 이런 머리를 했는지.

아버지 보기가 두려웠다. 아버지는 너무 구식이라 내만 보면 머리도 산발한것처럼 풀고 다니지 말고 조신하게 한갈래로 묶고 다니라는 분이시라 오죽하면 엄마도 아버지가 답답해죽겠다고. 요즘 시대에 무슨 말이 되는 소리를 해라고 내편을 들어 주신다. 엄마는 내 머리가 너무 멋있게 잘 됐다고 좋아하셨지만 내가 내 머리를 보면 괜찮기도 하고 안괜찮기도 하고~~~~~ 머리 때문에 너무 신경 쓰이고 짜증 나고 신경질 나고 후회도 되고 눈물도 나고 도대체 공부가 되지 않았다.

학교에 갔더니 보는 애들마다 이구동성으로 차마 예뻐보인다는 말은 못하고 독특하다, 개성적이다, 니 아니면 누가 이런 스타일을 소화하겠냐면서 니답다 니다워라고 한마디씩 했다. 이번에도 내가 너무 과감했나??? 그런데 아무리 그래도 그다지 위로는 되지 않았다.

내일하고 모레까지 일어, 교양독서 시험이 두개 남았는데도 별로 걱정도 안된다.

시험기간인데도 공부는 하나도 안해놓고 파마하러 돌아다니고 이 무슨 대책없는 강심장인지…… 미치지 않고서야.

내일 2시까지 강나루에서 PTP 9기 단합대회 또 한다고 회비 2500원 지참하고 오라는데 돈도 없고 머리도 이상하고 해서 안가야겠다.

1982. 10. 26 (화)

머리 때문에 돌아버리겠다. 거울만 보면 울화통이 터지고 한숨에 눈물 밖에 안나온다.

보면 볼수록 후회막심이다. 아무리 후회하지 말자고 다짐에 또 다짐했건만.

내라는 인간은 왜 이럴까, 정말 딱하기까지 하다. 마인드 컨트롤도 소용없다. 이 머리로는 도저히 살 수가 없다.

일어는 한번 대충 훑어 봤는데 다 맞은거 같다.

2시에 하단 강나루에서 PTP 9기 단합대회가 있었는데 마침 오늘 아침에 엄마가 용돈을 주셔서 회비는 있었지만 사실 머리가 짜증날 정도로 너무 이상해서 도저히 갈 수가 없었다.

K도 올거 같아서 진짜 가고 싶었는데…… 그래서 갈까말까 갈까말까 계속 고민하다가 안가버렸다. 딴 애들이야 내 머리가 이상하게 보이든가말든가 크게 신경 쓰이지 않았지만 K 눈에 이상하게 보일까봐 도저히 갈 수가 없었다.

내일은 시험 마지막 날이니까 집에 가자마자 미장원으로 직행해서 머리부터 풀어야겠다.

1982. 10. 27 (수)

애들이 시험 끝났다고 남포동에 가서 영화도 한편 보고 맛있는 것도 먹으려 가자는걸 겨우 뿌리치고 집으로 가는 버스에 몸을 싣고 맨먼저 집근처 미장원부터 들어가서 약으로 머리를 풀고 상한 머리카락은 다 잘라 냈더니 아프리카추장딸 같은 여자에서 마법처럼 순식간에 단정한 단발머리 여학생으로 변신돼 있는게 아닌가. 미용실언니가 최고의 마술사로 보였다.

마지막으로 교양독서 시험을 엉망으로 쳤는데 시험 시작때 컨닝 하는 애들 때문에 책상을 몇번 바꿔 앉고 미니스커트 입은 여학생들 중엔 컨닝페이퍼를 스타킹 속에 넣어 놓았을지 모르니까 미리 경고하는데 아예 볼 생각은 안하는게 좋을거라며 걸리면 즉시 부정응시로 강의실에서 쫓아낼거라고 겁주시면서 학생증을 왼쪽 책상 위로 올려놔라 했는데 하필이면 오늘따라 깐깐한 교수님이 감독하시는데 학생증을 빠트렸는지, 잃어버렸는지 아무리 찾아도 안보여서 하는 수 없이 주민등록증을 올려놨더니 교수님이 지나가시다가 "내가 동사무소 동장인줄 아나"면서 다행히도 한말씀만 툭 뱉으시고 지나가셨다. 몇몇 애들이 웃음을 참느라고 키득키득거렸다.

이번 시험은 전과목 다 제대로 공부한 과목이 하나도 없었는데 외국어엔 워낙 강하다보니 영어랑 일본어만 평소 실력으로 잘쳤고 나머지는 엉망진창으로 쳤다. 특히 교양과학은 우리가 하도 막막해서 간사 보고 교수님한테 가서 뭔 수를 써서라도 예상문제 중 몇개라도 힌트 좀 얻어오라 시켰더니 갔다 와선 한 세문제 정도 칠판에 써주었다, 참고하라고. 난 시간도 없는데다가 수학, 과학 쪽은 원체 약해서 고2때부터 일찌감치 수학과 과학은 포기하다시피 했으니 참고할 처지가 아니라 암기과목처럼 그 세문제만 죽자사자 달달 외웠는데 막상 문제는 세개만 내셨지만 문제는 거기선 한문제도 안나온 것이다. 순간 하늘이 노래지고 손이 떨려왔는데 문제를 아무리 읽어봐도 까막눈처럼 검은건 글자고 흰건 종이라 그냥 백지로 내기엔 그래서 "이판사판이다, 아이고 모르겠다." 하고 교수님이 낸 문제는 볼펜으로 쫙 그어버리고 그 밑에 ~교수님, 죄송합니다. 제가 공부한게 하나도 안나와서 그러니 제가 공부한걸 제가 문제도 내고 답도 적어 제출하겠사오니 부디 용서해주십시오~ 라고 적곤 내가 문제를 내고 답까지 적어서 내버렸다. F만 안주시면 감지덕지 천만다행일거 같은데 교수님이 내 답안지를 보신다면 얼마나 기막혀 하실까하는 생각이 드니 내자신이 어찌나 한심스럽게 느껴지던지 한숨밖에 안나왔다.

그런데 내일 모레가 축제전야제인데 날이면 날마다 울 다섯명이 똘똘 뭉쳐 몰려 다니는데다 남학생들이 우리를 아마조네스와 악당들이라며 무서워한다니 감히 사귀자는 남학생도 없고 그렇다고 축제파트너 미팅 껀수도 안들어오고~~~~~ 봄학기 땐 소개팅이나 미팅이 솔솔찮게 들어왔었는데 그땐 우리가 철이 너무 없었는지, 세상물정을 너무 몰랐었는지, 너무 튕궜는지...... 정작 가장 중요한 이때 개똥이나 돌멩이도 꼭 쓰야 할 땐 안보인다더만. 내뿐만 아니라 울 다섯명이 다 한결같이 왜 이렇게 처량한 신세가 됐는지......

매일같이 눈만 떴다하면 나갔다가 한밤중에야 들어오는 북한주민들처럼 새벽별보기운동 하다가 정말 오래간만에 해가 있을 때 더군다나 헤어스타일까지 싹 바꿔서 집에 들어오니 기분이 날아갈듯 하면서도 묘했는데 엄마가 깜짝 놀라서 나를 바라보시더니 어찌나 좋아하시던지. 정말 예쁘다고 엄마 마음에도 쏙 든다고 몇번이나 말씀하셨다.

앞으로는 이 머리로만 계속 하고 다니라고. 엄마가 이쁘게 깍

아준 과일 먹으면서 tv도 같이 보고 내가 써클 선배들한테 줏어들은 요즘 유행하는 웃기는 유머를 들려드렸더니 엄마가 숨넘어갈듯 웃으시더니 하시는 말씀이 "우리딸 학교에 열심히 가는게 공부하러 가는 게 아니라 우스개 소리 들으러 가는구나."라 하시는데 가슴 한구석이 와그리 찔리던지.

엄마는 역시 천리안을 지닌 도사님이시다. 학교에 가는 이유가 써클활동하는게 너무 재미있어서 공부는 뒷전인걸 어찌 아셨지???

또 오랫만에 영숙이, 옥순이한테 전화 걸었는데 참 반가웠다.

내일 청향에서 만나 실컷 수다 떨기로 했다. 그리고 며칠 있다가 경미, 영선이 만나러 걔들 공부하는 서면에 있는 재수학원에 가봐야겠다.

둘다 하기 싫은 공부 억지로 하느라고 용쓸 생각하니 측은한 마음까지 든다.

마지막 피치를 올려 정말 좋은 결과 나오기를......

그래서 이번엔 서로 환하게 웃을 수 있게 되기를......

1982. 10. 28 (목)

오늘은 수업시간이 이상하게 짜여져 있어서 아침1교시 강의 듣고 나서 중간은 텅텅 비어 있다가 점심 먹고 5, 6교시 연달아

마치고 6시까지 휴게실에서 일어 리포트하고 영양가 없는 수다만 마구 떨다가 나와선 책장사하고 싸우고 겨우 손아귀에서 벗어날 수 있었다. 무슨 책장사들이 이렇게도 많이 캠퍼스를 종횡무진 활보하면서 열심히들 영업하는지...... 저번달에도 딱 잡혀서 '창작과 비평' 한질을 10개월 분할로 샀는데 책이 집에 배달된 날부터 엄마한테 며칠간 얼마나 잔소리와 협박에 시달렸는지. 다시 한번만 더 책 월부로 사면 책 다 불질러버릴 거라고. 그런데 신기한건 세일즈 하시는 분들은 남다른 촉이 있으신지 사실 외모상으로 보면 친구들은 화장도 거의 안하고 멋도 안부리고 책만 읽을것 같이 생겼고 난 화장도 진하게 하고 옷도 튀게 입어서 책이라곤 안읽는 날라리로 보일 건데도 걔네들한텐 그다지 권유 안하고 유독 내한테 더 심하게 달라붙는다는 게 참 신기하다.

청향에 도착하니 오늘은 왠 일인지 거의 다 온것 같았다.

요즘 계속 출석률이 저조했는데.

2학년들은 별도로 아리아다방에 가고 우리 1학년들만 속닥하게 모여 '좌우명'에 관한 토론을 했다. 사회를 내보고 봐라고 선배가 시키고 가서 어쩔 수 없이 세상에 태어나서 처음으로 해봐서 그런지 왜 그렇게 떨리고 두서없이 말이 나오던지 술 취한 사람처럼 횡설수설한 거 같다. 사실 한 말빨한다고 하는 나인데도 내 생각만큼 매끄럽게 말이 안나왔다. 세상에 쉬운 일 하나도 없다더니......

그런데다가 좌우명에 관해서 전혀 생각을 안한 상태여서 더 당황한 것 같다.

아뭏튼간에 그럭저럭 끝내고 돌아가며 자유토론 좀 하다가 우리끼리 중국집에 가서 짜장면으로 허겁지겁 허기진 배를 채우고 아리아로 가서 커피를 마시며 좌우명에 관해 아까 미처 못다한 이야기로 토론 2차전을 벌렸다. 그런데 애들이 내보고 처음하는 사회 같지 않더라면서 자연스럽게 잘하더라며 칭찬해주었는데 내가 안돼 보여 위로해주는 건지 내가 진짜 잘한 건지 헷갈린다.

아깐 처음 하는 사회본다고 내 좌우명에 대해선 생각할 겨를도 없었는데 집으로 오는 버스 안에서 내 인생의 좌우명을 뭘로 정할까하고 곰곰히 생각해 봤는데 갑자기 떠오른게 "너자신을 풍부하게 하라Enrich Yourself." 이것도 니체의 말인거 같은데……

1982. 11. 3 (수)

울 다섯명 다 전야제때 파트너도 없고 해서 집에 있을까도 생각했는데 그래도 대학 들어와서 처음 맞이하는 축제인데 싶어 학교는 와서 우리끼리 다녔다. 평소땐 못느꼈는데 축제때 여자들끼리 다닌다는게 어찌나 청승 맞아 보이고 서글퍼 보이던지. 마치 나이트클럽 놀러가서 부루스타임 때 같은 여자끼리 아님 같은 남자끼리 껴안고 스텝 밟는 모습이 우스꽝스럽게 보이기도 하고 왠지 짠해보이는 것처럼.

파트너랑 다니는 애들이 어찌나 부럽던지 이럴 줄 알았으면 2학기 시작하는 9월부터 축제 파트너감 물색하고 다닐 건데 싶었다.

PTP써클에서 장사하는 것이 참 재밌다.

한편으론 울 밑에 선 봉선화 마냥 내 모습이 처량하다.

난 아무래도 누군가를 많이 생각하고 있는 것 같다. 지금 이 순간에도……

집으로 오는 버스 안에서 선수에게 솔직히 내가 괜찮다고 생각하는 남학생에 관해 털어놓았더니 지도 솔직하게 지가 좋아하는 남학생에 관해 말했다.

그런데 K는 L하고 친하다고 한다. 난 가슴 한켠이 와르르 무너지는 느낌이었다.

이 일을 어떡해야 하나…… what can I do??? 난 앞으로 어떻게 처신해야 하나.

K도 나를 생각해주면 얼마나 좋을까!

오늘도 내 머리 속은 그 애를 생각하는 마음과 생각하면 안된다, 생각하지 말자라는 마음이 권투할 때 그로기 상태가 되어 서로 뒤엉켜 붙어 싸우는 사각의 링 같다. 머리는 혼돈스럽고 가슴은 체한 것처럼 답답하다.

1982. 12. 27 (월)

어젠 일요일이었는데도 학교에 나와 하루종일 버스안내양 위안공연 총리허설을 했고 오늘 드디어 2캠퍼스 5004 강의실에서 우리 PTP써클에서 다과도 준비하고 이것저것 신경써서 준비한 버스안내양 위문공연을 성공적으로 끝냈다.

버스안내양언니들이 생각보다 많이 참석해주었고 우리들과 토론시간도 가졌는데 위험수위를 넘나드는 치열한 격론을 벌였다. 처음엔 서로의 입장을 주장하느라 열변을 토하고 언성을 높이기도 했지만 시간이 지날수록 서로의 입장차이를 좁혀나가면서 열을 식혀나갔다.

어떤 버스안내양언니는 격무에 시달리고 학생들이 치사하게 회수권을 교묘하게 두장을 세장으로 잘라서 내고 회사에 가면 삥땅했는가 싶어 몸수색 당하는 수모도 힘들지만 더 고통스러운 것은 손님들이 자기들을 노골적으로 무시하는 언행들과 아니면 불쌍한듯이 쳐다보는 동정하는 눈빛들이 더 견디기 힘들다면서 울음을 꺼이꺼이 속으로 삼키다가 그동안 당했던 서러움이 폭발해서인지 울음을 터뜨렸는데 날 포함해서 대다수의 여학생들도 울먹울먹거렸다.

이번 버스안내양 위문공연을 통해 대학생이냐 버스안내양이냐를 떠나 동시대를 살아가는 같은 젊은이로서 서로가 서로를 이해하게 된 계기가 된 거 같아 참 의미 깊었던 행사였다.

하옇튼 행사 내내 가슴뿌듯한 보람을 느꼈다고나 할까.

젊다는건 우리의 확실한 무기다 !

1982. 12. 30 (목)

조카 둘 영신이, 성신이 데리고 초읍에 있는 성지고수원지 어린이대공원에 가서 목마도 타고 비행기도 타고 오랫간만에 동심의 세계로 되돌아갔다. 그리고 동물원에도 가서 원숭이, 토끼, 호랑이, 사자, 악어, 청둥오리, 구렁이, 사슴, 멧돼지, 여우, 늑대 기타등등 애들이 그림책 속에서만 보던 온갖 동물들을 다 보여주었다.

한손엔 솜사탕, 다른손엔 풍선을 고사리손에 쥐여주고 돌아다녔는데 얼마나 추웠던지 둘다 뺨이 사과처럼 빨갛게 얼었는데도 추운줄도 모르고 연신 꺄르르거리며 어찌나 좋아하던지 정말 데려오길 잘했다 싶었다. 그 천진무구한 까아만 눈망울에 천국이 담겨 있었다.

로커스트의 하늘색 꿈이란 노래가사 중에 나오는......
아침햇살에 놀란 아이 눈을 보아요
파란 가을 하늘이 그 눈 속에 있어요......

이 아이들이 커서도 지금처럼 하늘빛 고운 눈망울을 간직하게 되길 바래본다.

Part 2.

자기 자신을
풍부하게 하라

Enrich
yourself

1983년

1983. 1. 4 (화)

시계가 10시를 가리킬 때 공중전화박스에 가서 K와 비슷한 또래의 전화부탁할 남자를 찾고 있었는데 마땅한 사람이 안보였다. 시간은 자꾸 가고 어쩔수없이 내 손가락은 어느새 다이얼을 돌렸고 그의 어머니의 음성이 들렸고 그의 목소리가 들렸다. 간단히 2시에 〈남포〉에서 만날 것을 약속하고 끊었다.

정각 2시에 들어갔었는데도 구석진 자리에 등진채 앉아 책을 읽고 있었는데 내가 문을 열자마자 책을 덮으면서 고개를 문쪽으로 돌리는게 아닌가. 자리에 앉자마자 니랑 똑같은 로션을 쓰는 여자얘가 있더라며 좀전에 니한테서 나는 똑같은 로션냄새가 나서 돌아봤더니 다른 여자얘더라고.

며칠전엔 니한테서 나는 로션향이 참 좋다고 얘기하더만 이렇게 조상이 의심스러울 정도의 예리한 후각을 가졌을줄이야. 무엇보다도 독일의 철학자 칸트의 산책시간에 맞춰 그의 동네 사람들이 시계를 맞췄다는 일화같은 철저한 시간관념은 존경할만 했다. 나는 커피, 그는 우유를 마셨다. 마시자마자 자꾸만 밖으로 나가자고 했다. 난 또 4시 20분에 미화당백화점 앞에서 정여를 만나기로 했기 때문에 이러지도 저러지도 못하고 주저해했다. 오늘 4시 30분에 문화다방에서 여고 3학년때 하필이면 내가 영어는 가장 자신있는 과목이였으나 수학은 제일 못했었는데 핸썸하신 외모로 인기가 많으셨던 수학샘이자 담임샘이셨던 김인길 선생님과 5반 급우들이 만나는 날이었기 때문이다.

정여가 얼마나 욕할까? 정여가 초조하게 기다릴 모습이 막 상상이 되면서 머리속이 다 하얘졌다. 갈등과 갈등 끝에 어느새 난 태종대행 버스를 탔다. 서로 아무 말도 없이......

K하고 걸으면서 이 길은 정말 끝이 없는 길이라고 느꼈다.

겨울 태종대바다...... 언젠가부터 난 겨울바다를 K랑 함께 걷기를 얼마나 갈망하였던가.

때론 환상에 사로잡히기도 했다. 그러나 지금은 분명 현실 속에서 K랑 같이 걷고있는 것이다.

차가운 잿빛 시멘트길을, 갸파른 계단을, 울퉁불퉁한 흙길을, 넓적한 바위 위를...... 끊임없이 밀려오는 파도를 보며 듬성듬성한 차돌밭에 앉았다. 여고시절 그렇게도 동경하던 겨울바다를 세상에 태어나서 처음으로 보게 된 것이다.

세상에 태어나서 처음으로 좋아하게 된 사람과 나란히 앉아서. 하지만 그렇게 커다란 감정의 동요를 일으키지 않고 겨울바다처럼 묵직하고 담담하게.

하늘엔 단지 어린 갈매기 두어마리 왠일인지 우리의 머리 위로만 낮게 선회하고 있었다. 여리디 여린 은빛 날개로 아스라이 머언먼 창공을 향하여 비상하기 위해 준비운동을 하는듯 했다. 저 작은 날개짓으로 저 멀리 저 높은 곳으로 날아가려면 얼마나 날개가 아프게 저어가야 할까란 생각에 가슴 한켠이 저려왔

다. 마치 우리의 젊음이 그러하듯이...... 우리의 사랑도 그러하
듯이...... 내 방 침대헤드 위에 걸려 있는 〈갈매기의 꿈〉의 작
가 리처드바크의 "The highest flying seagull sees the most
distance(가장 높이 나르는 갈매기가 가장 멀리 본다)"라는 영어문구에 온
통 하늘색 같기도 하고 바다색 같기도 한 코발트블루빛에 은빛
날개의 비상하는 갈매기 한마리가 그려진 판넬과 조나단리빙스
턴이란 갈매기가 주인공인 이 소설을 직접 영화음악으로 만들
고 노래까지 부른 철학적이면서도 서정적인 싱어송라이터인 닐
다이아몬드의 〈Be(존재)〉라는 가사 중 첫귀절이 떠올랐다.

Lost on a painted sky where the clouds are hung for the
poet's eye
You may find him if you may find him
구름이 걸려있는 흐린 하늘에서 그를 잃어버렸어요
시인의 눈을 지닌 당신이 그를 찾을지도 몰라요
만일 당신이 그를 찾으려고만 한다면

여기서 그는 바로 〈길매기의 꿈〉의 주인공인 조나단 리빙스
턴이란 갈매기이자 비상을 꿈꾸며 미지의 세계를 향한 끝없는
도전을 시작한 어쩜 무모하기까지한 젊은 우리들 모두의 꿈일
거라고.

K와의 대화…… 긴 호흡의 대사와 깊은 공감의 침묵으로 서로의 빈공간에 안개처럼 스며든다. 난 그에게 내 친구 경미의 짧았지만 뜨겁고도 슬펐던 첫사랑의 경험담등을 이야기해주면 내 얘기를 온몸이 귀가 된듯 너무나도 진지하게 들어주고 자기 의견도 말해준다. 친구, 우정, 지속적인 사귐, 순결한 만남, 그리고 세상을 살면서 여자만 많이 참고 사는 줄 알았는데 남자도 많이 참는다고 했다.

우린 내려가기 전에 사이다랑 핫도그를 먹고 또 올라와서 시원한 사이다 한잔씩 더 마시고 초콜렛을 먹으면서 걸었다.

겨울답지 않은 푸근한 날씨에 가다보면 군데군데 피어난 노오란 개나리꽃들이 새끼병아리 만큼이나 앙증맞게 귀엽다.

한편 모조리 옷을 벗어버린 나목의 모습에서 어느정도 겨울임을 실감했다. 태종대의 파도소리, 새소리, 몇몇 눈에 띄이는 연인들의 발자국소리를 뒤로하고 버스를 탔다.

오늘도 부산진역에서 같이 내렸다. 난 또 저번날처럼 배고프지 않냐고 물어보니 많이 고프다고 했다. 오늘 내가 비록 친구한테서 욕은 실컷 얻어 먹었을 망정 오늘의 반창회 회비인 3000원은 불로소득 했으니까 빵 사준다고 또 나의 모교인 경남여고 정문 옆에 있는 오복당에 들어갔다.

저번처럼 내가 먼저 문을 열고 저번과 똑같은 자리에 앉았다.

그런데 자리에 앉자마자 숨돌릴 새도 없이 이번엔 K가 먼저 한다는 말이 "난 너를 그냥 친구가 아니라 진짜 여자친구로 생각하고 있는데 어떻게 생각하느냐?"고 진지한 표정으로 묻는게 아닌가. 그의 기습적인 질문에 좀 당황스럽긴 했으나 그 생각이 좋다 나쁘다, 그렇게 생각하라 말라고 말할 자격은 없지만 난 '친구'라는 말이 좋고 나를 '친구'로서 대해달라고 딱 부러지게 말했다. 나이도 갓 스물하고 하나된지 이제 사흘밖에 안됐기도 하고 '친구'란 단어 자체가 어딘지 모르게 건전하게 들리고 서로에게 부담감도 없고 자연스럽게 들린다고도 했다. 우리 나이엔 연인보다는 친구가 더 어울린다고......

그리고 하는 말이 1월 1일 아침에 자기딴엔 큰 맘 먹고 내한테 전화했는데 내가 딱 끊은데 대해서 좀 불쾌했다고 했다.

그것도 새해 첫날 아침에. 사실 나역시 그때 전화 끊으면서 굉장히 마음이 편치 않았었다고 했다. 그때 내 옆에 부모님만 안계셨다면 아니 내가 먼저 전화를 받았었더라면 하고 그때의 내 주위환경을 탓했었다.

흐르는 시간이 아쉬웠다. 간간이 시계를 훔쳐다 보았다.

오늘도 K가 내가 버스 갈아타는 곳까지 에스코트해주었다. 다음엔 내가 에스코트해줘야지. 우린 '친구'니까 한쪽만 일방적으로 받아선 안된다고 생각한다. 그러면 지겨워질지도 모르니까.

태종대에서 부산진역까지 오는 버스안에서 내가 한번도 술을 안마셔봐서 한번 마시고 싶다는 호기심이 생긴다고 하니까 내 말이 끝나기도 전에 "오호 쾌재라!"라며 조만간에 날 잡아서 같이 마시러 가자면서 너무 좋아하는 게 아닌가. 하여튼 K랑 자꾸자꾸 더 친해지고 싶다.

버스 안에서 마음 속으로 내내 되뇌었던 말이 있다.

'K 나의 영원한 영혼의 친구여, 앞날에 축복만 있어라!'

영화 〈비포 선셋〉 〈비포 선라이즈〉

1983. 1. 5 (수)

겨울과 비…… 공연히 죄책감이 앞선다. 아침에 전화가 두번
씩이나 왔다.

그때마다 엄마는 내가 부탁한대로 말해 주셨다. 옆에서 그걸
듣고 있던 유치원생들인 조카 둘이서 이모가 여기 있는데 어째
서 마산에 갔다고 하느냐면서 외할머니랑 이모는 거짓말쟁이라
며 난리치길래 뭐라고 변명할 말도 없어서 가만히 있었는데 애
들 앞에서 못할 짓을 한 것 같아 난감했다.

난 뭣 때문에 아니 누구 때문에 갑자기 PTP 써클 MT에 가지 않겠다고 결심했는가?

만약에 K가 간다고 했으면 난 어떻게 했겠는가?

내가 언제부터 이렇게 됐는지 의문스러울 지경이다.

사람을 이토록 변하게 하다니……

하긴 선수만 간다고 했어도 나도 갔을거다.

내가 가져가야 할 준비물품이 후라이팬이었는데…… 딴 애가 준비해 갔는지 이래저래 오전 내내 마음이 불편해서 좌불안석이었다. 마음을 어디 둘 곳이 없어서 애들이 엉망진창으로 어질러놓은 내방을 털고 털고 닦고 또 닦았다.

마치 내 마음에 묻은 먼지를 털어내듯이. 청소를 하고 나니 속이 좀 후련해졌다.

요즘 읽다만 전혜린이 번역한 책이라 더 좋아하게 된(전혜린의 일기를 읽어보면 이 책을 번역하면서 주인공인 니나가 자기자신과 너무 흡사함을 느껴서 이 책에 더 애정이 간다고) 독일의 여류작가인 루이제 린저의 '생의 한가운데에'란 니나와 슈타인의 일기와 편지로 구성된 소설책을 좀 읽다가 자다가 또 읽다가 자다가 하면서 하루를 보냈다.

점심도 안먹고 계속 읽다가 자다가만 반복했다. 니나와 슈타인이 교대로 내 꿈에 나타나 뭔 말을 한 것 같은데 아무리 기억해낼려고 해도 안난다.

　　　…………사람은 자기 자신에 관해서 많은 이야기를 해서는 안

됩니다. 왜냐하면 마음의 말들을 다 뱉어버리고나면 우리는 더 가난하고 더 고독해지게 되는 까닭입니다.

사람이 속의 말을 털면 털수록 그 사람과 가까워진다고 믿는 것은 환상입니다. 사람과 사람이 가까워지는데는 침묵 속의 공감이라는 방법 밖에는 다른 방법이 없는 것 같습니다..............

지금쯤 도착했겠지. 잘 놀고 있겠지. 내가 안갔다는 사실에 대해 약간의 미안함은 있어도 후회는 조금도 되지 않는다. 마저 책을 다 읽어버려야지.

1983. 1. 11 (화)

방학하고 처음으로 학교 도서관에 갔다. 캠퍼스는 대학 원서 교부 받으러 온 고등학생, 재수생들로 자갈치시장 같았다.

그래서 그런지 분위기가 더욱 신선하고 활기 넘쳐 보였다.

도서관 2층은 공부하려는 열기로 훈훈하다 못해 뜨끈뜨끈 했다. 괜히 심술도 나고 한편으론 두려운 마음도 들고 나의 게으름에 경종을 울려주었다고나 할까.

봉애 찾는다고 도서관을 한바퀴 돌았는데 안보여서 책 읽고 있는데 누군가 등을 탁 쳐서 뒤돌아보니 봉애였다. 막바로 동문

다실에 가서 커피 마시면서 고작 며칠 못만났을 뿐인데도 몇달 동안이나 못만난 것처럼 쌓인 회포를 숨이 찰 정도로 재잘거리며 풀었다. 나는 K하고 태종대 갔던 일하며 오만때만 시시콜콜한 일까지 기억나는건 얘기 다하고 우리과 복학생인 인규씨랑 사귀고 있는 봉애는 지 데이트한 얘기하느라 해가 지길래 오늘 공부는 저멀리 날아가버리고 어둑어둑해지는 도서관에 가서 한 권 빼고는 펴보지도 못한 전공책들을 다시 주섬주섬 주워 담고는 며칠 뒤에 남포동에서 다시 만나기로 했다.

집에 와서 옷 갈아 입고 저녁을 먹자마자 낮에 읽다만 에리히 프롬의 '소유냐 삶이냐to have or to be'를 마저 읽으려는데 K한테서 전화가 왔다. 천만다행으로 내가 먼저 받았다.

오늘 너무 늦다고 내일 만나자고 하니까 다짜고짜로 〈남포〉로 나오라면서 내가 올때까지 기다리겠다면서 내말은 듣지도 않고 일방적으로 끊어버렸다.

밤이라 못나가게 하는 엄마한테는 잠깐 경미 만나러 나간다고 거짓말 하고선 여덟시가 넘어 도착했더니 아주 심각한 표정으로 책을 읽고 있었는데 신기하게도 약속이라도 한듯 K도 홍성사에서 출간한 에리히 프롬의 '소유냐 삶이냐'를 읽고 있었다. 며칠전 도서관에서 빌렸는데 앞 몇페이지밖에 못읽어서 다 못읽고 내일이면 반납해야 될 거 같다고 얘기하길래 일단은 반납하고 다시 빌리면 된다고 가르쳐줬다. 날 만나기 전엔 자기 전공분야 외엔 거의 다른 책을 읽지 않는데 날 알고부터는 전공과 관련없는 다양한 책을 읽어봐야겠단 생각이 들었다면서 나름 읽을려고 노력하는데 쉽지 않다고. 특히 '소유냐 삶이냐'같은 이런 종류의 사회과학계열의 책들이 이해하기 어렵다고 했다.

공대생이라 그런지 수학이나 자연과학처럼 1+1=2처럼 누구나 수긍할수 있는 정답이 있는 것도 아니고 복잡다단한 무슨 무슨 가설은 많으면서 명확한 해답은 제시하지 못하는 사회과학이 체질적으로 안맞는다는 것이다.

나는 집에서 밥을 먹고 왔지만 내 기다린다고 밥도 안먹은거 같아서 난 또 먹을수 있다고 밖으로 나가자니까 왠지 소화도 안되고 밥 생각이 없다길래 그자리에 계속 죽치고 앉아서 커피만 홀짝거리며 둘이서 지금 읽고있는 책얘기부터 이런저런 얘기들을 쉴새없이 나누었다. 난 굉장히 욕심이 많은 애 같다고 말했다. 보통 대개의 사람들은 한쪽으로 치우치는데 대다수가 소유 쪽으로 물질적 풍부함에 너무 매달려서 정신이 황무지처럼 피폐해져 불행하게 사는 사람들과 극소수이긴 하지만 정신의 풍요로움만을 추구하며 수도자들 같이 살아가기에 물질적으로는 궁핍한 삶을 살아가는 것도 다 싫다고. 난 무소유로 살아가는 간디나 은수자들을 존경하지만 그렇게는 도저히 살수 없고 그렇다고 속물도 되기 싫으니까 책도 많이 읽고 사색도 깊이 해서 정신의 풍요로움도 누리는 동시에 물질적인 부분도 무시하지 않고 신경을 써서 남들이 가지는건 나도 다 가지고 싶다고.

한가지만 가진 자들의 비극을 많이 보아왔으므로.

1983. 1. 24 (월)

　보통 땐 K랑 시영, 종일, 선수와 나 이렇게 다섯명이 만나서
놀고 먹고 마시고 영화도 꼭 함께 봤는데 오늘은 시영이 없이
K, 종일, 선수 그리고 나 이렇게 네명만 만나서인지 어딘지 모
르게 허전했다.

　사실 우리가 본의아니게 시영이를 외롭게 만들어서~ K와 나,
종일이와 선수가 커플같은 친구 사이고 시영이만 그런 여학생
을 여즉 못만나 선수랑 내가 시영이를 쫌 챙기긴 하지만 그래도
많이는 신경 못써주니 지나름 소외감도 느꼈을 때도 있었을테
고 오늘은 지나름 우릴 배려한다고 안왔지싶은 생각도 들었다.

　오전 11시까지 남포동에 있는 우리들의 두번째 아지트(첫번째
아지트는 누가 뭐라해도 남포)인 낙서다실에서 만나 커피 한잔만 달랑
마시고 곧장 일어나 송도바닷가로 향했다.

　모래사장을 거닐었는데 겨울이고 월요일인지라 사람들로 붐
비진 않았고 드문드문 연인들이 다정하게 걷는 모습들과 파도
와 백사장이 만나는 곳에 한 남자가 자기연인의 이름과 하트모
양을 막대기로 그리고 있었다.

　K랑 종일인 특히나 말없는 남자들이라 그냥 말없이 앞장서서
걸었고 선수랑 난 왕수다쟁이들이라 팔짱을 끼고는 참새들처럼
시끄럽게 또한 조금도 쉬지않고 재잘재잘거리면서 까륵까륵 웃
어댔다.

K랑 난 일요일이었던 어제도 아침부터 해운대에서 만나서 해운대바닷가를 얼마나 걸었는지 모른다.

조금만 걷다가 다시 남포동으로 와서 007 for your eyes only를 네명이 쪼로미 앉아서 콜라랑 팝콘을 먹으면서 봤는데 007영화니까 당연히 박진감 넘치고 스릴과 서스펜스도 뛰어나고 영화속 섹시한 본드걸 등 볼거리도 풍성했지만 이번 007은 뭣보다도 영화엔딩장면에서 중성적이면서 호소력 짙은 음색의 쉬나 이스턴이 부른 주제가인 for your eyes only가 기가 막힐 정도로 끝장면과 잘 어울렸고 노래도 심장안으로 파고 들어올 정도로 강렬하였고 감동 그자체였다.

쉬나 이스턴이 영국가수라 발음을 또박또박하게 불러서 그나마 가사가 귀에 잘 들어왔는데 특히 중간 부분에서 ......For your eyes only, the nights are never cold You really knew me, that's all I need to know Maybe I'm an open book Because I know your mind. But you won't need to read between the lines......가 내 가슴에 박혀버린 화살 같다.

해석해보자면...... 오직 너의 눈을 위해서 밤은 결코 차갑지 않아. 너는 정말로 나(나란 존재)를 알았지, 그거야말로 내가 알아야 할 전부야. 어쩌면 나는 열린 책일지도 몰라. 왜냐면 난 너의 마음을 아니까. 하지만 넌 책의 행간까지 읽을 필요는 없어......

오후 늦게 영화가 끝나서 점심겸 저녁으로 할매집에 가서 김

밥이랑 눈물콧물나게 매운 회국수를 뚝딱 먹어치우고 유나힐 타워에 가서 마냥 구름 위를 걷는 것처럼 가슴설레게 행복하기만 했던 축제같았던 오늘 하루를 음미하며 커피를 마시고 헤어져선 선수랑 난 집이 수영과 광안리라 피닉스호텔 앞에서 같은 40번 버스를 탔는데 둘이서 할말은 태산이었는데도 창밖만 바라보며 혼자만의 상념에 빠져 거의 몇마디 안했던 거 같은데 이런 적은 우리가 친해진 이래로 처음인거 같다.

쉬나 이스턴의 〈for your eyes only〉

1983. 1. 25 (화)

엄마가 막 깨워서 일어나보니 정각 6시를 가리키고 있었다.

밖은 한밤중처럼 깜깜하고.

차가운 새벽 공기를 가르며 부산역에 도착하니 차츰 여명이 밝아왔다.

7시 40분 서울행 첫 열차를 탔다. 차내 스피커에서 흘러나오는 '아, 대한민국'의 가사에서 ……뚜렷한 사계절이 있기에 볼수록 아름다운 산과 들……이라는 구절을 이번 기차여행하면서 절실히 느꼈다. 하이얀 눈으로 채색된 조국의 산하는 실감이 안날 정도로 아름다웠다.

난 뜨거운 커피를 음미하며 포스트카드 같이 예쁜 창밖 풍경을 감상하면서 K생각에 잠기기도 하고 나자신과의 은밀한 데이트를 즐기면서 가고 있는데 동대구역에서 올라와 내 옆에 앉은 한 남자 때문에 나만의 행복한 세계는 끝장나버렸다. 무슨 남자가 그리 눈치도 없고 말도 많은지 계속 말을 시켜서 여간 고욕이 아니었다. 나중엔 자는 척도 해봤지만 막무가내였다.

물건 파는 카트가 올 때마다 주스나 사이다, 찐계란, 밀감이랑 과자 등을 잔뜩 사서 날 마구 흔들어대며 깨우는 게 아닌가.

같이 먹자고. 정말 기가 찰 노릇이었다. 어찌됐든 우여곡절 끝에 2시가 다돼서 서울역에 도착했는데 내 허락도 없이 내 가방을 자기 가방인양 어깨에 척 메고는 주지를 않는게 아닌가.

이 남자 때문에 너무 신경을 써서 그랬는지 아침에 급히 먹은 게 탈을 일으켰는지 배를 바늘로 콕콕 찌르는 것처럼 아팠는데도 꾹 참고 있었는데 이 남자 내 얼굴이 갑자기 창백해졌다며 어디가 아프냐면서 온갖 호들갑을 다 떨고 일어나더니 마지막 칸까지 가서 약까지 구해온 게 아닌가.

아이고 기가 막혀……. 누구 때문에 아팠는데 병주고 약주고 이래저래 어이가 없어서 죽을뻔 했다. 생긴건 멀쩡하게 생긴 사람이 왜 이런 몰상식한 행동을 하느냐면서 빨리 내 가방 내놔라고 불같이 화를 냈는데도 내 말엔 전혀 아랑곳하지 않고는 근처 다방에 가서 차부터 한 잔 마시면서 얘기 좀 하자는 것이다. 그나저나 난 화장실이 너무 급해서 ~ 아무래도 설사를 할 것 같아서 ~ 가방을 가지고 가든지 말든지 화장실로 가버렸는데, 줄은 명절때 떡방앗간을 방불케할 정도로 어찌나 길던지...... 한참을 기다려 화장실에 갔다오니 이 남자 내 가방을 무슨 신주단지처럼 꼭 끌어안고 처량하게 앉아 있었다. 난 세상에 이렇게 사람을 질리게 할 정도로 바보스럽고 저돌적인 인간이 다 있나 싶어서 할 말을 잃었다. 에구에구~~~~ 천지광명한 20세기 후반기에 서울 한복판에서 이 무슨 라만차의 돈키호테가 살아서 걸어나온 거 같은 사람을 만나다니. 내가 돌로레스 공주로 보였는지 아무리 착각도 자유라지만.

그때서야 둘러본 서울역은 17세기 유럽의 고성 같은 고색창연한 이국적인 아름다움이 느껴졌다.

난 퇴계로에 있는 찻집에서 중학교 때 환상의 단짝이었는데 고2때 서울로 이사간 진화랑 3시에 만나기로 약속해놨었기 때문에 마음이 더 급해졌다.

서울지리는 잘 알지도 못하는데. 그런데 이 남자 내 가방을 끝까지 주지 않고 지하철을 같이 탔다. 열차에 올라 날 맨 처음 봤을때부터 나랑 꼭 결혼해야 한다는 신의 계시를 받았다나 어쨌다나. 난 그 사람의 바보같은 순박함에 하도 어이가 없어서 처음으로 웃음이 피식 터져나왔다. 지하철 안에서도 난 지금 친구랑 약속이 있어서 가니까 다음에 꼭 만나자고 아무리 좋은 말로 달래고 설득하고 애원해도 소용이 없었다. 어쩔수없이 퇴계로에 같이 내려서 진화랑 만나기로 한 찻집 앞에서 그 사람 주소와 전화번호가 적힌 쪽지를 받고 난 조마조마한 심정으로 가짜로 적은 내 연락처를 줬더니 그때서야 제법 컸던 가죽가방을 돌려 받을 수 있었는데 자기 전화 잘 받으라는 말을 골천번도 더 했을꺼다. 내가 찻집 안으로 들어가는 모습을 닭 쫓던 개 쳐다보듯이 지켜보고는 한참 있다가 마지못해 발걸음을 옮기는게 아닌가. 난 그 사람이 적어준 쪽지를 즉시 찢어버렸다. 이 일은 K에게 말 안하는 게 나을거 같다.

1983. 2. 10 (목)

오늘밤 FM 이종환의 디스크쇼에서는 시인 김남조님의 "그가

네 영혼을 부르거든.......”이라는 새 수필집을 낭송해주었는데,
특히 가슴깊이 와닿아서 미친듯이 받아적었던 센텐스들을 나열
해본다면,

그가 누구든간에 당신이 누군가를 사랑하고 있다면
또 그를 최대한도로 도와주고 싶다면
그대는 그 즉시 안델센 동화집 ‘백조’에 나오는 엘리자가 됩
니다.
사랑하는 이는 용맹합니다.
어떤 어려움도 이겨냅니다.
필요한 일은 지체없이 시작합니다.
불인두로 지지는듯한 고통에도 견뤄어 냅니다.
잠시도 손을 쉬지 않습니다.
단, 그것이 진실한 사랑일때 도와주는 자가 나타납니다.
현재 사랑하고 있는 이에게 가장 절실한 것은
용맹, 충실, 인내입니다.
이것은 사랑하는 이들에게 분명히 승리를 가져옵니다.
사랑하십시오!
그리고 부디 성공하십시오!

겨울 하늘을 높이 나를수 있는 새들이야말로 진정한 새이다.
그 날개에 바늘이 꽂히는 아픔을 딛고서 필사의 비행을 하는

그들.

사람도 역시 마찬가지다.

저마다 혼신의 힘을 다해 살아가려 애쓴다는 점에서.

생명을 가진 자들은 누구나 다 삶의 값을 치르며 산다.

팽팽하게 잡아당기는 이 생명의 탄력!

삶은 등반이다.

무거운 짐을 지고 준령을 오른다.

사람은 더 나은 자기를 한없이 갈망한다.

삶에 있어 인간의 줄기찬 상승본능.

우리는 날마다 오성의 거울을 닦아서 얼룩으로 가려진 영혼을
환히 비추게 해야 한다.

삶은 시지프스의 신화에 나오는 시지프스처럼 굴려오는

바위를 굴리고 또 굴리고 끊임없이 굴려야만 하는 우리

인간들이 매순간 넘어서고 일어서는 되풀이.

삶의 보람은 알프스산의 바위틈에 숨어있는 에델바이스꽃.

함께 있는 사람의 행복을 살피는 것이 중요하다.

관계 사이의 지혜는 정말 중요하고도 어렵다.

관계의 개선은 나의 개선에서만 이루어진다.

그런데 나의 개선은 온 세계의 개선만큼이나 복잡하고 어렵다.

우선 결단하는 이는 고독합니다.

그러나 우리는 결단해야만 합니다.

책임지는 자는 고독하다.

그러나 반드시 책임져야 한다.

사랑도, 포부도, 봉사도 그것이 투철하면 할수록 고독해진다.
나는 나의 삶이 진정으로 고독해져서 외로울새없이 살아가야
겠다고 결심해본다!

1983. 3. 15 (일)

요즘들어 오랫간만에 화창한 날이다.
2캠퍼스 운동장에서 우리 국문과 체육대회 겸 신입생 환영회
를 하였다.
사실 체육대회는 너무 시시해서 괜히 왔다고 후회했다.
오늘 같은 날은 집에서 뒹굴뒹굴거리며 TV나 보며 낮잠이나
실컷 잘걸 하고……
12시 조금 넘어 PTP 모임이 열리는 5004강의실에 가봤더니
경옥, 태경, 양준이 등 서너명 정도 밖에 안와 있었다.
이래가지고 무슨 anniversary를 한다고.
하옇튼 이런 식으로 나가다간 우리 써클이 어떻게 될련지 의
문이다.
써클에 처음들어왔을 때의 나와 지금의 나와는 분명히 같은
나인데도 사뭇 많이 변해있는 것 같다.

써클 때문이라기보다도 세월이라는 것 때문일까?

나이가 들면 들수록 호기심은 없어지고 무기력해지고 게을러지고 회의가 생기는 것일까?

누구나 다 그렇진 않은 것 같은데……

오늘 체육대회만 해도 작년이랑 비슷한 수준이었는데도 그때는 아주 재미있었던 것 같은데 요번은 시시하기만 했다.

눈은 운동장을 맥없이 쳐다보았고 머리 속엔 잡다한 생각의 쓰레기들이 뒤엉켜있었고 한편 누군가를 생각하는 아니 기다리는 초조불안하면서 착잡한 심정이었다.

1983. 4. 23 (토)

요즘들어 봄햇쌀이 따갑다. 오후에 창원에 사는 언니랑 형부, 조카들이 와서 부모님과 함께 ~ 난 오늘 선수랑 선약도 있었는데 거의 반강제적으로 떠밀려 ~ 저녁 무렵에 진해 벚꽃 드라이브를 다녀 왔다. 달빛에 은은히 젖은, 마치 이 세상의 순수 그 자체인 소녀들의 그 화안한 복사꽃빛 뺨을 연상시키는, 벚꽃 나무들의 기다란 행렬 사이를 지나면서 그리고 시골장날을 연상케하는 팔도야시장에 들러 무시무시하게 생긴 멧돼지통바베큐랑 꼼장어에 동동주는 반잔 밖에 안마셨는데 안그래도 꽃향기에 취해있어서 그런지 약간 기분좋게 어지러웠다.

물론 어딜가나 K생각은 계란 노른자위처럼 나의 모든 생각 중의 생각이 되어 나의 마음속 깊은 곳에서 푸르게 호흡한다.

K랑 같이 이길을 밤새도록 걷는다면 얼마나 좋을까하는 생각이 들었다.

사람이 사람을 이토록 쉼없이 생각할수 있다는게 불가사의하기까지 하다. 아니 좀더 엄밀히 말하자면 생각하는 것이 아니라 생각되어지는 것이...... 나만 K생각을 이렇게 많이 하는지 K도 내생각을 할때가 많은지......

여고 3학년때부터 내가 가장 좋아하는 팝송인 바브라 스트라이샌드의 woman in love의 가사중에서 가장 좋아하는 이 파트가 우리 둘의 마음을 그대로 표현한거 같다.

With you eternally mine in love there is no measure of time

We planned it all at the start that you and i live in each other's heart

We may be oceans away you feel my love i hear what you say

너는 내 마음 속의 영원한 연인, 우리의 사랑은 시간으로는 잴수가 없어.

너와 나는 서로의 마음속에서 살아가도록 처음부터 그렇게 정해져 있었어.

끝없는 바다가 우리를 갈라놓을지라도 너는 내사랑을 느낄 수 있고 나는 니가 말하는 것을 들을 수 있어.

영혼의 텔레파시가 통하는 만남은 바로 이런 만남이겠지.

법정스님의 말씀처럼 시절 인연을 통과해 '혼과 혼의 부딪침' 즉 새로운 눈뜸을 통한 '해후'라야만 이러한 진정한 만남이 되겠지.

1983. 5. 27 (금) pm 11 ~ 5. 28 (토) am 7:40까지 꼬박 밤을 새면서……

우린 후회하지 않고 고민하지 않고 살 수는 없는 것일까?

때론 후회한 것을 후회하고 또 후회하는 후회의 악순환현상.

지독한 염세주의 철학자였던 쇼펜하우어의 이런 말이 생각난다.

"잠은 좋다. 죽음은 더욱 좋다. 가장 좋은 것은 태어나지 않는 것이다."

한창 발랄한 내 나이에 어울리지 않게 지나치게 염세적인 생각을 하고있는 것일까?

하지만 쇼펜하우어는 실제론 80세가 넘게 살았고 죽을 때까지 누가 자기를 독살하지 않을까 평생 죽는 것을 두려워하며 살았다는 이 아이러니.

왜 항상 태양은 빛날 수 없는 것일까?

왜 항상 맑고 밝은 마음을 간직할 수 없는 것일까?

난 자주 삶의 돌부리에 걸려서 밤새 울곤 한다.

새하얀 칼라의 갈래머리 소녀시절부터 난 막연히나마 인생이란 슬픈 것임을 차츰차츰 느끼기 시작했고 화려한 독버섯의 색채와도 같은 자살이란 것을 동경하기도 했다.

미처 예쁜 알약들을 모아놓지 못한 나자신의 준비성 없음을 후회하기도 했다.

그땐 정말 극히 피상적이고 추상적인 '슬픔'이란 이름 자체를 슬퍼하였던 것이다.

마치 '사랑'이란 이름 자체를 사랑하는 지극히 사춘기소녀다운......

어쩌면 난 천생이 페시미스트(비관주의자)에 가까운데 책 많이 읽고 이왕이면 긍정적인 생각과 말을 할려는 이런저런 노력으로 애써 노력파 옵티미스트(낙관주의자)가 됐는지 모르겠다.

오늘 학교에 갔다가 K의 올 수 없다는 말을 듣고 막바로 집에 와버렸다. 갑자기 내가 거기 있을 의미가 없어진 것이었다.

영선이는 5, 6교시 마지막 사회학 수업 2개가 휴강됐다고 자기 집에 가자는걸 아프다는 핑계를 대고......

다행히 내 마음을 알아차렸는지 거리엔 내 모습 만큼이나 초라한 비가 흩뿌리고 있었다.

오늘 비라도 오지 않았다면 더 기막히게 비참한 슬픔을 맞이했을거다.

안과 밖이 일치되지 못하는 모순 만큼 슬픈 것도 없으니까.

밖은 점점 어두워져가고 있는데 오늘따라 더 창백해보이는 내 낯빛 같은 형광등을 켜기는 정말 싫어서 촛불을 켜놓았다.

나의 긴 머리카락이 바람에 마구 흩날리는 모습 같이 몹시 흔들리는 불꽃을 보며 지금의 내 마음 같다는 동병상련을 느껴서인지 어찌나 안쓰럽던지.

한편 주위를 밝히기 위해 자기 몸을 태워 기꺼이 살신성인하는 촛불의 갸륵한 마음씨를 조금이라도 닮을 수만 있다면……

젊음의 혈기와 무모함을 단적으로 지적한 이러한 말이 생각난다.

"20대까지 사람들은 세상의 모든 것을 태워버리려는 방화범이 되지만 40이 넘으면 그들은 모든것을 꺼버리는 소방수가 된다."

자꾸 밤은 깊어져 가고 난 밤새도록 시작도 끝도 없는 K에게 쓰는 길고긴 편지 같기도 하고 나에게 쓰는 일기 같기도 한 글을 쓸 것이다. 혓바닥에 까칠한 하얀 이끼 같은 것이 돋아날 때까지…… '밤은 약한 자의 천국'이란 말을 어느 정도는 이해할 수 있을 것 같다.

약한 자는 자신이 없는 자이고 또한 자기를 환한 곳에서 속속들이 드러내기를 두려워하는 자이기 때문에 밤의 어두움은 약한자의 결함들을 부드럽게 감싸안아주기 때문이라고 생각한다.

그래서 나는 밤을 사랑하는가 보다.

왜 이렇게 취해오지.

왜 이렇게 자꾸 뜨거운 눈물이 쏟아지려고 하지.

얼굴은 불가까이에 있는듯 자꾸 달아오르고 목도 타고 가슴은 두근반세근반 마치 죄를 지은 것처럼 떨려오고 몸 전체가 구름 위에 떠있는 것 같이 들뜬 기분이다.

세상에 태어나서 처음으로 소주라는 것을 마셔봤거든.

그것도 나혼자서 세잔씩이나.

몸은 제멋대로인데 정신과 볼펜을 쥔 손끝 만큼은 X − 레이 사진에 선명하게 드러난 부러진 뼈 만큼이나 더욱 또렷해지는 것 같다.

이십일년간 살아오면서 어제처럼 내가 불쌍하게 보인 적이 없다.

왜, 내가 비참한 인간이 되어야 하지.

난 불쌍해질 아무런 이유가 없는데.

하나하나 따지고 보면 난 축복받은 인간인데……

타인이 자기의 생활에 들어오기 위해서는 확실히 고통을 가져오는 것 같아.

함께 한다는 것, 나자신의 일부를 포기해야 한다는 것은 고통스러운 일임에는 분명하니까.

그래서인지 전자계산기 탓인지 계산이 지독히도 빠른 현대인은 타인과의 사귐을 되도록이면 피할려고 한다지.

사귐자체는 좋지만 그로인한 고통은 받기 싫으니까, 생활이 복잡해지는 것은 싫으니까, 신경을 쓰기가 귀찮으니까 등등의 이유를 내세워서 말이야.

난 죽을 때까지 잊지 못할 것이다.

스물살의 끝무렵, 대학1학년 2학기말 시험기간, 몹시도 내 뺨을 때렸던 살을 에일 정도로 차갑디 차가웠던 2캠퍼스의 겨울바람, 경남여고 앞 조그만 빵집, 1982년 12월 3일 금요일 밤……

넌 내가 지금까지 살아오면서 가장 최초로 또한 가장 커다란 고민을 안겨준 사람.

난 너와의 사귐이 나에게 있어선 처음이었고 또한 마지막이 되기를 간절히 바랬지.

원래 여자란 남자의 마지막 사람이 되기를 본능적으로 원하고 있으니까.

마치 남자는 여자의 첫 사람이 되기를 본능적으로 원한다고 하듯이.

너는 이렇게 반문하겠지.

지금까지의 나의 언행으로 미루어 보아 그건 너무나도 이율배반적이라고. 너는 줄곧 친구를 주장하지 않았느냐고.

맞아, 난 친구라고 주장함으로써 난 좀 덜 부끄러울 수 있었고 그래야만 나자신을 합리화시킬 수 있었으므로…… 그리고 친구란 말은 여러 의미를 복합적으로 수용할 수 있는 말이니까.

친구란 말 속에는 '사랑하고 이해한다'는 의미가 내포되어 있으니까.

여자의 입장, 남자는 너무나도 모르는 것 같다.

나도 남자가 안되어봐서 남자의 입장을 잘 모르는 것과 마찬가지겠지만.

하지만 남자와 여자 이전에 같은 인간 즉 호모사피엔스의 같은 줄기임에는 분명한데 우리는 왜 서로를 이다지도 모르는 것일까, 왜 서로를 이해하기가 이렇게도 힘드는 것일까.

정말 우리들 대부분은 나이를 먹어가면서 결코 성숙하지 못하고 키만 커가는 것일까.

그런데 여자는 남자보다 뭐든지 좀 더 억제해야 한다는 강박관념, 심하면 노이로제 현상, 아니면 철이 들기도 전부터 그러한 것에 줄곧 길들여져왔기 때문에 쉽게 받아들여질 수 없는 거야.

어떨 때는 내가 내자신의 의지대로가 아닌 남(부모님, 선생님들을 비롯한 어른들이나 현재 사회의 이념이나 문화적 현상 등등 에 의하여 받는 영향이랄까)의 조종으로 움직이는 로보트 같기도 해.

때론 나도 좀 더 내 감정에 충실해지고 싶고 위선의 탈을 훌훌 벗어버리고 싶어.

하옇튼 K를 충분히 이해하는 감정과 결코 받아들여선 안된다고 하는 감성과 이성과의 갈등이 내겐 너무나 괴롭고 난처한 것임을 K로선 이해하기가 힘들겠지.

설상 이해한다 하더라도 공감까지 가지기엔 어렵겠지.

여기에 바로 여자의 비극이 잉태되는거 같애.

어쨌든 감성과 이성의 충돌...... 그건 인류태초에서부터 앞으로도 영원히 풀 수 없는 수수께끼, 인간으로 태어난 이상 다른 길로 피할래야 피할 수 없는 숙명적인 싸움인 것 같아.

그래서 김남조 시인은 자신도 여자이면서 여자와 남자를 이렇게 말했어.

여자란 숙명의 창문을 열어놓고 있는 슬픈 가옥 같은 사람,
얼마쯤 상처 입은 짐승을 닮고 있는 모습이고 남자들은 결코 다 주지 않으면 항시 먼저 가 버린다고만 여겨지는 그 허다한 소행들을 밥 먹듯이 저지른다고.
거기에서 여자는 상심하고 좌절하고 슬픔에 흐느끼며 한참동안 울다 누워있다 또 일어나고……

우리가 이 지구상에서 이리저리 허우적거리지 않고 바로 걸어다닐 수 있는 이유는 지구의 중심 부분에 있는 중력이란 것이 우리를 잡아당기고있기 때문에 자연의 질서가 바로 잡히는 것처럼 또한 우리의 정신영역에도 정신계의 중력이라 할 수 있는 이성이나 자제력, 도덕률(철학자 칸트가 "하늘엔 별들이 빛나듯이 내 정신엔 도덕률의 별이 빛난다."고 말했듯이) 그리고 자신과 사회의 기대라는 것이 자리잡고 있기 때문에 한편 우리들 누구에게나 잠재되어 있는 얼마든지 타락할 수 있는 소지를 억제시키고 있다고나 할까.
어른이 된다는 것은 무엇일까?
어른이 되기 위해서는 두 개의 이유기를 지나지 않으면 안

된대.

첫번째는 어머니의 육체적인 젖가슴에서 억지로 울면서 떠나야 하고 두번째는 우리가 자진해서 부모님의 정신적인 젖가슴에서 떠나야 하지.

이때부터 우린 고독과 친숙해져야 하는 나혼자만의 외로운 먼 길을 떠나야 해.

우린 이제 한번도 날아가본적 없는 무한정 넓은 하늘을 향해 막 날기 시작한 어린 새,

아직은 연약하고 두렵기도 하지만 우리 앞에 펼쳐진 눈부신 비상을 향한 눈물겨운 날개짓을 결코 멈출 수는 없어.

아마 먼훗날 난 자신만만하게 이렇게 말할 수 있을거야.

나의 영혼이 가장 깨끗하고 순수했을 때 한 사람을 지극히도 생각했었다고……

그 사람은 나의 영혼 가장 깊숙이 자리 잡은 깨끗한 토양에 심어진 한그루 푸르른 나무였다고……

1983. 6. 4 (토)

아침 10시경 전화가 왔다. 2시에 서면 동보극장 앞에서 만나기로.

작년 겨울에 함께 갔었던 범어사를 향해 버스를 탔다.

토요일인데도 꾀나 조용했다.

청량한 산바람, 햇볕에 반짝이는 초록의 이파리들, 향긋한 아카시아 꽃내음이 진동하는 호젓한 오솔길 사이로 간간이 보이는 연인들의 팔짱을 끼거나 손잡고 다정하게 걸어가는 예쁜 모습들…… 우리는 아카시아이파리 먼저 따먹기 게임도 하면서 참 많이 걸었다.

휴게실에서 얼음처럼 차가운 콜라 한잔씩 마시면서 이런저런 이야기 하다가 곧장 내려 왔다.

신선하고 깨끗한 산공기에 영혼까지 깨끗이 씻겨져서 그런지 눈빛까지 서늘해진거 같다.

서면까지 오면서도 시선은 차창 밖으로 돌리고 곧장 말없이 조용하게……

'가화'에 들어 갔다. 오랫간만에 산길을 많이 걸어서인지 조금 피곤했었는데 진한 커피향내음에 금새 에너지충전이 되었다. 난 배따라기의 〈은지〉랑 Mamas and Papas의 〈California Dreaming〉을, only 김태정인 K는 〈백지로 보낸 편지〉를 신청해서 듣고 단어연상게임도 하며 시간을 보냈다.

K가 먼저 신청곡 적어내는 리퀘스트 메모지에 '불'이라고 쓰자마자 '사랑'이라고 쓰니까 왜 이렇게 생각하냐 해서 사랑도 불처럼 너무 가까우면 뜨거워서 못살고 너무 멀면 추워서 못산다고 했더니 K가 두눈을 동그랗게 뜨더니 "와아, 일리있네."라면서 아무리 국문과라 해도 어쩜 조금도 생각하지 않고 순간적으

로 이런 생각이 들었다는게 놀랍다고.

K는 고향이 경북영천인데 6시에 고향친구들이랑 모임이 있어서 먼저 가고 난 참새가 방앗간을 그냥 지나칠 수 없어서 동보서적에 신간서적도 둘러볼겸 들어와선 책 몇권을 골랐다.

처음 들어보는 김승희란 시인의 〈태양미사〉란 시집 제목이 강렬해서 골랐는데 시들이 한결같이 신선한 충격을 준다고나 할까. 기존의 시들과는 확연히 다른 이국적인 대담한 상상력과 실험적이고 모험적인 은유와 비유가 난무하고 그림을 보는것 같이 선명한 이미지가 느껴졌는데 그중에서 〈사랑을 위한 노래〉가 가볍게 만나 가볍게 헤어지는 사랑 같지 않은 사랑, 인스턴트 음식 같이 쉬운 사랑이 판치는 요즘 시대엔 안맞지만 조금은 비장하면서도 씩씩하고 죽음까지 불사하는 아름답고도 용감한 여전사적 사랑, 좀 무거운 사랑, 고전적인 사랑이 내겐 맞는 것 같다. 오늘 밤일기 쓸때 노트에 옮겨적어놔야겠다.

집으로 가는 버스 안에서 왠지 마음이 착잡해졌다. 언젠가 있었던 그날의 감정의 찌꺼기들이 아직도 다 가시지 않은듯하다. 통속적인 유행가 가사처럼 우리 둘 사이에 보이지 않는 유리벽 같은 것이 차츰차츰 쌓아져서 빨리 이 벽을 허물지않으면 우리도 이별의 귀로에 서게 되겠지. 갈수록 점점 자신이 없어진다. 처음엔 뭐든지 이해받기보다는 먼저 이해할려는 노력을 하리라고 다짐하면서 일기장에도 적었었는데 지금에 와서는……

하지만 널 좋아하는 마음은 여전한데……

\<사랑을 위한 노래\> 김승희

만일 네가 생각한다면
나의 불행한 마차가 그래도 가장 좋은 것이라고
만일 네가 생각한다면
너는 나와 함께
금색 태양을 위한 추운 싸움의 길 떠나야 한다
만일 네가 생각한다면
암초 때문에 더욱 더 빛나는 것이 사랑이라고
만일 네가 생각한다면
우리는 생의 다른 조명등들을 아낌없이 모두 살해해 버려야
한다.
숲들은 슬픈 안개에 아주 덮여 있었다.
비가 내리고 고요한 산정.
하늘 속에선 새들이 그들의 고독한 장난을 다시 하기 시작하고
바람이 불었다.
그때 나는 꿈꾸었다.
너와 함께.
그리고 나서 우리의 발걸음은 지상의 지평선을 아주 잊어버
리었다.
온갖 무장한 죽음이 나를 기다릴지라도
너 몰래 끊임없이 나를 괴롭힐지라도

만일 네가 생각한다면

나의 싸움이 용감하였다고

만일 네가 생각한다면

나는 죽음의 검은 도화지 위에

금칠한 천사를 그리겠다.

너의 얼굴과.

1983. 6. 6 (월)

현충일이라 강의가 없어서 아침부터 선수한테 전화해서 푸념
만 늘어 놓고 있는데 K에게서 전화가 왔다. 시간 있으면 만나
자고. 사실 오전내내 K에게서 전화 오기를 은근히 기다리면서
도 한편으론 오지 않기를 바라는 이 모순투성이의 온통 혼돈스
러운 카오스상태. 내 마음 나도 모르겠다.

아무래도 내 마음 속엔 두개의 나가 공존하는데 어느게 진짜
나인지 모르겠다. 생각 조차도 갈피를 잡지 못하고 매순간마다
이랬다 저랬다 변하곤 한다. 머리가 너무 복잡하고 혼란스럽고
안정이 되지 않는다. 당연히 공부는 물론이고 아무 것도 손에
잡히지 않는다. 모든 걸 떠나서 어디론가 훌쩍 철새처럼 날아가
고 싶다.

두사람이 사귄다는 것은, 진정으로 사귄다는 것은 겉보기엔

아름다울지 몰라도 그 내면에 숨겨진 커다란 슬픔을 감수할 능력이 있는 사람들만이 가지게 되는 특권이 아닐까?

밥은 하루종일 한숟가락도 먹지않고 (아니 못먹고) 커피만 계속 마셨다. 저녁 무렵이 되니까 마치 술 마신 것처럼 어지럽고 손끝이 다 떨려 왔다. 침대에 힘없이 누워 더 이상 아무 생각도 하기 싫어서 억지로라도 그냥 자버리려고 하다가 김남조시인의 에세이집 한권이 머리맡에 있길래 아무 페이지나 펼쳤는데 요즘의 내 심정을 너무나도 잘 말해주는 귀절이어서 읽고 읽고 또 읽었다. 눈물이 뺨을 타고 주루룩 흘러 내렸다.

......저녁해가 비치고 있는 노을 속의 창문이 아름다웠음에 비해 그 창문으로 들여다 본 방안은 어둡고 허황했다면 쉽사리 실망하시겠습니까?

당신이 사랑을 건네준 그분이 마치도 위에서 말한 어둑한 방과 같이 멀리서는 노을이 채색을 물들여 선연히 빛나 보였건만 가까이 보면 볼수록 어두워 간다고 하면 정녕 실망하시겠습니까?

하지만 이건 사실입니다. 당신이 사랑한 분도, 당신 자신도, 그리고 나와 내가 사랑한 사람도 이 모두가 대체로 어둑하고 공허한 방과 같다고 아니할수 없습니다.

신은 왜 이렇게 사람을 여리고 얄팍한 껍질로 입혀 만드시고 그 안은 곧잘 비어있는 소라처럼 허전하게 두실까하고 묻고 싶도록 진정 사람은 공허하다는 실감에 자주 사로잡힙니다......

손을 뻗어 라디오를 켰더니 소름 돋게 Poco의 sea of heartbreak의 전주 부분이 막 흐른다. 책도 음악도 상심한 날 위로 해주려고 작정을 했나보다.

The lights in the harbor. Don't shine for me.
I'm like a lost ship. A drift on the sea, Sea of heartbreak
항구의 불빛은 더 이상 날 위해 비추지 않네요.
난 바다 위를 표류하는 배 같아요. 상심의 바다에서.

1983. 6. 7 (화)

아침에 일어나기가 죽기보다 싫은 걸 겨우 일어나서 학교에 갔다.
한차례 엄마랑 말다툼하고. 엄마가 심하신건지 내가 심한건지 알 수가 없다.
아침의 내 심정은 집을 뛰쳐 나가 다시는 돌아오고 싶지 않았다.
어쨌든 요즘의 난 아무래도 정상은 아닌 것 같다.

심적으론 누구에게 쫓기는 것처럼 불안초조하고 누군가를 생각하면 급체한듯 가슴이 답답해지면서 심장은 찢어질거 같이 아파오고...... 지금의 나로부터 자꾸만 도피하고픈, 아무 곳으로든 떠나고픈 심정이다. 지금의 상황에서 무조건 벗어나고만 싶다.

친구들과 있을 때도 겉으론 웃어도 속은 편치를 못하다.

왜 내가 이중인간이 되어야 하나.

왜 이렇게 마음과 행동이 이율배반적으로 되어야 하나.

내라는 인간자체는 원래 모순덩어리인가.

내가 측은하기도 하고 밉기도 하고 모자라게 보이기도 한다.

다른 사람들은 다 즐겁게만 보이는데 내 혼자만 세상의 모든 괴로움의 짐을 다 짊어지고 있는 것처럼 비참한 몰골이어야 하나.

그러나 이런 때일수록 정신을 더욱 차려야지.

뭣보다도 현실을 직시하고서 인정할 건 인정하고 지금 당장 내가 해야할 일은 당장 하고 끈적끈적한 미련 같은 것에 더 이상 미련 두지말고...... 금방 잊는다는건 무리겠지만 그래도 되도록이면 빨리 잊을려고 노력해야지. 너저분하게 늘려있는 내 생활을 말끔히 치우고 정리해야지.

그 누구보다도 바로 나자신을 위해서. 난 아직 어리고 앞으로 빛나는 미래를 가졌기에.

이까짓 아픔을 못견딘다고 한다면 이 험난하다는 세상을 어떻게 살아나갈 것인가.

이런 말이 생각난다. "온화함은 강한 자에게서나 볼 수 있다. 잔인한 자들이야말로 약한 자들이다." 난 앞으론 타인을 위해선 울어줘도 나자신 때문엔 절대로 울지 않을거라고 굳게 맘먹었다. 그리고 잊을려고 하는 사람에 대해서도 좋은, 아름다운 이미지도 조금은 내 기억 속에 남겨둘테야. 완전히 잊는다는 것은 어차피 불가능한 일일꺼니까.

그리고 앞으로 누군가를 사귄다는 것은 정말 생각하기조차 끔찍해. 이런 고통은 이번 한번으로 끝내고 싶어.

K, 이젠 추억 속의 사람으로 서서히 저물어 가고 있어.

인간에겐 망각이란 것을 지니고 있기에.

K, 넌 나에게 있어 아니 나의 인생에 있어 최초로 또한 최고로 큰 고민을 안겨 주었고 내 가슴에 아픈 무늬를 새겨준 사람.

1983. 6. 9 (목)

국어학개론 시험을 오늘 친다는 것을 분명히 알고 있었는데도 책을 펴보지도 않고 시험친 관계로 제발 F만은 피할 수 있길 간절히 바랄뿐. 딴 애들은 거의다 잘 적어낸거 같은데,

케세라세라(될대로 되라) 인생은 딴 무엇도 아닌 자업자득일뿐이란 이 냉정한 법칙의 지배하에서 살아가야하는 법이거늘.

집에 와서 가방을 챙겨 보니 안경이 안보인다. 아무래도 강의실에 놔두고 온거 같다.

정신까지 가출을 했는지 진짜 제정신이 아니다. 눈까지 빼놓구 다니다니. 내일 아침 일찍 학교에 가봐야겠다.

요즘들어 부쩍 경미 심정이 이해가 된다. 그땐 경미를 이상하게 생각했었는데.

담배라도 피우면 좀 괜찮아질까. 담배를 피운다고 해서 꼭 사람이 타락해지는건 아니라고 본다. 이것도 기호품의 일종이니까 여자라도 자기에게 맞는다고 생각하면 피워도 되는거지 여자이기 때문에 무조건 피우면 안된다는건 남자들이 만든 남성 우월주의의 잔재일뿐이라 생각한다.

고2때 같은 반이었던 한양대 법대에 다니는 희진이 말이 밤 늦게까지 도서관에서 법전과의 사투를 벌이고 담배를 피우면서 하숙집으로 걸어가는데 남학생들이 지보고 어디 여학생이 건방지게 담배를 피우며 걸어다니냐며 면전에서 한마디씩 하는 소릴 수도 없이 들었다며 서울남자는 좀 깨인줄 알았는데 우리나라 남자는 아직도 멀었다고 하면서 지금 시대가 어떤 시댄데라고 열변을 아니 울분을 토했었다.

하여튼 오늘따라 경미나 희진이 같이 옹졸하기 짝이 없는 남자들 시선에 개의치 않는 용감한 여성흡연자들이 부럽고 존경스러워지는 밤이다. 난 생각은 굴뚝같지만 뭐가 그리 겁나는지......

스물살의 가을 어느날 널 처음 본 순간부터 지금의 스물하나에 이르기까지 나의 정신세계를 점령해버린 너라는 존재를 잊기위해 생각할꺼고 생각하면서 잊을꺼다.

너와의 미련에 더이상 미련을 두지 않을련다.

세상은 추억들의 공장이라고 하더니만 너와의 만남은 채 1년도 되지 않았지만 내가 살아오면서 처음으로 가장 새롭고도 신선한 경험을 선물 해준 놀라운 시간들의 연속이었다. 그러한만큼 지금의 견디기 힘든 아픔도 겪게 해줬지만.

세상은 정말 무서울만큼 빛과 어둠의 비율이 정확히 반반으로 구성되어 있는가보다. 햇빛이 들면 반드시 그늘이 지고 내리막길을 걸어가면 반드시 오르막길이 먼저 가서 기다리고 있고.

나를 좋은 여자였다는 이미지로 차츰차츰 너의 기억 속에 파묻혀진다면 얼마나 좋을까? 나라는 존재를 완전히 잊어버리기보다는…… 로망롤랑의 시 '잊혀진 여인'에서처럼 잊혀진 여인만큼 세상에서 가장 불행한 여인도 없다하니까.

1983. 6. 10 (금)

안경 찾아 삼만리…… 강의실을 샅샅이 뒤져봐도, 학생과에 찾아가봐도 없었다.

맥이 탁 풀렸다. 앞날이 구만린데 이 튀미한 정신머리로 어떻게 살아갈 수 있을런지 심히 걱정이 된다.

우린 정여 타임써클 집회실에서 음악을 들으며 길게 드러누워 하드랑 과자 먹으면서 간만에 진지한 대화를 나누었다.

봉애는 요즘 내만 보면 "그래가지고 어떻게 사니."라면서 지금의 내 심정을 제일 많이 이해해준다.

봉애는 우리과 커플인 인태씨랑 그럭저럭 잘 지내고 있다고 했다. 가끔씩 가다가 트러블이 안생기는 것은 아니지만 서로가 잘 통하니까 그다지 큰 문제는 아니라고. 같은 과이기 때문에 서로의 공통화제도 풍부하기 때문에 좋긴 좋지만 또 그만큼 신경이 쓰여진다고.

하긴 전부 다 좋은 점만 있는 것은 세상만사 아무 것도 없다고. 뭐든지 좋은 점이 있으면 꼭 그만큼 나쁜 점도 따라오는게 세상이치의 양면성이라면서.

애들과 즐거운 시간을 보내고 있는데도 내 가슴 한쪽엔 무거운 돌을 매달아 놓은 것처럼 가슴이 너무 무겁고 이젠 칼로 베인듯한 통증까지 느껴질 정도였다. 이렇게 가슴에서 피가 나올 듯이 아픈데도 내 때문에 애들 분위기 망칠까봐 속으론 울면서도 겉으론 웃으며 맞장구도 쳐주고 나로선 견디기힘든 이중고였다.

오늘 아침에 K한테서 전화가 왔었다. 오후 수업이 휴강될거라면서 점심때쯤 내가 있는 1캠퍼스에 와서 점심 같이 먹자고. 그런데 나도 오후 수업이 휴강될거라 오늘 오후에 서울로 올라

가서 일요일 밤늦게 도착할거라고 거짓말해버렸다. 내가 이렇게 자연스럽게 거짓말을 잘하는 사람인지 몰랐다.

요즘 난 진짜 정상이 아니다. 내 마음은 늘 K를 보고싶은 마음과 이젠 보면 안된다는 마음이 싸우고 있는 피비린내 나는 전쟁터가 따로 없다.

그래도 몸은 학교 다니고 친구들과 하하호호 웃으면서 어울려 다니며 밥도 먹고 과자도 먹는게 참 희한한 일이다. 마음은 내 방에서 빛 한줄기라도 못들어오게 커텐이란 커텐은 다 쳐놓곤 두꺼운 겨울이불 속에 들어가 맨날 안나오고 있는데 아니 못나오고 있는데 몸만 몽유병환자처럼 돌아다니고 있다.

왜 이렇게 내 뜻대로 되는게 단 하나도 없을까,

뭣보다도 K를 잊으려 하는 게......

지금이 고비겠지, K를 잊으려 하는 것도......

이 시기만 잘 넘긴다면 난 더욱 성숙해질 수 있을텐데.

오늘도 하루종일 갈등과 갈등, 혼란과 혼란, 무질서와 무질서, 암흑과 암흑이 혼재해있는 태초의 카오스상태인 내 마음속엔 우울한 검은 빗줄기가 그칠줄 모르고 내리는데 아무래도 편지를 쓰야겠다.

널 위해서도, 날 위해서도......

1983. 6. 11 (토)

오늘을 무사히 잘 넘긴 것을 나자신에게 너무나도 고맙게 생
각한다.

아침부터 오후 4시까지가 나에게는 엄청난 고통의 시간 시간
들이었다.

정말로 지옥이라는 게 있다면 그때의 내 마음속이 생지옥이었
다. 나자신을 나스스로가 속여야 하는 것처럼 처절하게 고통스
러운 것은 없었다. 몸은 여기에 있었지만 마음은 거기로만 향했
다. 내 마음 속엔 우울하다 못해 음울한 시커먼 빗줄기가 그칠
줄 모르고 내렸다. 분명히 내 마음은 내 것인데도 왜 내 뜻대로
되지 않는 걸까? 정말 내 속엔 또 하나의 정반대적인 내가 존재
하는가보다. 그 두개의 나는 서로 한번 친해져보려고도 하지않
고 왜 이렇게 피터지게 싸워야만 하나.

할 일은 태산 같이 쌓여 있는데 아무 것도 손에 잡히지 않는다.

이래서는 안되는데…… 정말 이래서는……

우리가 어떠한 문제에 처하게 될때 이상하게도 문제는 무생물
이 아니라 아메바처럼 왕성한 번식력으로 자체무한증식하여 비
정상적으로 문제가 커져버려 사실상 별문제가 안될 문제가 어마
무시한 고통을 주는 문제로 커져버리는것 같다. 그러니까 불교
에서 말하는 화살 비유처럼 깨달음을 못얻은 우리 불쌍한 중생
들은 어쩔수 없는 첫번째 화살만 맞는게 아니라 자기 스스로의

어리석음으로 안맞아도 되는 두번째, 세번째 화살까지 자꾸 맞는게 진짜 문제인것 같다.

'여자란 숙명의 창문을 열어 놓고 있는 슬픈 가옥 같은 사람,

얼마쯤 상처입은 짐승을 닮고 있는 모습'이라는 어느 여류시인의 싯귀절이 지금의 내 처지를, 중태에 빠진 내 영혼의 모습을 그대로 보여주는듯 하다.

하루종일 목이 타고 속이 답답해서 얼음물만 들이켰다.

미쳐버리지 않은게 이상할 정도다.

펑펑 울고 싶은데 눈물은 한방울도 나오지 않는다. 정말 눈물이라도 나온다면 좀 살 것 같은데...... 우는 것조차도 내 뜻대로 되지 않는 이 기막힌 현실.

너를 잊으려 하는 것도 내 뜻대로 안되겠지. 하옇튼 이 고비만 잘 넘기면 너를 만나기 이전의 모든게 정상이었던 시절로 다시 돌아갈수 있으리라.

1983. 6. 12 (일)

다행히 비가 내린다. 미친듯이 널뛰기하던 나의 아픈 감정들이 한결 가라앉는듯 하다.

이젠 좀 살 것 같다. 연노랑 바탕에 중세시대 연인 같기도 한 묘한 분위기의 블랙 의상을 맞춰 입은 남녀의 독특한 포즈를 담

아낸 Fleetwood Mac의 LP판을 듣고 있는데 고막이 터져나가라 볼륨을 있는대로 크게 틀어놓고 사람마음을 격하게 끌어 당기는 경쾌한 드럼 전주로 시작되는 가요와 팝 통틀어 내가 제일 좋아하는 노래인 Go your own way를 들으면서 내일까지 제출해야할 한문학 리포트를 적는다고 앉기는 앉아 있는데 나의 머리 속엔 온통 너의 생각으로만 가득차서 그 외의 것은 도저히 생각할 수 조차도 없었다.

> Loving you isn't the right thing to do
> 너를 사랑하는건 옳은 일이 아니야
> How can i ever change things that i feel
> 내가 어떻게 이 기분을 바꿀수 있을까
> If i could maybe i'd give you my world
> 할수 있다면 내 세상을 너에게 줬겠지.
> How can i when you won't take it from me
> 하지만 어떻게 그래, 네가 받아주지 않는걸
> You can go go your own way go your own way
> 넌 네 길을 가면 되지 네 길을 가

그래, 넌 네 길을 가고 나는 내 길을 갈 거야…… 내 길을 가고 말꺼야.

자꾸 밖으로만 뛰쳐 나가고 싶었다. 울타리에 가둬논 야생마

처럼……

전화벨이 울릴 때마다 괜히 가슴이 뛰고 묘한 기대감으로 흥분하곤 했다.

그럴 때마다 실망했지만……

그런데 나라는 인간은 참 이상한 것 같다. 내가 먼저 의도한 대로 되고 있는데.

난 너에게 분명 거짓말하지 않았던가. 서울 갈 거라고……

그러면 전화 안올 거라는 사실은 명백해지는데 무슨 요행을 바라고 이러는지.

하옇튼 오늘 하루를 용케 잘 참아낸 것 같다. 그리고 당연하지만 너에게서 전화오지 않은 점, 지금 생각해보면 오히려 잘된 일인 것 같다.

물론 처음엔 답답하고 속상하고 자꾸만 걸려올 것만 같은 망상에 사로잡혀 종일 기다리곤 했지만.

이러한 상태가 어느 정도 지나고 나면 무감각해질수 있겠지.

이렇게 몇번 반복하게 되면 면역이 생겨 아무렇지도 않게 되겠지. 언젠가는……

요즘의 나를 조금이라도 위로해 주는 시는 랭보의 "오, 성이여 오, 계절이여 상처받지 않은 영혼이 어디 있으랴!"

1983. 6. 13 (월)

밤새 노력한 덕분으로 오늘 무사히 논문을 제출했다. 하기 전까지는 "과연 할 수 있을까?" 하고 의아해 했는데 "막상 하니까 안되는 것이 없구나!"라는 자신감이 생겼다.

그래서 시작이 반Beginning is halfdone이란 속담이 생겼나보다. 어떠한 일이든 시작하기가 쉽지 않으니까.

봉애하고 인태씨는 강의도 빼먹고 데이트하느라 바쁜가 보다. 뜨거운 사이가 되는건 정말 시간문제인 것 같다.

캠퍼스에서도 질리도록 보면서……

점심시간 때 구내식당에서 돈가스를 내가 다 못먹고 좀 남겼더니 애들이 왠일이냐며 놀라워했는데 집에서도 옛날처럼 많이 못먹으니까 엄마가 걱정하실 정도(옛날엔 너무 많이 먹어 걱정하셨는데)다. 정여하고 미희가 힘들게 거리질서 하면서 번 돈을 아이스크림, 음료수, 크랙카 등을 잔뜩 사서 과자파티한다고 다 탕진해버렸다.

1983. 6. 22 (수)

이제 시험기간!

이때쯤이면 우리들은 평상시보다 더 많이 먹고 더 많이 이야기하고 더더욱 친해지는 것 같다.

남자애들이 줄담배 피우듯 우리는 줄커피 마시고……

또한 강의 시간마다 종강하자고 교수님을 조르는 장난기어린 목소리에서 우린 아직까지 어른이 되지 않았음이 여실히 입증된다. 여고생일때나 별반 다름없다, 비록 대학 2학년이나 되었지만.

요즘 아니 오늘도 떠오르는 그때 그순간…… 정말 부끄러웠다, 지금 이 순간도……

그것도 하필이면 영락교회 담 옆을 걷고 있다가 가로등 아래 잠시 멈춰서 뭘 찾는다고 가방을 뒤적거리다 뭔 말을 하고 있었는데 K가 갑자기 내 입술을 덮친 것이다. 더군다나 거기가 바로 교회 옆이었기 때문에 더 필사적으로 그의 입술을 피하기 위해 무진 애를 썼지만 도저히 힘으로선 어떻게 할 수가 없었다. 첫키스는 예술이라던데 예술은커녕 장소도 부적절한데다 뭘 찾는다고 온신경이 가있던 터라 그애의 허를 찌르는 기습적인 게릴라적 첫키스에 정말 어이가 없었다. 무지무지 황당하고 민망하고 부끄럽고 겁도 나고 얼마나 놀랬던지 심장이 턱 멎어버릴것만 같았다. 그런데 사람의 몸이, 입술이 이렇게도 펄펄 끓듯이 뜨거울 수가 있다는 것도 처음 알았다. 그의 입술에 데일뻔할 정도로.

우리의 첫키스는 한용운의 '님의 침묵'에 나오는 뜨겁고도 날카로운 첫키스의 추억에 더 가까운거 같다. 그런데 진짜 문제는 그날 이후로 K 얼굴을 도저히 쳐다볼 수가 없다는 거다.

난 K와의 만남을 아름다운 순간들만 간직한채 그를 잊기 위해 처절한 몸부림을 쳤었다.

내 일생일대에 처음 겪게된 극심한 고통이었다. 미쳐버릴 것만 같았고 숨쉬기조차 싫었다. 그런데 이 모든 것이 내가 몸만 어른이 됐지 마음은 성인으로 자라지 않아 여전히 소녀적 세계에서 살고 있고 (사실 난 여고졸업할 때까지 바비인형 갖고 놀았다) 소녀적 감성으로만 너를 좋아하고 있는데다가 나의 고지식한 청교도적 관념이 결합되어 너도 무척 힘들게 만들고 나를 한없는 고뇌의 나락으로 빠져들게 한 것이다.

사실 하나하나 따지고 보면 네가 나한테 잘못한 거 하나도 없는데 ~굳이 너도 잘못이 있다면 나를 너무 좋아한 잘못밖에 없는데~ 내자신이 아직도 너무 어린 것인지 아니면 내 생각이 비정상적인 것인지...... 도무지 모르겠다.

난 거의 병적일 정도로 청교도적인 관념에 사로잡힌 지독하게 고지식한 전근대적인 인간인지도 모르겠다. 이도 저도 아니라면 난 심리치료가 필요한지도......

1983. 7. 26 (화)

자기가 닿는 모든 것들을 여지없이 활활 태워버릴듯한 태양의 위력도 이젠 사나운 파도와도 같이 밀려오는 밤의 위세엔 꼼짝달싹할 수없나보다. 지금은 무서우리만치 고요한 밤의 정적이

나의 전신을 휩싸고 돈다. 시인 서정주는 자기를 키운건 8할이 바람이었다고 고백한적이 있지만 나에게 있어서 정녕 나를 키운 건, 정말로 나의 정신적인 키를 자랄수 있게 해준건, 다름아닌 바로 밤이다. 밤은 나에게 사색과 고독과 정신적인 위안과 토성의 띠같은 생의 신비로움과 무한한 상상의 세계로 이끌어 주기에.

나의 밤은 그 어느 누구도 걸어간적 없는 호젓한 오솔길......
난 그 사색의 오솔길을 한없이 걸어서 너에게로 간다.
그러면 너는 아무런 스스럼없이 어린 풀잎으로만 엮은 마음의 싸리문을 한껏 열어준다.
난 거기에서 메마른 영혼의 갈증을 적셔주는 청량한 우물물을 맘껏 들이 마신다.
그리하여 나의 지친 영혼은 마치 시들은 꽃잎이 비에 흠뻑 젖어 막 생기를 되찾으려는듯이 그렇게 생기발랄해지곤 한다.

오늘은 나의 스물한번째 생일이어서 K와 우리 친구들과 생맥주집에 갔다.
너무 박력있게 건배하다가 잔 2개가 박살났다. 덕분에 우리 테이블은 난장판이 됐지만 그래서 더 재밌었다. 맥주잔값을 물어줘야 했는데 생각보다 좀 비쌌다. 거기는 폭발적인 젊음의 열기로 이상한 과열현상을 일으켜서 컵들이나 안주들이 날아다니고 부딪쳐서 폴터가이스트현상 같은 제2의 빅뱅현상까지 일어나지 않을까 우려될 정도였다.

난 K의 선물보다도 그 속에 든 편지를 읽고 또 읽고 자꾸 읽었다.

결코 아름다운 문장이랄수 없는 지극히 평범한 글이었음에도 그속에 깃든 내용은 나를 감동시키기에 충분했다. 그동안 죽을 만큼 힘들었던게 무엇보다도 너무 강한 나의 자의식과 지금까지 '여자'에 관해 잘못 주입된 주홍글씨적인 교육 때문이었던거 같다. 한동안 K를 잊기 위해 의도적으로 멀리했음에도, K도 나때문에 무척이나 괴로웠을텐데, 그저 묵묵하게 한결같이 날 지켜봐주고 잘 견뎌준 K의 깊고 넓은 마음씀에 얼마나 눈물이 흘러내리던지........

하늘로 날아갈듯이 기뻐서 한참을 울고 또 울었다.

편지 하나가 이렇게 사람의 마음을 송두리째 뒤흔들고 감동시킬수 있다니 진심이 가득 담긴 편지의 힘은 경이롭기까지 하다.

1983. 8. 2 (화)

검붉은 활화산 같이 타오르는 태양의 불비늘이 빗발치듯 쏟아지는 폭염의 나날이다.

지금은 어느새 곱게 말린 흑장미꽃 빛깔이 은은하게 감도는 밤이다.

오늘은 아무데도 안나가고 하루종일 더위와의 사투를 벌이며 책만 읽었다.

밤인데도 더위가 가시질 않는다. 그래서 지금도 선풍기 곁을 떠날 엄두가 나지 않는다.

방금 어린 왕자의 작가, 앙투안 드 생떽쥐베리의 유고작이자 미완성작이 된 '성채'를 겨우 다 읽긴 읽었는데 뚜렷한 스토리도 없이 우화와 잠언이 마구 뒤섞여있고 너무 난해해서 이해하기 어려운 부분들이 더 많았다.

읽으면서 왠지 내 마음에 와닿는 잠언 같은 귀절 몇군데에 연필로 쫙 그어났다.

"사랑이란 본질적으로 사랑에 대한 목마름이다. 그리고 감옥의 벽을 향한 침묵과도 같은 사랑이야말로 위대한 사랑이다."

"자신을 위해 갈구하는 열정은 진실한 열정이 아니다. 나무는 자기에게 아무 댓가도 돌아오지 않는 과일 속에 열정을 쏟는다."

명상과 행동의 작가 답게 사랑을 꿰뚫는, 삶을 바라보는 그의 날카로운 직관력에 깊숙이 머리가 숙여졌다.

그가 말하는 사랑을 실천한다는 것은 그리스도가 십자가에 못박힌 사랑처럼 피흘리는 아픔을 수반할것 같다. 참사랑의 길은 오직 하나의 길, 엄청난 고통과 인내가 요구되는 희생과 헌신의 길밖에 없다는 것을 그는 말하고 싶었던 것일까?

Part 3.

도전하는 여자는 더욱 아름답다

1984년

1984. 1. 20 (금)

어제도 오늘도 종일 너만 그렸다.

넌 이렇게 추운 날씨에도 훈련 받느라고 고생이 막심할 터인데 난 하루종일 따뜻한 방에 누워서 그토록 먹는걸 좋아하는 내가 식음도 전폐한채 죽은척 미동조차 없이 너만 그렸다.

꿈에서도 마냥 네가 나타나고……

부모님께서는 어찌된 영문인지, 그간 서울에서 너무 무리하고 와서 건강에 이상이 생겨서 그러는가 싶어서 큰 병원에 가서 검사 한번 해보자고 하시면서 내 걱정이 이만저만 아니셨다.

이젠 좀 정신을 차려야겠다. 난 나약한 존재가 되어선 안된다. 심기일전해서 싹싹하고도 씩씩한 예전의 내 모습을 되찾아야 한다. 그게 가장 나다운 모습이니까.

뭣보다도 나에겐 당장 해야할 디자인 공부부터 산더미처럼 쌓여져 있으니……

저녁때쯤 며칠간 안씻어서 귀신같은 몰골로 부시시 일어나선 밥알 몇알이라도 겨우 삼키고 TV도 좀 보고 다시 내방으로 왔다.

한 4~5일 가량 청소도 안하고 이불도 그대로 펴놓은채 중환자처럼 꼼짝달싹도 안하고 하염없이 누워만 있어서 거지동굴같이 엉망진창이 된 내방을 창문부터 열어서 환기부터 시키고 먼지도 틀어내고 쓸고 닦고 책정리도 다시 하고 그야말로 내 속이

다 후련해질 정도로 말끔히 청소했다.

이젠 어느정도 절망의 늪에서 헤어나온 것 같다.

난 아무래도 요며칠 동안 쓸데없이 슬퍼했던거 같다.

네가 죽으려 간 것도 아니고 또 얼마 안있으면 편지도 주고받을거고 난 면회도 갈거고 닌 휴가도 올거고 또 그러다가 얼마 안있으면 곧 제대해서 돌아올터인데……

1984. 1. 21 (토)

오늘도 아침에 일어날 의욕도 기운도 없이 잠에 취해 있는데 엄마가 하도 같이 시내 나가자고 성화를 대는 바람에 밖에 나가기 싫다고 완강히 거절했건만 결국엔 내가 져서 어쩔수없이 도살장에 눈물 글썽이며 끌려가는 소처럼 엄마손에 질질 끌려 나간 것이다.

내가 요며칠 동안 꼼짝달싹도 안하고 방구석에 처박혀 있는게 엄마 눈엔 그렇게 보기 싫었나 보다. 평소엔 단 하루도 그것도 새벽에 나가서 오밤중이 돼야 들어오기 때문에 맨날 두분 하시는 말씀이…… 딸 얼굴 보기가 이렇게 힘들어서야……라고 했다는데.

내가 생각해도 젊어도 새파랗게 젊은 계집애가 팔십 먹은 노파처럼 웅크려 있는게.

일주일 넘게 안감아서 기름이 흘러 끈적끈적한 머리카락(만약 K가 지금의 내 몰골을 봤다면 너무 더러운 모습에 쇼크받아서 다시는 날 안보려고 할 테지)을 샴푸로 세번이나 감고나서야 린스로 헹구고 드라이기로 단정하게 머리손질도 하고 화장도 약간 하고 핸드백 속에 든 너절한 소지품들을 정리하고나서 외출복으로 갈아입고 커다란 전신거울 속의 나를 가만히 바라다보니 얼굴색이 쫌 핼쓱해져서인지 생소해 보이는 웬 성숙한 여인이 서있는거였다.

정말 아픔 없이는 인간의 정신적인 키는 1cm도 자랄 수 없는가 보다.

바깥에 나와도 태양은 어디에 숨어 있는지 따스한 볕 한조각도 받을 수 없다.

햇볕 쏟는 하늘 보고 오랫간만에 웃고 싶었는데…… 젊은 그대라는 노래가사처럼.

잿빛 하늘, 그 공허한 공간엔 차가운 납빛 구름들로만 낮게 드리워져 있다.

그래도 겨울날씨치고는 포근한 편이다.

하지만 가끔씩 뺨을 스치는 집근처 광안리의 맵싸한 바닷바람 때문에 얼굴이 시려왔다.

엄마랑 직행버스를 타고 자갈치시장에 왔는데 이곳에 와서야 우리나라 인구가 4천만을 돌파했다고 매스콤에서 연일 심각하게 떠드는 이유를 절감했다. 여기서는 사람들이 아예 걸어가질 못하고 물결처럼 밀려갔다왔다고 하는 표현이 옳다. 또한 사람들의 표정은 저마다 엄숙하게 보였다.

여긴 정말 생존의 치열한 현장 그 자체였다. 나에게 많은 것들을 느끼게 했고 배우게 했다.

두다리나 잘린 사람들이 왜 그리도 내 눈엔 많이 띄이던지.

그런데 그들은 한결같이 두다리 성성한 사람들보다 더 열심히 살려고 노력하는게 내 두눈엔 역력히 다 보였다. 하지만 그들은 이 세상의 성한 사람들에게 절대로 값싼 동정이나 도움을 원치 않았다. 그들의 정신력은 너무나 강인해서 내 몸이 섬찟해질 정도였다.

그들의 눈은 이렇게 말하였다. "우리들도 너희들의 도움없이 우리들 스스로의 힘으로 너희들 보란듯이 떳떳하게 잘살고 말테야."라고 오기에 번득이는 무서운 집념어린 눈매로 그들은 자갈치 시장의 그 질퍽거리는 습한 시멘트 길위로 두다리 잘린 몸의 허리 부분을 두꺼운 비닐로 꽁꽁 싸매서 고무줄로 칭칭 매고 두팔에 의지하고는 거의 기어서 커다란 판자에 바퀴를 단 나즈막한 수레에 화장실에 걸어두는 나프탈렌 소독약, 때밀이 수건 등 온갖 잡다한 물품 등을 널어놓고 사람들로 꽉차 질식할 것만 같은 그 길을 잘도 왔다갔다 하는게 내눈에는 그들이 인간의 능력을 초월한 초인적인 존재로 보였다. 이들이야말로 진정한 초인이다라고 느꼈다.

만약에 이백여년 전에 죽은 초인주의 철학자 니체가 살아서 이들을 만난다면 그는 분명 이들을 보고 '위대한 나의 스승님'이라며 넙죽 큰 절을 할게 분명하다.

만약에 내가 이들과 같은 육체적 처지에 놓였다면 난 벌써 자살했을 것이고 아니면 자기학대가 극도에 달해 미쳐버리고 말았을터인데.

난 사실 이들을 보고 처음 느낀 것은 부끄럽지만 나의 건강한 두다리 있음에 안도의 한숨을 내쉬었고 소극적인 행복감 마저 느꼈으니 나란 인간은 꽤나 이기적인 존재임에 틀림없다.

그다음 밀려드는 감정이 안타까움, 슬픔, 존경......

나의 가슴 깊은 곳에서 살고 계시는 나의 주여, 제발 제발 이들을 지켜 주소서!

더 이상 이들을 시험하지 마옵시고 햇볕처럼 따사로운 주의 사랑을 그들에게 느끼게 해주시옵소서!

주여, 이들에게 하염없는 은총을 베푸시옵소서!

엄마가 그토록 안나가겠단 날 자갈치시장으로 왜 데리고 오셨는지 엄마의 깊은 뜻을 이제야 알 것 같다.

1984. 1. 22 (일)

낮에 자고 있었는데 아버지께서 고함을 빽 지르셨다. 꼴도 보기 싫으니 나가라고 그러셨다. 아무리 서울에서 몇달간 학원 다닌다고 힘들었다해도 며칠 동안 내 방에서 나오지도 않고 아버지가 출퇴근 하실 때도 인사조차 안 했다고 부모 공경하는 성의가 눈꼽만큼도 없고 게으르기 짝이 없다면서 노발대발이셨다.

하긴 내가 생각해도 내가 전적으로 잘못한 것 같지만 아버지가 너무 심하게 꾸짖으시니까 까닭모를 반항심만 고개를 더 내밀었다. 내 잘못도 인정하기 싫어지고. 내가 생각해도 내가 참 한심스럽게 느껴졌다. 스물살이나 넘은 다 큰 처자가 아버지한테서 야단이나 맞으니……

왜 그런진 몰라도 K가 군입대하고나서부터 내 생활이 엉망진창이 되었다. 집에 내려온 이후로 밤과 낮이 완전히 거꾸로 된 생활을 하고 있었으니. 밤엔 말똥말똥 깨어있고 낮엔 세상 모르고 잠만 잤으니까.

그때 마지못해 일어나선 오늘부터 독하게 마음 먹고 밤과 낮을 정상화시킬려고 몇번이나 잠이 쏘낙비처럼 퍼부어댈 때마다 욕실에 가서 찬물로 세수하고 커피를 진하게 독약처럼 타서 한 10잔쯤 마셔댔더니 그나마 견딜만 했다.

잠과의 혈투를 벌이며 그다지 맑은 정신은 아니었지만 계속 안자고 있다가 밤까지 깨어있었는데 KBS TV에서 '여성흡연'을 피고로 시민법정을 하길래 피고가 피고인지라 열심히 봤는데 결국 무죄판결을 받았다. 사실은 여성흡연이 피고로 나온것 자체가 자존심이 상했다. 담배는 남녀라는 성별을 떠나 기호식품의 하나인데 아직도 우리나라가 얼마나 유교적인 남존여비 사상이 지배하고 있는 전근대적인 국가인지를 여실히 보여주는 것이었다.

그녀들은 한결같이 여성흡연이 피고로 나온것 자체가 불쾌하기 짝이 없다고 말했는데 나 역시 마찬가지로 느꼈으니까. 우리나라 남자들이 여성흡연을 그렇게도 못마땅하게 여기는 심사가 자기네들은 우리 여성들의 건강~특히 임신 했을 때 태아에게 미치는 영향~을 우려해서 그렇다고 주장했지만 내 생각엔 무엇보다도 가장 큰 이유는 담배라는 것이 남성들만 피우는 신성불가침의 것으로 여기고 여자들이 어디 건방지게 자기네들과 동등하게 담배를 피울 수 있느냐는 것 같았다.

한마디로 여자보다 우월한(???) 성으로 태어난 자기네들 자존심이 구겨진다는거지.

남성들이 여성흡연을 어떻게 생각하든말든 담배가 남에게 그다지 피해를 주는 것이 아닌 기호품의 하나이니까 이 피고 같지 않은 피고가 된 여성흡연은 순전히 여성들의 판단에 맡겨야 하지않을까 싶다.

난 지금까지는 담배를 피워본 적은 없지만 앞으로도 안피우게 될지 아니면 피우게 될지는 나도 모르겠다. 사실 나도 몇번인가 담배에 대한 호기심과 피우고싶은 유혹이 들긴 했지만 괜히 무서운 마음이 들어서 그때마다 참아냈다고나 할까 포기했다고나 할까. 아직도 우리 사회가 담배 피우는 여자를 바라보는 시선이 그다지 곱지 않으니까 그런걸 무시하거나 신경쓰지 않을 만큼 무디거나 아니면 아예 센 여자는 못되니 앞으로도 안피우는 아니 못피우는 방향으로 갈 것 같다.

그런데 내눈에는 담배 피우는 여자가 멋있게만 보인다.

나로선 신사임당 같은 부류의 여자들보다 뭣보다도 용기있어 보이고 청순해보이면서도 왠지 세게 보이는 여전사적 이미지를 지닌 여자가 멋있어 보이니까. 그래서인가 난 헐리웃 여배우중에 다이안 레인이 딱 내 스타일이다.

1984. 1. 23 (월)

아버지하고 화해가 됐다. "아버지, 잘못했습니다."라는 말은 안했지만 저녁식사 후 아버지가 좋아하시는 유자차 끓여서 토스트에다 딸기잼 발라서 갖다드렸더니 굳어졌던 아버지 얼굴이 금새 화안하게 밝아지셨다.

그리고 내일 서울에 가서 패션학원에 잘 다니라면서 엄마 몰래 용돈도 두둑히 주셨다.

밤이 이슥하긴 했지만 밖에 나가 서점부터 가서 매달 구독하는 패션월간지인 '멋'이라는 잡지를 한권 사고 미장원에 가서 머리손질도 하고 왔더니 한결 마음도 가벼워졌다. 귀에 못이 박히도록 맨날 엄마가 주장하시는 엄마 인생의 좌우명 같은 '여자하고 집은 가꾸기 나름이다.'라더니 정말로 그런거 같다. 그러니까 멋쟁이는 그만큼 부지런해야 된다는 말이겠지.

사실 K를 군에 보내고 나서 세상의 모든 것이 귀찮아졌었다.

세수하는 것은 물론 심지어 내가 숨쉬고 있다는 것조차도······

그러니 외모를 꾸민다는 것 자체가 의미가 없어진 것이었다.

K가 딴데도 아니고 군에 갔는데도 이 지경이니 만약 만약······ 상상하기도 싫지만 그래도 만약 헤어져서 다시는 만날 수 없다면 난 살 수나 있을련가 싶다. 또 만약 살아있다해도 정상적으로 살아갈 수 있을련지······ 그래도 살아 있다면 노숙자가 될 확률이 높을거 같다.

아니다. 난 예전보다 더욱더 생기발랄해질꺼다.

아침이슬에 흠뻑 젖은 싱그러운 풀잎처럼.

왜냐면 K는 날 항상 지켜보고 있을 거니까. 그리고 디자이너라는 내 꿈을 실현시키기 위해서라도······ 내 마음속에 존재하는 또 하나의 너의 눈길 때문에라도 아무렇게나 막 살아가기가 더 어려울 듯 하다.

아무래도 오늘 밤도 네 생각 하다가 잠들겠다.

빨리 불끄고 자라는 엄마의 성화가 대단하시다. 내일의 긴 여정을 위해서라도 지금 당장 불부터 끄야겠다.

1984. 1. 24 (화)

편입학원 다녀서 전공을 바꾸는 건 포기하고 2학년 여름방학때 과감하게 휴학계를 내고 서울에 올라와선 국제복장학원에 등록해서 숙식은 행당동 한양대 맞은 편에 사시는 사촌오빠 집에서 다녔는데 며칠 전에 집에 와서 일주일 쉬다가 오늘 서울 오빠집에 도착하니 오후 세시가 다돼갔는데 학원에서 전화가 와선 '리패션시스템'에 가보라고 하면서 회사전화번호랑 약도를 가르쳐줘서 한남동 순천향병원 둘레를 어찌나 뺑뺑 돌았던지.

겨우 찾아서 담당자분을 만났는데 푸짐한 체격에 사람 좋아 보이는 인상의 천부장님이란 분이 나를 반갑게 맞아주셨다.

면접을 봤는데 꽤 여러가지 이것저것 꼬치꼬치 얼마나 캐묻던지. 고향과 가족관계를 비롯하여 학력, 현재거주지, 신장, 몸무게, 시력, 성격, 기억력, 의지력 심지어는 여드름 조금 난 거까지 지적하면서 언제부터, 왜 얼굴에 여드름이 났느냐까지…… 속으론 좀 심하다 싶었지만 시종일관 얼굴에 상냥한 미소를 띄우면서 묻는 말에 차근차근 대답을 잘 했던 것 같다.

그래서인지 내일까지 꼭 전화해준다고 집에 꼭 있으라고 그러셨다. 사실 부장님 마음에는 드는데 그다음엔 실장님, 회장님 한테까지 마음에 들어야 합격이란다.

부장님께서 웃음기를 훔치고 심각하게 한마디 하셨는데 그 말이 잊혀지지 않는다.

……자기가 노리는 것에 대해서는 철저해질 필요가 있다. 그리고 처음 들어와서는 궂은 일도 많이 하게 되고 남모르게 눈물도 엄청나게 쏟아야 한다고……

난 모든 어려움을 각오하고 있고 또 나에게는 극복할만한 의지력을 가지고 있다고 그냥 건성으로 내뱉은 말이 아니라 마음속으로 깊이 다짐하고 있던 바를 솔직담백하게 말씀드렸다.

1984. 1. 25 (수)

집에 오니 천부장님한테서 막 전화가 와서 받았더니 즉시 회사로 나오란다.

그래서 화장도 하는둥마는둥 옷도 대충 걸치고 후닥닥 갔는데 실장님, 회장님께서 갑자기 급한 일이 생겨서 내일 2시까지 오면 안되겠냐 해서 속으론 신경질이 발끈 솟았지만 꾹 참고 겉으론 전혀 내색 하지않고 공손하게 대답하고 나왔다.

바람은 쌩쌩 불고 길은 얼어서 미끌미끌하고 마음은 심란하고 몸은 세포들이 전부 얼어붙었는지 감각이 마비된거 같고...... 서울에서 처음 맞이하는 겨울이 이렇게도 혹독할줄이야. 오빠집으로 오면서 여러가지 생각으로 마음이 착잡해졌다.

디자이너의 꿈이고 뭐고 다 때려치우고 속편하게 집으로 내려가 버리고싶은 마음이 굴뚝 같았다.

내 사전에 디자이너란 단어를 내 머리 속에서 빡빡 지워버리고 제발 세상을 어렵게 살지 말고 쉽게 살아볼까 싶기도 하고 벼라별 생각들이 다들었다.

1984. 1. 26 (목)

1시 30분까지 빨리 나오라고 천부장님한테서 다급한 전화가
왔다.

도착해서 커피를 마시면서 기다리고 있는데 천부장님께서 심
각한 표정을 지으셨다.

아마 되기 어려울 거라고 하시면서 오늘 하루만도 열댓명이
퇴짜 맞고 갔다면서 실장님, 회장님께서 사람을 보는 눈이 여간
까다로운게 아니라고.

두근거리는 마음을 진정시키고 실장실을 노크했는데 실장님
의 첫인상이 이지적인 분위기에 마흔 가량의 중후한 멋쟁이셨
는데 패션회사의 실장님이라 그런지 보통의 아저씨들과는 확연
히 다른 뭔가 멋스러움이 느껴졌다.

금테안경 너머로 날카로운 눈매에 목소리는 중저음의 성우
뺨칠 정도로 멋있었다.

예리하게 묻는 말에 난 떨기는커녕 유머러스하면서도 또박또
박하게 대답했더니 실장님 말씀이 내 인상이 아주 마음에 들고
성격도 좋아 보이고 강단도 있고 일에 대한 의욕도 넘치는 것
같아서 합격시킨다면서 열심히 해보라고 하셨다. 천부장님께서
도 날 다시 보는 것 같았다. 놀라워하시는게 느껴졌다.

그다음 마지막으로 회장님 차례여서 회장실에 들어갔는데 tv
드라마에서나 보던 회장실처럼 아주 넓고 화려하면서도 안락하

게 꾸며져 있었다. 들어가자마자 회장님께 꾸벅 인사를 드렸는데 하얀 머리에 인자해 보이는 인상으로 날 보고 앉으라면서 아무 것도 안물어 보시고 그냥 미소만 지으시면서 '나도 오케이, 출근해.'라고 핵심만 간단하게 말씀하시는 스타일 같았다. 하옇튼 고맙게도 세분이 다 오케이 싸인을 보내주셔서 만사가 오케이! 그런데 믿어지지가 않아서 순간 얼떨떨해졌다. 사실 난 의욕이나 열정 외에는 여러가지 면에서, 학력이나 전공을 비롯하여 제대로 갖춘게 없는 불리한 조건은 다 갖고 있는데 내가 뽑혔다는게. 내가 어젯밤 무슨 꿈을 꿨는지 아무리 기억할려고 해도 꿈을 안꿨는지 아무 기억도 안나고 운이 좋아서라고 밖에는 설명이 안되는 일이 일어난거다.

세상에 태어나서 처음 본 면접시험이었는데 이렇게 한번에 턱 걸리다니 지금도 꿈만 같다.

부장님께서 이젠 완전히 합격이라며 축하한다면서 이젠 출근할 일 밖에 없으니 일찍 집에 가서 쉬라고 하셨다. 정말 날아갈 듯이 기뻤다. 이 기쁨을 부모님 다음으론 K랑 나누고 싶었는데 뿌듯한 안도감 때문인지 계속 하품이 나왔다. 그리고 왠지모를 묘한 우월감도 생겼다. 어제하고 오늘 근 서른명 정도나 면접을 봤다는데 적잖은 사람들 중에서 내가 뽑혔다는 유치한 선민의식(?)이 나의 기쁨을 더욱 부채질한거 같았다. 내가 치열한 경쟁을 뚫고 합격한 소식을 K가 듣게 된다면 무척 놀라워하면서 기뻐해줄거고 여자친구인 나를 더 뿌듯하게 여길거 같고 자랑스럽게 생각할거 같다.

디자인실에서 근무하기로 했고 시장조사 가는 일부터 시작하기로 했다.

그런데 시장조사 나가선 가게마다 돌아다니며 새로운 원단이나 단추, 지퍼, 안감 등 부자재 쌤플을 구해야 하고 또 매입까지 해야 하는데 이 일이 디자인의 기본이라 할 정도로 중요하면서도 엄청 힘들다고 하셨다.

난 전공도 안했는데 처음부터 필드에서 design의 d자부터 책을 통한 공부가 아닌 살아있는 공부를 할 수 있단 생각에 가슴이 마구 뛰었다. 그런데 한편 지금까지 접해보지 못한 신세계에 무작정 뛰어들었기에 두려운 마음도 들고 엄청나게 힘들건데 과연 견딜 수 있을까하는 의문도 들었지만 아무리 힘들어도 무한한 가능성을 가진 나자신을 믿고 결코 불평하지 않을거고 또한 결코 포기하지 않을거라고 다짐하고 또 다짐했다. 그런데 가장 급선무는 오늘부터 일찍 자고 일찍 일어나는 새나라의 젊은이가 되는 것.

1984. 1. 27 (금)

토요일부터 출근하라해서 오늘은 맨먼저 면접 볼 때 시력 좋다고 거짓말 했기 때문에 안경을 쓰서는 안되기 때문에 콘택트 렌즈부터 맞추러 갔는데 세상에 6만원이나 들다니 이렇게 비쌀 줄 몰랐다.

어제 낮에 부모님께 전화드려서 좋은 소식이 있다고 알려드리고 콘택트렌즈부터 이것저것 살게 많다고 말씀드렸더니 엄마는 기뻐하시기는 커녕 근심어린 목소리로 일단 알았다고만 하셨는데 부랴부랴 어젯밤 10시쯤 첫월급 받을때까지 쓸 돈이랑 어느새 만드셨는지 내가 좋아하는 밑반찬까지 바리바리 싸들고 행당동 사촌오빠집에 도착하신게 아닌가. 책 밖에 모르고 세상 물정 모르는 천방지축 어린 것을 눈감으면 코베간다는 무서운 서울땅에 혼자 놔두고 갈 생각하니 너무 안심도 안되고 걱정이 이만저만이 아닌 먹구름이 잔뜩 낀 얼굴이셨다.

막내딸년 때문에 허리가 휘청 휘어진다면서 부산에서 학교 다닐 때에도 영어회화 배운다고 2학년 1학기부터 영주동에 있는 삼육 SDA 영어학원도 꾸준히 다녔고 방학땐 서면에 있는 노라노 복장학원에도 다닌데다 부모님이 그렇게 말렸는데도 과감하게 휴학계 내곤 서울에 올라와 국제복장학원을 다니면서 준비물에다 용돈에 책도 많이 사보는 편이기 때문에 내한테 얼마나 많은 돈이 들었을지 짐작도 안될 정도다. 사실 지금도 많이 들어가고 있어서 부모님께 너무 죄송해서 죄인 아닌 죄인이 된 거 같다.

앞으로 이 은혜를 다 갚을려면 정말 열심히 살아야겠다고 굳게 마음 먹었다.

이제 주사위는 던져졌고 난 부모님께 그리고 K에게도 뭔가를 보여주고 싶다. 꿈을 이루기 위해 화끈하게 노력하며 하루하루를 살아가는 모습을……

우린 둘다 처음으로 집과 캠퍼스를 오랫동안 떠나서 K는 군대에서 난 서울의 디자인회사에서 첫발을 디디게 됐는데 각자의 자리에서 무조건 적응 잘하고 보나마나 엄청나게 빡셀 훈련과 일을 마지못해 하는게 아니라 능동적으로 잘 해낼수 있길…… 생소하면서도 외로울 그리고 극기해야될 각자의 인생길을 힘차게 걸어가며 파이팅 하길……

1984. 1. 28 (토)

엄마는 어제 밤늦게까지 회사엔 너무나도 죄송하지만 집안에 피치못할 일이 생겨서 근무할 수 없다고 말씀 잘 드리고 자꾸만 짐 챙겨서 집으로 같이 내려가자고 나중엔 거의 우실것처럼 애원하는게 아닌가.

내혼자 직장생활하게 놔두고 엄마 혼자 집으로 가는 발걸음이 도저히 떼지질 않을거 같다고.

일단은 집에 가서 쉬다가 복학해서 9월부터 학교나 다니고 국문과라도 졸업하고 나서 서울로 가든 미국으로 가든 그때는 내가 집떠나서 어디를 가든 절대로 말리지 않을거고 그때 가서 디자인의 세계로 뛰어들면 안되겠냐면서.

하지만 난 그럴 수 없다. 사실 내 마음도 흔들리는건 사실이지만 내가 여기서 중단하면 평생 후회하게 될것 같아서다. 물론 일에 뛰어들면 눈물 흘리며 고생할테이지만 한번 하는데까지 해보려고 한다.

사실 내마음은 학교에 다시 복학해서 꼭 졸업해야겠단 생각보다는 여기서 끝까지 살아 남아서 나자신을 비롯하여 부모님 그리고 K와 나를 아는 사람들한테 디자이너로서 자리잡은 모습을 보여주고 싶은 마음뿐이다. 그래도 엄마한테는 이왕 이렇게 됐는데 핑계대고 그냥 내려간다는건 회사에도 그렇고 내자신도 용납이 안된다면서 9월이 2학기 시작이니까 그안에 사회경험이랄까 인생공부 좀 하고 내려가겠다고 했더니 엄마도 그제서야 내 데리고 부산에 데려가려한 생각은 포기하시고 그럼 한두달 정도만 잘 견디다가 꼭 내려와야한다며 핏기라곤 하나도 없는 창백한 얼굴로 내손을 계속 꼭 잡고 밤새워 나랑 이런저런 이야기하다 거의 한숨도 못주무시고 새벽녘에 부산으로 떠나셨는데 영양제랑 쌍화탕 마시고 출근하라며 내머리맡에 올려 놓으시고 가신게 아닌가.

난 세상에 태어나서 머리털 나고 처음으로 직장이란델 출근했는데 어떻게 처신을 해야할지 어리둥절했다.

하지만 여기에 근무한지 4년이나 됐다는 인상도 서글서글하고 목소리도 어여쁜 미스마언니란 분이 어찌나 친절하고 상세하게 시장조사를 어떻게 해야 하는지와 높은 분들 성격까지 설명해주고 나랑 같이 시장조사를 나갔는데 겉감, 안감, 실, 단추…… 등등 고르는 법이라든지 거래처도 세밀하게 알려 주었다.

점심으로 순두부백반을 사주서서 맛있게 먹었고 퇴근하고 회사 근처 양과점에 가서 빵이랑 우유를 사줘서 언니랑 허심탄회하게 대화를 나누면서 참 좋은 시간을 가졌는데 처음엔 매일같이 울었다고 했다.

너도 직장생활 하다보면 알게 되겠지만 너무너무 속상하는 일이 많아서 당장 뛰쳐나가고싶은 때가 한두번이 아니지만 이를 깨물고 순간순간을 잘만 참아 나가면 나중엔 다 자기에게 좋은 일이 돌아오게 되는 법이라며. 자꾸 참아 나가면서 성숙해지는 거라며. 직장생활 해나가려면 참는 수밖에 없다며.

언니는 나에게 직장선배로서 또한 인생을 먼저 산 인생선배로서 경험담을 토대로 진지하게 조언을 해주셨다.

갑자기 프란시스 베이컨의 말이 떠올랐다. "경험처럼 좋은 선생은 없다."

이제부터 산더미처럼 밀려올 파도를 잘 헤쳐 나가야 할텐데……

오늘부터 내가 철저히 지켜야 할 사항을 생각나는대로 노트에 한번 적어보았다.

1. 시간은 생명이다. 시간을 철두철미하게 지키자.

(아침엔 꼭 6시 30분까지 일어나서 직장은 7시 30분에 꼭 집에서 출발)

2. 항상 밝게 웃는 얼굴로 상냥한 목소리로 인사를 잘하여 회사의 분위기를 부드럽게 만들자.

3. 언제나 메모하는 습관을 길러 잘 잊어버리는 버릇을 고치자.

4. 시키는 일에 큰소리로 대답하고 이해가 안되는 지시에는 어물어물 넘어가지말고 창피스럽더라도 꼭 한 번 더 물어보자.

5. 마른일, 궂은일 구별말고 닥치는대로 일하자.

6. 혼자서도 디자인책을 비롯하여 다방면으로 골고루 독서하고 공부하자.

7. 누가봐도 디자이너답게 뭔가 한가지는 남다른 멋을 내자.

8. 꾸준히 참고 또 참고 자꾸 참자.

1984. 1. 29 (일)

이번에 엄마가 올라 오셨을때 취업도 되고 해서 사촌오빠집에 작년 여름부터 신세지고 있는데다 아무래도 좀 불편하기도 하고 미안하기도 해서 엄마한테 독립해서 나가고싶다 했더니 학교 때문에 얼마 안있고 집으로 내려올테니까 몇달만 더 신세지자해서 그냥 있기로 했는데 며칠뒤에 미국에 사는 올케언니 여동생이랑 애들이 한국에 나와서 당분간 머물다 가야된다고 오늘 아침 일찍 국제전화가 와서 내가 하숙집이라도 빨리 옮겨야 될거 같아 오빠집 근처 한양대 옆에 부랴부랴 하숙집을 얻어 짐이라곤 달랑 큰 가방 하나에 책들이랑 옷가지 몇가지 밖에 없어서 오빠가 들어다주고 가셨다. 사촌오빠집에서 지척인 걸어서 5분 거리밖에 안돼서 괜히 안심이 된다.

하숙방을 얻어놓자마자 곧장 동대문 종합시장에 가서 오늘밤부터 당장 필요한 두꺼운 담요랑 솜이불 한채하고 베개 사고 알람시계도 사고 너무 추워서 3만원짜리 두터운 코트도 한벌 사서 걸치고 하도 돌아다녔더니 어찌나 허기가 지던지 하숙집에서 일요일은 점심도 준다했는데도 감자탕백반 한그릇 뚝딱하고 짐이 엄청나게 많았는데도 택시는 안타고 버스 타고 낑낑거리면서 하숙집으로 왔다. 10원이라도 아끼기 위해서. 나중에 돈 많이 벌면 펑펑 쓰더라도 지금 형편으로선 한푼이라도 아껴야 한다.

하숙집 내방에 들어 오니까 불 넣은지가 얼마 안됐는지 썰렁하게 춥다. 그래도 걸레로 몇번이나 방을 닦고는 책이랑 옷이랑 짐 좀 챙겨놓고 낮에 사온 담요랑 이불을 깔아놓으니까 지금은 방바닥이 너무 뜨거워서 죽을 지경이다.

6시 쯤에 주인아주머니 방에서 저녁밥을 함께 먹었는데 참 맛있게 복스럽게 먹는다며 자꾸 더 먹으라하셔서 결국 두그릇이나 다 비워버렸다. 주인아주머니 연세가 엄마랑 비슷한 연배로 보이고 인정도 많으시게 보여서 친이모 같이 느껴졌다. 그런데 아주머니 아들이 내 나이 보다 조금 많게 보였는데 날 보고 하는 말이 웬 아가씨가 그렇게 키가 커냐며 데이트 신청해도 되겠냐는 것을 난 진짜로 임자있는 몸이라니까 ~사실이니까~ 옆에 계시던 아주머니께서 큰 소리로 웃으셨다. 내 말이 그렇게도 우스운가.

방에 누워 있으니까 엄마 생각이 절로 났다. 그 다음엔 아버지 생각. 우리 부모님처럼 아무리 부모래도 이렇게도 끔찍하게 자식을 사랑하는 분들이 있을까 싶다. 아마 없을거란 생각도 든다.

정말 살아 생전에 효도해야 할텐데. 아니 난 꼭 효도해드릴꺼야. 그러기 위해선 두분 꼭 장수무강하셔야 해요.

그리고 K 생각. 냉철하게 생각해볼때 넌 어디까지나 나의 남자친구로서 그 이하 그 이상의 의미는 안두려고 해.

그러니까 난 너에 대한 성급한 기대나 쓸데없는 희망은 집어치워야겠지.

좀 이기적인 생각일지 모르겠지만 이건 어디까지나 나자신을 보호하기 위해서야. 만약의 경우에 내가 헤어나오기 힘든 상처를 받을까봐.

하지만 난 널 앞으로도 내나름 최선을 다해 잘해줄꺼야. 넌 나의 하나 밖에 없는 남자친구이기에.

사실 솔직한 내 심정은 지금도 눈물이 날 정도로 널 보고싶어.

넌 이 모진 추위에 힘든 훈련 받느라 내 생각은 나기나 할련지.

또한 오늘 이 시간부터 내 생활의 패턴에 일대 혁명을 일으켜야겠다. 지금 11시인데 당장 자고 내일부턴 무조건 아침 일찍 일어나야하니깐.

1984. 1. 30 (월)

엄마가 안깨어줘도 새벽 6시 20분에 혼자 잘 일어났다.

정말 모든 일은 마음 먹기에 달려있다더니.

그리고 회사에도 일찍 출근 했는데 버스 안에서도 정신력, 극기, 인내라는 단어를 내내 떠올렸다.

실장님과 부장님이 작업지시 내릴때 왜 그리 목소리가 적고 애매하게 시키시던지 사람 미치고 환장할거 같았다.

총기있게 침착하게 일처리 하자고 마음속으론 골천번 다짐에 다짐을 했겠만 행동은 왜 그리도 내마음의 말을 안듣던지.

오늘 내가 한 일은 디자인실 원단창고에서 자재, 부자재 정리하고 노트에 원단 끝부분을 가위로 오려낸 스와찌를 일일이 샘플노트에 풀 붙이고 원단이름과 몇 야드 남았는지 기록하고 광장시장에 두번 또 명동에도 다녀오고 하루종일 눈코뜰새없이 바빴다.

간간이 실수는 했지만 그렇게 힘든줄도 모르겠고 재미있었다.

오늘 늦게까지 근무했다고 부장님께서 저녁으로 육개장을 시켜주셔서 마파람에 게눈 감추듯이 먹어버렸다. 세상에 다 마치니까 10시 30분이었다.

점심땐 회장님께서 나를 불러서 좋은 말씀을 많이 해주셨다.

디자이너로 성공하기 위해서 가장 기본이 되면서도 가장 중요한 일은 시장조사를 잘 해야 한다고 몇번이나 강조하셨다.

외국에서 오랫동안 유학 갔다온 우리나라 디자이너들이나 또는 피에르가르댕이나 이브생로랑 같은 세계적 디자이너들도 우리나라의 디자인시장에서 거의 다 실패를 하는 이유는 우리나라 디자인시장을 파악하지 못했기 때문이라고. 그만큼 디자이너로 성공하기 위해서는 무엇보다도 제일 중요한 것은 시장조사라고.

그리고 시장조사는 가장 기초적이면서 가장 어려운 작업이라면서 하옇튼 내가 시장조사에서 먼저 인정을 받으면 그다음 단계로 발전시켜서 훌륭한 디자이너로 키워주겠다고 하시면서 그러나 만약 내가 시장조사에서 인정을 받지 못하면 그다음 단계로 올라가는 것도 아니고 또한 시장조사만 계속 시키는 것도 아니고 퇴직시키겠다고. 아이러니컬하게도 시장조사를 졸업하기 위해서는 시장조사를 열심히, 철저하게 잘 봐야 한다면서 그래야 다음 단계로 발전하는 비전이 보인다고 하시면서 또 당부하는 말씀은 시장조사 보는 사람의 자질은,

1. 패션에 대한 지식이 풍부해야 한다.

2. 성실해야 한다.

3. 정직해야 한다.

그리고 무엇보다도 옷감이나 안감등 부자재를 선택하는 고도의 세련된 심미안을 가져야 한다고 힘주어 말씀하셨는데 쉬는 날엔 나혼자서라도 자주자주 시장조사를 다니면서 일단은 많이 보면서 심미안부터 길러야겠다.

1984. 1. 31 (화)

오늘 하루종일 새긴 말 극기, 인내......

난 참을 수 있다! 난 해낼 수 있다! 난 이룰 수 있다!

고등학교때 뭔 말인지 이해도 안됐지만 끝까지 읽었던 헤르만 헷세의 데미안 중에서 지금도 유일하게 생각나는 "새는 알에서 깨어나기 위해서 극심한 아픔을 겪어야 한다. 알은 세계이다. 태어나려고 하는 자는 하나의 세계를 파괴하지 않으면 안된다. 새는 신을 향해 날아간다. 그 신의 이름은 아브락사스이다."라는 귀절이 자꾸만 떠올랐다.

껍질이 깨지는 아픔이 없이는 인간은 조금도 성숙할 수 없기에 옛날의 나는 죽었고 지금의 나는 새롭게 재탄생되고 있는 중이다.

난생 처음 직장생활한지 3일째...... 말로는 아니 마음속으로는 모든 일을 참고 견딜 수 있으리라 다짐에 다짐했건만 지금 막상 그렇게 행동화시킨다는게 여간 어려운게 아니다.

하루종일 아니 점심시간만이라도 마음 편히 앉아 있질 못하고 이리 쫓기고 저리 쫓기고 몸은 물론 정신적으로도. 또한 갑자기 집도 옮긴데다 처음으로 해보는 직장생활에 극도로 스트레스를 받은 탓인지 감기몸살에 두통, 치통, 안통 등으로 오늘 몸컨디션이 엉망진창이어서 정말 아무데라도 푹 고꾸라져 쓰러지고 싶었지만 아픈 표시를 안내고 웃는 얼굴을 보여주려고 무진 애를 썼다.

하여튼 사람이면 태어나서 누구나 다 치러야 하는 홍역이 있듯이 지금 치르고 있는 이 고통 또한 디자이너로 태어나기 위해 치러야만 하는 홍역이리라.

1984. 2. 1 (수)

어젯밤에 감기몸살약에 생강차를 마시고 잤는데도 밤새도록 한기로 온몸이 다 떨리면서도 식은 땀은 어찌나 나던지 아침에 눈떠보니 두꺼운 이불이 축축히 젖어 있었는데 머리까지 어질어질 해서 도저히 출근할 수 있을까 싶었지만 억지로 일어나서 죽어도 회사에서 죽자싶어서 출근한 내가 참 독종이다 싶었다.

회사에 도착하자마자 커피를 연거푸 두잔이나 마시고 몸을 좀 움직여서 그런지 약간은 나아졌지만 그래도 누워있어야 할 몸상태였다.

사실 일도 일이지만 몸까지 너무 아프니까 엄마가 그렇게 집에 가자고 할 때 갈걸 하는 후회도 안된건 아니지만 여기서 포기하면 디자이너는 물론이고 그 누구보다도 내가 내자신한테 너무 실망할거 같아서다.

그래서 난 무조건 참아야 하고 견뎌내야 한다.

디자이너의 세계에서 나의 존재가치는 망망한 대해에 내던져진 돛단배라고나 할까. 지금 현재 나의 위치는 눈에 보이지 않는 먼지와도 같이 보잘것 없지만 그 아무도 침범할 수 없는 나만의 독특한 디자인세계를 구축하기 위해서 내 머리와 마음은 자나깨나 디자인생각뿐이다.

K한텐 쫌 미안하지만 너와 디자인 중 딱 한가지만 택해야 한다면 디자인이다. 앞으로 내 선택이 어떻게 바뀔진 모르겠지만 현재로는 그렇다.

1984. 2. 2 (목)

오늘은 음력으로 1월 1일, 진짜 설날인데도 집에 못가고 직장에 출근했다.

K도 나처럼 태어나서 처음으로 집을 떠나 군대에서 첫 명절을 보내는 심정이 어떨런지, 아마도 나랑 비슷하겠지.

날씨는 얼마나 혹독하게 아니 잔인할만치 추운지 뼛속 마디마디까지 한기가 들고 머리칼이 삐죽 설 정도로.

하지만 오늘의 내 기분은 그렇게 비참하지 않았다. 단지 부모님이나 언니랑 오빠들이 내가 빠져서 섭섭해하고 마음아파할 생각하니 내 마음도 아팠다.

나의 꿈이 이제 막 싹트려고 하는 이 중요한 발아단계에 이정도 일로 속상해 하고 못참는다면 인생의 낙오자 밖에 또 뭐가 되겠는가?

마치 일회용 반창고처럼 우리 인생 또한 한번 밖에 살 수 없기에 이왕 이 세상에 나왔으니 한번 자기가 꼭 하고 싶은 일을 멋지게 해보다가 죽어야 죽어서도 후회스럽지 않을 것 아닌가.

어느 책에서 읽은 적이 있는데 요즘 젊은이들의 엄청난 불행은 자기가 진정으로 원하고 무지무지하게 되고 싶은 소망이 없다는 것이다. 그냥 그렇게 그럭저럭 편안하게만 살고자하는 무사안일주의에 빠져 무기력하고도 무책임하게 살아가는 젊은이들이 너무 많다는 것이다. 나를 포함해서 그렇지 않은 젊은이들도 적잖겠지만. 하지만 나도 지금 많은 갈등을 겪고 있는 것도 사실이다.

옛날에 추상적이고 피상적으로 디자이너가 되고 싶다고 할때는 사실 디자이너의 화려하고도 멋진 허상만 보고 그랬다면 막상 현실적으로 경험하고 있는 화려한 이면에 가려진 실상인 디자이너에로의 길은 너무나 힘들고 고달프고 슬프고 험난하기만 하다.

매일 같이 일하고 있는 지금 우리 나라에서 최고의 유명한 연예인이거나 예술인이거나 재벌가여인이 아니면 입을 수 없는 최고로 비싼 옷을 만들고 계시는 최고의 디자이너 선생님을 바로 옆에서 봐도 신문이나 잡지, tv에 인터뷰도 나오고 할 때는 우아하고도 화려하게만 보이시지만 막상 일할때는 점심땐 자그만 도시락 하나로 때우시고 하루종일 이것저것 신경쓸게 너무 많아서 밤늦게까지 일에 파묻혀 계시는데 디자이너로서는 성공하셨지만 여자로서는 그다지 행복해보이지 않으셨다. 그런 모습을 가까이서 자꾸 보게 되서인지 막상 디자이너로 성공해서도 이렇게 끝도 없이 고통스럽고 고생스러울 일을 애시당초 때려치우고 집에 내려가서 학교나 졸업하고 그냥 평범한 여자의 길을 걸어갈까하는 생각이 태초에 뱀이 이브를 꼬셨던 것처럼 나를 유혹하는 것도 사실이다.

하지만 그래선 안된다고, 중도에 포기해버리면 난 영원히 일어설 수 없는 영원한 불구자가 되는 거라고...... 디자이너의 길을 결코 포기하지 말라는 내면의 목소리가 나를 더욱 더 숨막히게 유혹하니까. 그리고 디자인은 정말 매력적인 일 아니 예술임에 분명하니까.

문득 이 말이 생각난다. "훌륭한 예술가는 남들이 그를 모방

하지 않는게 아니라 아무리 그를 닮으려고 노력해도 모방할 수 없는 예술가이다."

　나에게 디자이너는 결코 신기루나 무지개 같이 잡혀지지 않는 뜬구름이 아니라 내가 두발로 성큼성큼 걸어나가고 두팔을 크게 뻗으면 충분히 닿을 수 있는 산봉우리이기에.

　그리고 영어회화 공부도 다시 시작해야겠다. 천부장님께서 그러시는데 동네의상실 디자이너가 되려면 몰라도 유능한 디자이너가 되기 위해선 영어회화가 필수조건이라면서 앞으로 커리어가 쌓이면 매년 뉴욕의 세계적 패션쇼를 비롯하여 파리 프레타포르테쇼나 이태리 밀라노 등지로 출장도 다녀야 한다면서. 이광희선생님도 영어를 유창하게 잘하신다면서 하이야트호텔 내 매장엔 특히 한남동엔 각국 대사관저들이 많아 대사부인들이 많이 오는데 직접 대화도 나누면서 옷주문을 받는다고.

　다행히 난 부산에서 영주동 SDA영어회화학원을 꾸준히 다니고 미문화원에서 미국인들과 버벅거리고 떠듬거리면서도 많은 대화를 나눠봐서 그런지 외국인 울렁증 같은거는 없고 어느 정도는 영어로 소통이 가능하긴한데 유창해지기 위해선 일이 좀 손에 익으면 회사근처 미국인 영어회화반에 등록해야겠다.

1984. 2. 3 (금)

직장에서 나라는 존재를 어떻게 보고 있을까? 내 느낌으론 나를 괜찮게 보는 것 같다.

내 몸을 아끼지 않고 일해서인지. 날더러 직장생활 처음 하는 사람치곤 적응을 빨리 한다고 놀라워 하는게 아닌가.

내가 딴건 몰라도 새로운 환경에 적응 잘하는 소질은 타고난 거 같다. 지금의 나를 보면 아무도 못믿겠지만 어렸을때 나의 극도로 아니 거의 병적으로 내성적인 성격으로 봐서는 타고났다기 보다는 나의 피나는 노력에 의해서 후천적으로 개발육성된 성격이지만.

그래도 상사들은 내가 잘한 일에 대해서는 당연하게 여기고 좀 헛점이 발견되면 실험실의 해부된 개구리에서 예리한 핀셋으로 개구리의 내장을 끄집어 내듯이 잘도 콕 집어내신다.

하지만 난 그들에 대해 절대 섭섭하다든지 야속하다든지 하는 감상적인 감정들을 일체 가지지 않으려고 노력하는데 당연히 쉽지 않다.

먼훗날 내가 죽어서라도 간직하고 있을 나의 인생철학은 '아무리 내가 좋아하는 사람일지라도 그 사람에 대한 기대를 걸지 말자.'이다. 기대는 정말 사람들을 불행하게 만드는 필요악인 것 같다. 우리가 뭣 때문에 실망하고 좌절하고 환멸감을 느끼는가? 두말할 것도 없이 기대 때문이다.

하긴 옛말에도 기대가 크면 실망도 크다는 속담이 있듯이 역으로 말하면 실망이 없으려면 기대도 없어야 하기에. 정말 실망의 어머니는 기대이다. 기대는 실망을 낳으니까.

특히 우리가 아주 좋아하는 사람들에 대해서 거는 기대는 아주 각별해서 이것이 종종 화를 불러 일으켜 얼음짝처럼 싸늘하게 식은 그들의 등끼리 마주할 때도 있다.

나는 자기 방어본능이나 자기합리화에 철저한 굉장히 이기적일지 모르는 인간이기 때문에 나는 내자신에게나 타인에 의한 정신적 피해를 결코 안겪으려고 하니까. 그 고통이 얼마나 어마어마하게 극심했는지 절감했으므로.

직장일도 그러하다. 내가 칭찬받기를 기대하고 일을 열심히 했는데도 칭찬을 못받는 경우에는 기대가 깨진 만큼 분명히 실망하고 야속할테이지만 나는 아예 기대를 걸지 않으니까 따라서 실망할 일도 없는거다. 이것이 정신건강에 얼마나 좋은건지 모르겠다. 나는 속으로 이런 생각을 하며 일을 해서인지 감정조절도 잘 돼서 심한 야단을 받고 나서도 늘 웃음 띤 얼굴로 일하니까 내가 입사해서 회사 분위기가 밝아졌다는 칭찬을 많이 들었다. 그리고 가장 중요한 사실은 내가 지금 일하는 것은 회사를 위해서가 아니라 내자신을 위해서 하는 것임을 잠시도 잊지 않으려고 한다.

1984. 3. 25 (일)

서울생활을 정리하고 어젯밤 늦게 드디어 집에 도착했다.

토요일 밤이라 그런지 부산역 부근은 젊은이들로 시끌벅적거렸는데 여기저기서 들리는 부산사투리가 어찌나 정겹고 반갑던지 이제야 집에 왔다는 안도감에 눈물이 핑 돌았다.

엄마가 밤마다 전화와서 일단은 두달만 사회경험 쌓고 내려오라 하신데다 가짓늦게 사랑니가 두개씩이나 나서 계속 치통에다 안통이 너무 심해서 눈에서 계속 눈물이 나오고 시렵고 따가워 나중엔 눈도 잘 뜰 수가 없어서 안과에 갔더니 왜이리 미련하냐면서 콘택트렌즈가 찢어져서 각막도 찢어졌는데도 이걸 계속 끼고 다녔냐면서 더이상 렌즈 끼면 실명도 할 수 있다면서 이제부턴 안경만 껴야하고 당분간 안과치료를 받아야 한다는거다. 난 처음 해본 렌즈라 렌즈 끼면 다 이렇게 아픈가보다 하고 눈이 적응되면 괜찮아지겠지하고 시간도 없는데다 미련곰탱이처럼 병을 키우다가 더이상 참을 수 없어서 병원에 갔더니 실명까지 할 수 있단 무서운 경고를 듣고와선 도저히 치료를 미룰 수 없어서 회사엔 너무 죄송하다며 솔직히 말씀드렸더니 그렇게 아픈데도 표시 안내고 항상 웃는 얼굴로 두달간이라도 정말 열심히 일해줘서 고마웠다며 치료 잘받고 학교 복학 잘하고 졸업하고나서 서울에 올라오면 디자인실에 꼭 다시 받아주겠다며 월급이랑 보너스까지 두둑이 챙겨주셨다. 두달간 실컷 일 가르쳐서 이제야 일을 할 때가 되니까 그만 둔다하니 너무 어이가 없어서 화를 내실줄 알았는데 의외로 나중에 다시 받아주겠다는 말씀까지 들으니 한편 죄송하기 짝이 없으면서도 하늘로 날아갈 듯이 기뻤다. 졸업하고 다시 입사하려면 디자인공부랑 영어회화공부도 틈틈이 해라면서 그리고 용돈이라며 보너스까지 많이 주실줄은 꿈에도 상상 못했으니까.

난 왜이리 인복과 인덕이 많은지 모르겠다. 참으로 좋으신 부모님 만난데다 50 : 50으로 날 안받아줄 수 있었던 위험을 무릅쓰고 내가 먼저 용감하게 사귀자고 제의했는데 K도 날 거부하지 않고 좋아해서 지금까지 잘 사귀고 있고 또한 첫직장까지 이렇게 좋은데 들어왔다는게 기적같게만 느껴진다.

오늘은 아침에 눈뜨자마자 1월에 다시 서울에 올라가서 어제 집에 도착할때까지의 내 생활을 K에게 10장이나 구구절절이 편지를 적어서는 쏜살같이 달려가서 우체통에 집어 넣으려는 순간, 편지를 매번 부칠 때 마다 느껴지는 묘한 불안감이 바람처럼 획 스쳐갔다. 그래도 요즘들어 부쩍 내 가슴을 짓누르던 일종의 죄책감이 조금은 가셔진 것 같다. 그동안 군에 있는 사람한테 도리어 걱정을 끼치게 했으니 가슴 한켠이 답답하고 무거웠던 것이다. 더군다나 얼떨결에 난생처음으로 직장이란데 턱 걸려 새로운 일을 익히느라 급급해 K에겐 편지 쓸 마음의 여유도, 시간도 안나서 그간 아무런 연락도 하지 않았던 거다. 학교랑 집만 왔다갔다하는 조신한 여자친구를 사귔다면 걱정이

덜할건데 여자홍길동도 아니고 동에 번쩍 서에 번쩍 하며 한번 하겠다고 맘먹은 건 일단은 저지르고 보는 남달리 실천력 강한 경거망동 행동파 여자친구를 둔 죄로 매사에 신중하고 생각을 깊이하는데다 치밀한 성격의 K로서는 내가 친구라기 보다는 물 가에 내놓은 여동생 같이 늘 내걱정이 떠나지 않았을거다.

오늘따라 K 생각이 더 많이 난다. K가 여기서 가까운 김해에 있다는 사실이 생각할 수록 가슴 뛰는 일에 틀림없다.

아무래도 자주 면회갈 수 있으니까. 그런데 난 K에 대한 감정이랄까 태도가 이랬다저랬다 내자신도 갈피를 못잡겠다.

그런데 분명한 것은 지금도 너를 처음 만났을 때처럼 좋아하는 마음은 여전하다는 것!

그리고 오늘밤늦게 서울에서부터 준비하고 있었던 서울디자인콘테스트에 보낼 작품을 완성했다.

1차 포트폴리오 시험에서는 거기서 보내준 스케치북 크기의 큰 도화지에 세가지 디자인을 하고 색채까지 칠해서 디자인포인트랄까 옷의 특징에 대해 간략한 설명을 적어놓고 원단종류까지 적어서 보냈는데 이게 통과되면 2차 테스트는 디자인한 그대로 옷을 만들어서 (꼭 내가 안만들고 맡겨도 됨) 서울에 가서 직접 심사 및 면접까지 보는건데 사실 큰 기대는 안하고 한번 보내보는거다. 디자인전공자들 중에 원체 뛰어난 실력자들도 많은데다 난 이쪽 세계에 이제 막 발을 담근 사람으로서 한번 시도해

보는거다. 결과야 어떻든간에 하옇튼 도전해보는데 의의가 있다 생각하니까.

불가능에의 도전을 하지 않는 인간은 인간이 아니라 교활한 동물임에 불과하니까. 그래서인지 대부분의 사람은 약삭빠른 여우 보다는 미련한 곰을 더 좋아하는가 보다.

아침에 우체국에 가서 서울로 부치기만 하면 된다. 앓던 이를 뺀 것 처럼 속이 시원하다. 이것 준비하느라고 얼마나 애를 먹었는지 머리도 지근지근 아프고 살도 많이 빠졌을거다.

1984. 3. 26 (월)

작년 여름 8월에 학교에 가서 내가 직접 휴학계를 내고 곧장 서울에 가서 국제복장학원에 등록해서 다닌 이후로 올해 1월에 부산에 와서 친구들 만난 뒤로 학교엔 진짜 오랫간만에 그러니까 근 7개월만에 깃털같이 가벼운 마음으로 가서 엊그제 신입생이었던거 같은데 어느새 3학년이 된 정여, 봉애, 미희, 명숙이를 두달만에 만났는데 정말 눈물이 나도록 반가워서 남들이 우리를 별나다고 보든지말든지 다섯명이 손을 잡고 뱅뱅 돌기도 하고 폴짝폴짝 뛰었다. 아침에 우체국에 가서 디자인콘테스트에 보낼 작품을 속달등기로 부치고 점심시간에 맞춰 학교 구내식당에서 애들을 만나 푸짐한 돈가스로 배를 채운뒤 크랙

카랑 쿠키 등을 잔뜩 사서 학교 옆 초원다실로 가서 신청음악도 들으면서 커피랑 과자를 먹어대면서 그동안 밀린 수다를 얼마나 떨었던지 해가 뉘엿뉘엿 질 때까지도 우리들의 수다는 끝이 안보였다.

애들은 날보고 서울물 먹은데다 디자인실에서 일좀 했다고 너무 세련돼서 왔다며 부럽다고 난리였다. 그리고 내가 서울에서 일하면서 만났던 유명한 영화배우들이나 탈렌트들과 모델들을 실제로 보니 실물도 그렇게 예쁘더냐, 몸매가 너무 안말랐더냐 오만때만걸 다 물어봐서 나중엔 목이 아파왔다. 친구가 그런데서 어떻게 고생스럽게 일했는가는 하나도 안궁금하고 그저 연예인들 얘기에 더 열올리는 내 친구들 정신연령이랄까 수준이 심히 걱정스러우면서도 한편 아직도 어린 소녀 같이 귀엽게 보이기도 했다. 인제는 친구들 얼굴 자주 볼생각하니 행복감이 물밀듯 밀려온다.

9월에 복학할 때까지 근 5개월 정도 남았는데 이 기간은 온전한 나만의 시간으로 디자인책을 비롯하여 다방면으로 골고루 독서하고 영어회화공부도 시작하고 디자인노트를 만들어서 틈틈이 디자인도 하고 친구들도 자주 볼 생각하니 왜 이다지도 마음이 편안해지는지 모르겠다. 그리고 K 면회도 한번씩 다녀올 생각을 하니 왜이리 흐뭇한 마음이 드는지 절로 입끝이 올라간다.

1984. 3. 29 (목)

오전 내내 칫과 갔다가 안과 들러서 치료 받았는데 나도 참 미련스럽게 대단한게 칫통이나 안통 한가지만 아파도 견뒤기 힘든건데......

엄마랑 남포동 미화당백화점에 쇼핑가서 톰보이에서 봄에 편안하게 입고 다닐수 있는 청자켓이랑 청미니스커트 한벌을 사고 시내 나오면 한번씩 가는 18번완탕집에 가서 완탕이랑 유부초밥을 시켜서 먹었는데 오랫간만에 먹어서 그런지 더 맛있었다.

엄마랑 아침부터 병원 갔다가 쇼핑하고 외식까지 하고 어둑어둑 해질무렵 집에 돌아왔는데 예전엔 부모님과 함께 tv 볼 땐 아무 생각 없이 화면에만 정신 팔렸었는데 두달간을 혼자 적막하게 생활하다가 집에 와서 그런지 가족과 tv를 함께 본다는 것만도 얼마나 행복한건지 미처 몰랐다. 그런데 이번에 집을 떠나서 고생 좀 하고 와서인지 집에서 가족들과 함께 식사하고 tv 본다거나 하는 일상적인 일들이 얼마나 소중하고 기쁜건지 요즘들어 피부 깊숙이 절절히 느끼고 있다. 집 떠나면 고생이고 집을 떠나는 이유는 집에 돌아 왔을때 집이 얼마나 좋은건지 알기 위해서라는 말에 진짜로 공감한다. 그리고 젊어서 고생은 사서도 한다는데 정말로 사서 할만 했다.

이제 깊은 밤, 비로소 나만의 깊은 적막 속에 잠겨 K 생각에 잠긴다.

친구란 만나면 마음이 편해지고 아무런 부담감 없이 어떠한 이야기라도 허심탄회하게 나눌 수 있어야 진정한 친구라고 생각하는데 여자친구와 남자친구도 친구임에는 분명하지만 동성과 이성이기 때문인지 각각 받는 느낌이 뭔가 다른거 같다. 여자와 남자는 과연 친구로서만 지낸다는게 가능할까?

'밤과 술이 있는한 남녀사이에 친구란 없다'란 우스개소리도 있던데 정말 그럴까?

하지만 난 K에게 되도록이면 친구 이상의 의미를 부여하지 않으려고 한다.

K와 나, 우리는 남녀사이를 초월해서 언제라도 만나면 어떠한 이야기든 서로 거리낌 없이 대화할 수 있는 친구, 운명은 아무도 모르는거니까 운명이 우리를 다른 사람과 결혼하게 하더라도 서로 늙어가는 모습을 지켜봐주며 영혼의 친구로서 되도록이면 해가 지기 전에 만나 술대신 차를 마시면서 지금처럼 온갖 종류의 주제로 대화를 나누며 살고 싶은데…… 내 성격으로 봐서는 이런 만남이 가능할거 같은데 K 성격으로 봐서는 쉽지 않을거 같다.

1984. 3. 30 (금)

지난주 토요일에 집에 내려와서 이번주 월요일부터 금요일까지 5일째 어김없이 6시에 일어나서 KBS tv에 채널을 맞추어 영어와 일어회화를 열심히 시청하며 회화공부를 하고 있는데 재미가 쏠쏠하다.

특히 영어회화는 국제세계에서 살아 남을 수 있는 마지막 생존무기이자 나자신의 품위와 교양을 높이기 위해서도 또한 세계시민으로서 당연히 할 줄 알아야 하기에.

부모님께서도 나의 변화된 모습에 놀라워 하시면서도 흐뭇해 하신다. 서울에서 몸과 맘을 혹사시키고 지칠대로 지쳐서 게다가 여기저기 아파서 집에 왔기 때문에 당분간은 아침에도 못일어나고 축 늘어져서 맥을 못출줄 알았는데 생각보다 얘가 너무 생생한데다 안깨워줘도 새벽에 혼자서 빨딱 일어나서 영어공부도 하고 나가서 아파트도 몇바퀴 돌고와서 엄마를 도와서 아침식사도 같이 차리고 함께 맛있게 먹고 설거지도 내가 싹 다해드리니까.

아침 먹고 모닝커피를 마시면서 모닝독서로 내가 가장 좋아하는 니체의 평전을 읽었는데 거기서 "자기 자신을 풍부하게 하라Enrich yourself"라는 이 짧은 문구를 만나자마자 전기에 감전된 것 처럼 온 몸에 전율이 흐르는게 아닌가. 옛날부터 이 말을 참 좋아해서 내 인생의 좌우명으로 삼았지만 그동안 잊고 있었는데......

우리는 너나없이 왜 이토록 열심히 살아갈려고 하는지에 대해 내나름 열심히 생각해 보았는데 그건 무엇보다도 자기 자신에게 떳떳해지기 위해서가 아닐까라고. 그래서 후회를 덜하는 인간이 되기 위해서란 결론에 도달했다. 후회 만큼 인간의 심장을 후벼파며 괴롭히는 것도 없기에.

1984. 3. 31 (토)

낮엔 엄마가 만들어 주신 매콤달콤 쫀득쫀득한 떡볶기를 먹으면서 영어책을 읽었는데 아인슈타인박사님의 부인에 관한 재밌으면서도 깊은 생각을 하게 하는 에피소드가 나와 한번 적어보았다.

Asked one day whether she understood her husband's <Theory of Relativity>.
Mrs. Albert Einstein hesitated a moment, then replied with a slow smile.
"No, I do not understand it. But, what is more important to me, I understand Dr. Einstein."
아인슈타인 부인은 어느날 자기 남편의 <상대성 이론>을 이해하고 있느냐는 질문을 받고 잠시 머뭇거리더니 웃음을 띠고 대답하기를 "아니, 난 그것은 이해 못해요. 그러나 나에게 더욱 중요한 것은 내가 아인슈타인박사를 잘 이해하고 있다는 점이죠."

부창부수라고 아인슈타인박사님 부인이 얼마나 지혜로운 분 이신지 단적으로 보여주는 촌철살인의 대답이 아닌가?

만약 설령 박사님부인이 〈상대성 이론〉을 잘 이해하고 있더 라도 아인슈타인박사님을 잘 이해하지 못한다면 결혼생활은 참 으로 비극일거란 생각이 든다. 다행히도 그 반대라 두분의 결혼 생활은 순탄하게 행복했으리라는 짐작이 되고도 남는다.

1984. 4. 9 (월)

어제는 일요일이었는데 종일 비가 내렸다. 비 그친 월요일 아 침공기가 어찌나 청아하던지…… 눈뜨자마자 윤형주가 부른 '어제 내린 비'라는 노래가 떠올랐다.

어제는 비가 내렸네. 키작은 나무잎새로 맑은 이슬 떨어지는 데 비가 내렸네.

우산 쓰고 내리는 비는 몸 하나야 가리겠지만 사랑의 빗물은 가릴수 없네.

어젠 아침부터 비가 내리니까 K가 더 보고싶어졌다. 혼자서 우리 둘의 이야기책인 '남포'에 갔다.

잔잔한 물결 같이 흐르는 음악을 들으며 낙서를 했다. 시간 가는줄 모르고······· 혼자지만 하나도 외롭다거나 지루하지 않았다, 신기하게도. 마치 K가 투명인간이 되어 내 옆에 앉아있는 것처럼.

확실히 그곳은 우리들의 이야기책이었다. 우리 둘이 하염없이 나누었던 이야기들이 사면의 하얀 벽 속에 그대로 스며져 있는듯 했다. 우리가 함께 보냈던 꿈결 같은 시간들이 아련하게 떠올랐다.

비오는 날이면 항상 흘러 나오던 '비와 찻잔 사이에'를 들을때는 K의 오른쪽 어깨에 내 왼쪽머리를 기대고 넌 한쪽 팔로 내 어깨에 손을 얹고 두눈은 지그시 감은채 아무 말도 하지 않고 노래에만 심취했었지.

어느 비오는 날, 그날도 둘이서 '비와 찻잔 사이에'를 묵묵히 듣고 있었는데 노래가 끝나자마자 K가 뜬금없이 "비와 찻잔 사이에는 과연 무엇이 존재할까?"라고 묻길래 난 너무나도 1차원적으로 비와 찻잔 사이엔 벽이 세워져 있다고 하니까 K 역시 1차원적 사고로 지붕이 놓여져 있을거 같다고 말해서 '벽'이라는 여자의 수평적인 사고방식과 '지붕'이라는 남자의 수직적인 사고방식의 확연한 차이에 의아해하며 깔깔깔 웃어댔지. 벽에 귀를 가까이 대면 그날의 웃음소리까지 들리는듯 해. K와의 이런 저런 추억에 푹 잠겨있는데 '비와 음악 사이에'가 흘러 나와 순간 그를 향한 그리움에 울컥 목이 메어왔다.

지금 창밖엔 비가 내리죠. 그대와 나 또 이렇게 둘이고요.
비와 찻잔을 사이에 두고 묵묵히 앉았네요.

1984. 4. 10 (화)

오늘은 정말 운수 좋은 날이다(끝까지!). 현진건의 소설《운수 좋은 날》속에 나오는 김첨지에게는 운수 좋은 날이 결국 가장 운수 나쁜 날이 되고 말았지만 내한텐 오늘 아침부터 밤까지 운수가 포르테, 포르테 시모, 포르테 시시모로 갈수록 더 좋아졌다.

우리에겐 '......모모는 철부지 모모는 생을 쫓아가는 시계바늘이다. 그런데 왜 모모 앞에 있는 생은 행복한가. 인간은 사랑 없이 살수 없단 것을 모모는 잘 알고 있기 때문이다......'란 노래로 알려진 독일작가인 미하엘 엔데의 《모모》를 시간 날 때마다 틈틈이 읽어서 오늘 다 읽었는데 뭔가 생각할 거리를 많이 안겨 주었다.

특히 시간에 관해서...... 가슴으로 느끼지 않은 시간은 모두 없어져 버린다. 우리들 가슴은 시간을 위해 갖고 있는거지. 슬프게도 이 세상에는 아무 것도 느끼지 못하는 눈 멀고 귀 먹은 가슴들이 수두룩하단다...... 시간은 언제나 거기 있기 때문에 듣지 못하는 음악 같은거예요. 하지만 저는 그 음악을 이따금씩 들었던것 같아요. 아주 나지막한 음악이었어요......

누군가는 시간을 금이라고도 하던데 나에게 있어서 시간은 금 아니 다이아몬드로도 도저히 대체할 수 없는 생명이다.

사실 생명이나 시간은 살아있는한은 쉼없이 숨쉬면서 재생되어야만 하고 시간 또한 마찬가지로 단 한순간도 쉴새없이 똑딱똑딱 거리며 앞으로 나아가야 하기에.

저녁땐 경미아버지께서 근사한 또랑(레스토랑)에 초대해주셔서 고급 양식도 대접 받고 칭찬도 많이 듣고 먹기 아까울 정도로 예쁘게 데코레이션된 조선호텔 베이커리에서 만든 케이크랑 용돈까지 두둑히 선물로 받았으니까.

경미아버지는 외항선 선장님이라 거의 2~3년만에 한번씩 집에 오시는데 딸 셋중 둘째딸인 경미가 꼴통 날라리과(?)라 경미 때문에 자나깨나 걱정하시는데 그나마 내같이 독서가 취미인 친구랑 친해서 얼마나 다행인지 모르겠다며 나보고 몇번이나 고맙고 경미 부탁하신다며 신신당부를 하시던지 내가 몸둘바를 모를 정도로 황송하기도 하고 부끄럽기도 했다. 사실 경미한테 그다지 잘해준거도 없는데 경남여고 1학년때부터 경미랑 짝지로 만나 친하게 돼서 한국에 나오실때마다 일제학용품 같은 선물이랑 용돈도 꼭 챙겨 주시고 맛있는 것도 많이 사주셨다. 그리고 아름다운 나라의 항구에 기착하실때마다 이태리 나폴리나 카리브제도에 있는 이름마저 어여쁜 마르티니크섬, 그리스의 에게해, 스위스 제네바나 러시아의 흑해나 사우디아라비아 끝에 있는 홍해 등에서 그림 같은 그림엽서에 꼭 영어와 한글로

"......Here is ~~~, 여긴 ~~~인데 얼마나 아름다운지 모르 겠구나. 너도 크면 꼭 여행 와보길 바란다. 우리 철딱서니 없는 경미를 니가 동생으로 생각하고 잘 이끌어 주길 바란다. 니선물 도 많이 사났으니까 한국 나가면 꼭 보자, 경미아버지가 1979 ○○○○○......" 이렇게나 자상하게 적으셔서 보내주시고 또 한 국 들어오실 때마다 선물꾸러미를 잔뜩 들고오셔서 날 꼭 만나 고 가시니 이런 아버지가 세상에 또 있을까싶을 정도였다.

그리고 한번씩 경미아버지가 내아버지였으면 얼마나 좋을까 하는 생각도 들었다. 우리 아버지는 평생 공무원으로 우물안 개 구리처럼 사신데다 워낙이 보수적이신 분이라 대화를 나누다보 면 답답해서 숨이 턱 막힐 때가 많은데 경미아버지는 해양대 졸 업하시자마자 배를 타고 전세계를 누비고 다니시니 시야가 탁 트여있고 사고가 젊으셔서 우리 세대를 많이 이해해주시기 때 문이다.

또 솔직히 말해서 내가 경미아버지로부터 하도 받은게 많다 보니 사실 경미를 더 챙겨주기도 한것 같다.

경미아버지랑 경미와 나 이렇게 세사람이 레스토랑에서 식사 하면서 또 커피와 디저트를 먹으면서 스스럼 없이 참 많은 대화 를 나누었는데 경미아버지께서 아무리 세계를 돌아다니고 계셔 서 그런 것도 있겠지만 굉장히 개방적이시고 포용적이며 현대 적인 사고방식에 또 한번 놀라움을 금치 못했고 우리 아버지랑 연배는 비슷한데 이렇게 쇼킹할 정도로 다를 수가 있나싶었다.

1984. 4. 11 (목)

무척이나 보고픈 경언니에게……

언니, 난 지금도 생생히 기억하고 있어.

1982년 9월 26일 일요일, 정말 맑고 푸른 날이었어.

그때 우리들은 우리들 젊음 만큼이나 온통 찬란한 금빛으로 빛나던 기차를 타고 마냥 싱그러운 가을 속으로 떠났었잖아.

그때 비로소 기찻간에서 알게된 언니, 내가 언니 옆자리에 앉게된 것은 신의 축복이라 여겨져. 그때 언니가 나에게 우유랑 카스테라랑 과자 등등을 사줬고 뭣보다도 언니한테 친여동생이 없다면서 친자매처럼 지내자고 그랬잖아. 나는 그 말이 그렇게도 눈물나도록 고마울 수가 없었어. 그후로 쭉 언니를 친언니로 생각해왔고 요즘도 그렇게 생각하고 있으며 앞으로도 그렇게 생각할거야. 그후로 우리가 자주 만나진 못했지만 언제나 언니를 마음 속에 그리고 있어서 그런지 어쩌다 가끔씩 언니를 만나도 하나도 서먹서먹하지않고 편안하고 그냥 좋았어. 진정한 교류는 마음과 마음이 만날때라야 이루어지는거라 그런가봐.

루이제 린저의 '생의 한가운데서'에서 니나가 슈타인에게 보낸 편지에서 ……사람과 사람이 가까워지는데는 침묵 속의 공감이라는 방법 밖에는 없는 것 같습니다…… 라고 썼듯이.

언니, 참 이상한거 같애. 언니하고 나하고 간엔 같은 핏방

울 하나 안섞였을터인데도 진한 혈육의 정 같은걸 느낄수 있으니...... 나혼자만의 생각일런지도 모르겠지만.

하옇튼 난 언제까지나 언니를 친언니로 생각하게될거 같애.

언니, 난 보기하고 다르게 지독시리도 편지를 안적는 타입이라 편지다운 편지는 아무리 친한 친구에게도 일년에 한장 적을까말까해. 주로 학보지 나올때 하얀 띠에 몇자 적어 안부 묻는게 서로 편해서 다른 학교 다니는 친구들하곤 그렇게 소식을 주고 받고 있어.

예외가 있다면 남자친구, 헤헷...... 언니한텐 처음 말하는것 같은데 사실 처음 사귈때부터 말하고싶었는데 참았어. 어떻게 될지 몰라서. 전반부엔 질풍노도의 시기를 보내면서 위태위태 했었는데 어떻게어떻게 잘 넘기고 지금까지 온거야. 우리 PTP 써클에서 만난 K가 내 남자친구, 지금 K는 군인이야. 부산에서 가까운 김해 공병학교에 있어서 선수랑 두번이나 면회도 다녀왔어. 요즘도 가끔씩 틱탁툭탁거리면서도 알콩달콩 이쁘게 잘 사귀고 있어. 언니 쫌 놀랬지. 언니랑 K 그리고 선수, 시영, 종일이같이 좋은 언니랑 친구들을 만나게 해준 PTP에게 참 감사하게 생각하고 있어.

언니, 난 요즘들어 내자신에게 "난 진정으로 살고 있는가?"란 철학적인 질문을 자주 던지곤 해. 생에 대한 회의랄까 알 수 없는 미래에의 두려움이랄까, 이런저런 생각들과 감정들이 뒤엉켜져 깊고 깊은 심연의 늪으로 빠져들곤 해.

하지만 그럴때마다 내나름 잘 극복해 나가고 있어.

책벌레란 별명을 얻을 정도로 미친듯이 책을 읽으면서 많은 위안과 인생의 답을 얻고 있어. 달과 6펜스의 작가인 섬머셋 몸이 "책을 읽는 습관을 기르는 것은 인생의 모든 불행으로부터 자기를 지킬 피난처를 얻는 것이다."라고 말했는데 정말 그런 거 같애. 요즘 난 특히 인도의 명상철학자인 오쇼 라즈니쉬와 크리슈나무르티의 책에 푹 빠져 마치 내가 구도자가 된양 깨달음을 갈구하고 있어.

그런데 라즈니쉬 글은 시적이고 쉽게 다가온다고나 할까. 그냥 가슴에 훅 하고 들어오는데 비해 지두 크리슈나무르티의 명상책들은 읽어내려가기가 만만치 않아. 가슴과 두뇌 양쪽을 풀 가동해야하니까. 어쩌면 그래서 더 손에서 내려놓지 못하게 하는 마력을 지닌거 같애.

그의 명상록 '자유 속으로 날다'에서 "만일 당신이 두려움 그 자체이고 당신과 두려움이 별개의 것이 아니라는 사실을 깨닫는다면 두려움은 저절로 사라진다. 여기에는 공식이나 신념 같은 것이 전혀 필요없다. 그때 당신은 오로지 존재하는 것으로 더불어 살아가고 그 존재하는 바의 진실을 보게 될 것이다."란 문장을 곰곰이 명상하듯 몇번을 읽으면서 내 두려움이 많이 해소되는걸 느꼈어.

그리고 오쇼 라즈니쉬의 책들도 나올때마다 거의 다 읽고 있는데 최근에 읽은 책에서 사랑이 일어나는 방식을 네단계로 첫째는 자신의 홀로 있음 속에서 행복할 수 있는 먼저 성숙한 사람이 되어야 하고 두번째는 그대의 부모를 비롯한 사회의 온갖 관습에서 자유로운 개인이 되라했고 세번째는 상대방에게 완벽을 기대하지 말라고 상대방에게 어떤 것도 요청하거나 요구하지 말고 그저 감사함을 느껴라였고 마지막 네번째는 어떤 조건도 없이 주라는 것이었는데 이 네가지가 왜 이렇게 내 가슴에 와닿던지 노트에 적어놨었어.

그리고 어차피 산다는 것이 얼만큼의 회의나 고뇌 없이 흡족한 정신상태로만 산다는건 불가능할테니까.

지금 내 마음 속엔 언니에게 하고싶은 말들이 구겨진 비닐처럼 꾹꾹 눌려져 있는데 다 펴면 끝도 한도 없을거야.

뫼비우스의 띠처럼 안팎도 없이 돌고 돌거야. 언니가 한번 시간 내주면 쉴새없이 먹고 마시면서 이런 얘기 저런 얘기 하면서 하루를 다 보내게 될거 같아. 언니가 아무리 바쁜 4학년 졸업반이지만 후배를 위해 시간 한번 내주길 요청합니다다다~~~~

그런데 언니가 아니 벌써 4학년 졸업반이라니 무슨 시간이 이리도 무식하게 빨리 가버린걸까.

시간이 가는건지 아니면 우리가 가는건지...... ?????

여하지간에 언니 심신이 무지 다 바쁘겠다. 졸업논문 작성하랴 졸업후 진로 정하랴 그리고 기타등등. 하지만 언니는 언니 생 앞에 놓여진 얼기설기 뭉쳐져있는 생의 실타래를 누구보다도 차근차근하게 잘 풀어나갈거 같애.

언니에게 편지를 쓰고 있는 지금은 깊은 밤인데 언니가 보고 싶다는 생각이 간절하다. 멀지않아 언니를 만나서 뜨거운 커피를 마시면서 대화를 나눌 날이 곧 오겠지.

언니를 만나면 편지로는 말할 수 없는 사연도 다 말해버리고 싶고 나만의 고민도 카운셀링 받고싶어. 무엇보다도 누구든지 포근하게 감싸줄 것 같은 언니의 따사로운 눈동자를 바라보며 그 따뜻한 눈빛에 나의 추운 마음을 데피고 싶어.

언니가 이 편지 받는 즉시 연락 주길 기다리며......

1984. 4. 11 (목) 무척 춥고 (마음이) 고독한 밤에 후배씀

부산시 서구 하단동 동아대학교 제2캠퍼스 수학과 4학년 황경 귀하

1984. 4. 14 (토)

자꾸만 생각이 난다. 서면 지하상가에서 봤던 강렬한 빨간색 하이힐(잉글랜드제화점이었는데 기억해놔야지!)이 지금도 아른아른거린다. 아침에 약속장소에 다와가지고선 지하상가를 건너던 때 민방위훈련에 딱 걸려서 얼마나 발을 동동 굴렸던지. 그 초조함이

란...... 그때 그 빨간색 하이힐과 눈이 딱 마주쳐선 훈련이 끝 날때까지 그 구두만 노려보고 있었으니.

과연 젊음이 상징하는 것은 뭘까?

템포 빠른 음악~ 디스코나 락큰롤~ 통기타, 착 달라붙은 청 바지에 헐렁한 티셔츠차림, 꿈, 순수와 열정, 치기어린 패기, 불가능에의 도전정신, 동터기전의 검은 빛에 가까운 dark blue 빛 하늘색, 미지의 세계에 대한 동경, 캐시미어 스웨터의 부드 러운 촉감, TNT, 제인 오스틴의 오만과 편견,

가끔씩 UFO같이 내려오는 정체모를 자신감, 뭉크의 귀를 틀 어막고 있는 소녀의 숨막힐듯한 불안, 번민의 밤, 선택의 갈등, 미래에 대한 엄청난 궁금증과 두려움, 영원한 젊음의 symbol인 제임스 딘 오빠, 축제나 카니발, fresh한 새벽공기, 땡볕과 소 나기, 극과 극의 헤어스타일(아주 짧거나 아주 길거나)......

젊음에는 중간색도 없고 뭐든지 중간이 없다.

그래서 아침에 봤던 red 하이힐이 그리도 내 눈길을 붙잡았 나보다.

1984. 4. 15 (일)

오늘은 내가 좋아하는 것들을 그냥 낙서처럼 끼적거려봤는 데, 오 마이 갓, 이렇게 많을 줄이야......

*******K와 관련된 모든 것들******, PTP써클, *신디로 퍼와 Girl just wanna have a fun*, 프리디리히 니체, 모짜르트, 실비바르땅의 샹송 '마리짜강변의 추억', 연필과 만년필, 수첩, 하얀색티셔츠, 아네모네^{wind flower}, 튤립, 인형, 사기로 된 과일모양그릇, 양초, 화분, 커피, 밤^{night}, 비^{rain}, 칵테일, 아늑한 찻집, 태종대, 제2송도, 을숙도, 해운대, *노력*, 레오버스카글리아교수님의「살며 사랑하며 배우며」, 스카프, 머플러, 빨강색 하이힐, 투명한 받침, 오래된 흑백사진, 손거울, 휴지, 돈, 카페 성냥과 음악신청리퀘스트지, 찻집메모지, 편지, 일기장, 물방울무늬 우산, 하단캠퍼스 공대벤치와 sun-set, 햇귀(첫 아침햇살, 순우리말), 밤하늘의 별과 알퐁스 도데의 소설 '별' 그리고 목동과 스테파네트, 황순원의 '소나기'에 나오는 소년과 소녀, 벨트, 귀걸이, 목걸이, 여러 줄 겹친 팔찌, 하트모양, 넓은 유리창, 유리병, 크리스탈컵, 무지개색싸인펜, 등바구니, 쿠션, 손수건, 금붕어, *여행*, 잠, 오징어, 파인애플, 딸기, 바나나, 초콜렛, 스타킹, 헤어핀, 철쭉, 눈송이, 천리향, 아카시아껌, 지우개, 요트, 미소, 젊음, 아가랑 강아지의 눈망울, 평화로운 한낮, 영어사전, 국어사전, 지리과부도, 영어회화, 패션잡지 보그, 베란다, 바람, 나무와 이파리, 맑은 물, 보니엠의 river of Babylon, 호텔 화장실, 갈색머리칼, 시^{poem}, 산울림, 배철수, 스탠드갓, 경대, 명언, 아마란스, 비누, *아이라이너와 아이샤도우*, 낙서, 기차, 부산, 서울, 창원, 건포도, 건오징어와 땅콩, *디자이

너*, 모자, 드레스용 긴장갑, 와인, 순수, 리본, 안개꽃과 분홍 카네이션, 유머, 위트있는 말대꾸, 상상력, 환상, 공상, 팬시점 구경하는 일, 그림엽서랑 편지지 모으기, 켄터키치킨, 레인코트, 캘빈클라인, 코코샤넬, 이브생로랑, 지방시, 자작나무, 얼람시계, 토끼, 어린 조카들, 한경애의 '파도였나요', 정직한 사람, 친절, 군밤, 샘터잡지, 누비이불, 사탕벼개, 화려한 레이스 속치마, 수녀님, 신부님, 조가비, 쑥, 냉이, 달래, 제비꽃, 소월(김정식)시인, 김남조시인, 레코드판, 영화 사관과 신사, 챔프, 파리 나무십자가합창단, 폴모리아악단, 하와이 야자수와 훌라댄스, 타히티섬, 폴 고갱과 반 고흐, 드가의 춤추는 무희, 인디언 섬머, 스페인의 플라멩고와 짚시들, 물랑루주와 캉캉춤, 아바와 모든 노래들, 아지랑이, 어제 내린 비, 비개인 아침, 금요일밤, 토요일 오후, 일요일 늦은 아침잠, 이쁜찻잔 콜렉션하기, 호숫가 거닐기, *기다란 속눈썹*, 하얗고 고른 치아, 찰옥수수, 마음 맞는 친구들과의 대화, 마릴린먼로, 낙엽타는 냄새, 하얀색 에이프론, 데생용 석고상, 군인, 셀로판지, 크리스마스 카드, 생일카드와 생일밥상, 불고기, 소금구이, 떡볶이, 냉면, 노트와 만년필, 젊음의 행진, 넌센스퀴즈, 니체의 짜라투스트라는 이렇게 말했다, 니코스 카잔차스키의 희랍인 조르바와 영혼으로 서리라, 선물 주고 받는 것, 집에서 혼자 있는 것, 도깨비, 올림픽주택복권, 생맥주, 친한 사람의 전화번호, 침대, 이쁘게 물든 낙엽, 에스프리, 등대, 박인환의 시 목마와 숙녀, 버지니아울프, 헤르만헷세, 김환기화백의 백자와 새, 르네 마그리뜨의 새, 마르크 샤갈의 연인이자 아내인 벨라를 그린 그림들......

1984. 4. 29 (일)

영국의 시인인 T.S 엘리어트는 그의 시 황무지에서 왜 4월은 가장 잔인한 달이라고......겨울은 오히려 따뜻했다고...... 썼는지???

4월은 가장 잔인한 달

죽은 땅에서 라일락을 키워내고

추억과 욕정을 뒤섞고

잠든 뿌리를 봄비로 깨운다.

겨울은 오히려 따뜻했다.

잘 잊게 해주는 눈으로 대지를 덮고

마른 구근으로 약간의 목숨을 대어 주었다.

하지만 나에게 있어서는 4월은 친절한 달인데......

4월은 나에게 정말로 살고싶은 생에의 진한 애착심을 느끼게 해주니까.

난 4월의 싱싱한 햇쌀, 아찔한 아카시아꽃향기와 아련한 그리움을 불러 내는 천리향내음, 화안한 연분홍 원피스를 갈아 입은 봄처녀들 같은 벗꽃무더기들, 고양이의 졸리운 눈망울까지도 사랑한다. 그리고 K로 인해서 푸릇푸릇한 신록의 병정들 같은 이 땅의 모든 군인들까지도.

아무래도 난 특히 사람욕심이 참 많은 애 같다. 내가 아는 좋은 사람들을 중도에서 잃지 않고 싶으니…… 그러니까 내가 좋아하는 사람들~부모님을 비롯하여 친구들에 이르기까지~을 잃어버리면 어떡하나하는 두려움을 엄청나게 많이 갖고 있는 듯 하다. 그래서였는지 몰라도 어렸을때 명절날 친척들이 북적북적 거리다가 갔을때라든지 평상시에도 좋아하는 사촌언니나 내가 국민학교 5학년때 시집가 서울에서 살았던 언니가 친정인 우리 집에 며칠 있다가 가고 난뒤 학교에서 돌아온 날은 방문을 잠가놓고 얼마나 슬프게 엉엉 울어댔는지 모른다. 어떨땐 누워서 방안을 뱅뱅 돌면서 서럽게 서럽게 대성통곡한적도 있었으니까. 거의 고등학교 2학년 때까지 그렇게 심하게 울었던거 같고 그 이후로 지금까진 그렇게 운적은 없지만 그래도 마음 속으론 보통 사람들보단 허전함이나 슬픔이 더 오래 가는 것이다. 그리고 부모님에 대해선 국민학교 1학년이었을 때부터 그땐 나가선 거의 안놀고 학교만 다녀오면 방바닥에 누워서 학교숙제부터 하고나선 수첩에 내 나이 적고 그 옆에 아버지랑 엄마 나이를 적어 나가는데 계속 적어가다 보면 어느새 내나이 30살이 되면 ~ 막내니까 부모님 두분 나이가 30대 초반과 후반에 내가 태어났으니 ~ 부모님은 60대를 훌쩍 넘기니까 돌아가실 때가 다된거 같아서 난 그때부터 극도의 두려움에 떨며 울기 시작하는 것이었다. 그리고 딱 30살이 되면 나도 죽어야겠다는 결심도 했었던 것 같다.

나의 유년시절 기억은 밖에서 또래친구들과 뛰어논적은 드물었던거 같고 애늙은이처럼 거의 방에 누워서 상상의 세계를 여행하거나 인형놀이도 혼자서 하고 그런 낙서로 보냈던거 같으니 지금으로 보면 거의 자폐증에 가까웠던 것 같다. 국민학교 1학년 입학해서 2학년 때까지 근 2년간을 아침마다 울면서 학교 가기 싫다고 등교거부를 한셈인데 엄마가 2년동안 계속 날 업고 학교에 데려다 주실 정도였으니. 그때 나로선 교실이 노르웨이의 화가 뭉크의 〈절규〉란 그림처럼 교실안에서 일어나는 일들을 안보고 싶어 눈을 감았고 안듣고싶어 귀를 틀어 막아야 했던 극도의 두려움과 공포 그자체였던거다.

그랬던 나이니 친구들이나 K에 대해서도 얘들을 특히 K를 잃어버리고 나면 즉 헤어지고 나면 난 제대로 살 수나 있을까하는 막연한 두려움이 나를 옥죄이는 날이면 난 미치는 것이다. 어쩌면 그래서 더 미친듯이 책을 읽었는지 모르겠지만...... 그러니까 책들이 나에게 있어선 두려움의 손아귀에서 벗어나기 위한 도피처였다고나 할까. 책에 심취해 빠져있으면 세상 모든 게 하나도 두렵거나 겁나지 않고 그저 행복해지는 나만의 피난처이자 작은 천국이었으며 구원의 동앗줄이었으니까.

그런데 K랑 난 주객이 전도된거 같다. 내가 군에 가있는 K에게 먼저 위로편지를 보내줘야하는데 ~ 중고등학교때 아침자습시간이나 HR시간에 마치 일기숙제처럼 쓰긴 싫었지만 어쩔 수 없이 써야만 했던 '국군장병아저씨께'로 시작하는 위문편지 쓰는 덴 도사가 됐는데 ~ 거꾸로 K가 내한테 먼저 날 위로해주는 편지를 보내주다니 무슨 이런 일이. 내가 너무 슬퍼하고 있을까봐.

어제 창원 언니집에 놀러 가서 오늘 오후에 집에 왔는데 직행버스를 타고서 가고 올때마다 구포다리를 지나 김해를 지나치게 되는데 그때마다 괜히 마음이 들뜨고 혹시나 K가 있는 부대가 보일란가싶어 목을 길게 빼고 두리번거렸다.

옆자리에 앉은 사람들이 날 이상하게 보든 말든 전혀 아랑곳하지 않고.

오늘밤엔 꼭 K에게 띄울 편지를 써야겠다. 궁금한 점이 너무 많아 미치겠다.

내가 알고있는 정보라곤 K가 내게 보낸 편지에서 달랑 김해에 있는 공병학교라는 주소 밖에 적혀있는게 없었는데 K가 배치받은 정확한 부대명과 부대의 하루일과 그리고 첫휴가는 언제쯤 나올 수 있는지 이 세가지만 확실히 알려달라고 적을 참이다. 나머지 궁금한 점들은 첫면회 가서 물어보면 될거 같다. 그리고 편지 쓸때 너무너무나 애닯고 안타깝고도 비통한 소식을 K에게 전해줘야 할거 같다. K가 한창 논산에서 훈련 받고 있을

때 일어난 일이라 모를거 같으니.

세상에 무슨 이런 일이 일어날 수 있는지...... 뉴스에도 몇번이나 나오는 보도를 내눈으로 직접 보고 내귀로 직접 들었건만 지금도 믿어지지 않으니. 동아대학교 4학년 건축과 학생들이 졸업여행으로 페리호를 타고 제주도를 갔다오다가 거센 풍랑을 만나서 9명이나 익사체로 발견됐는데 그 사망자 명단에 우리 1학년때 PTP 써클 회장이었던 박유정선배님 이름이 그것도 첫번째로 나와서 거의 까무러칠뻔 했다. 정말 자연의 위력 앞에서 우리 인간은 이다지도 나약한 존재인지를 뼈저리게 절감했다.

그리고 산다는 것이 얼마나 허망한건지도.

그런데 뉴스에서 학생들이 서로 살려고 하다가 인명피해가 더 컸다는 식으로 말해서 문과대 학생들은 물론 나도 왼쪽 가슴에 까만 리본을 달고 KBS방송국 사죄하란 집회에 참석했으니.

하옇튼 가엾게 가신 우리 PTP써클 유정회장님을 비롯한 9분의 선배님들 좋은 곳으로 가시라고 기도하고 있는데 문득 영국의 계관시인인 바이런의 시인지 알프레드 테니슨의 시인지 단지 한 귀절만 입가에 맴돈다.

정확하진 않는데 레퀴엠이란 시였는가......

'주여, 떠나간 자를 위한 나의 슬픔을 용서하소서......'

그런데 역시 4월은 가장 잔인한 달April is the cruellist month이 되고 말았다.

1984. 5. 12 (토)

아침부터 선수한테서 전화가 왔는데 K생일 때문에 옥신각신 말다툼을 벌였다.

K생일이 음력으로 4월 16일이니까 양력으론 5월 16일이어서 아직 안지나갔다고 하니까 K한테서 지한테도 편지가 왔는데 지 생일이 지나갔다고 하더라면서 얘가 군에 막 입대해서 힘든 훈련 받고 있는 것도 안쓰러운데 여자친구가 돼갖꼬 남자친구생일 하나 제대로 못챙겨주냐면서 어찌나 떽떽거리던지 지가 K 친누나도 아니고 대체 K가 누구 남자친군지 모르겠다. 이게 적절한 비유가 될런지 모르겠지만 때리는 시어머니보다 말리는 시누이가 더 얄밉다고 하던데 내겐 선수가 때로는 말리는 얄미운 시누이 같게도 느껴지니.

지는 지 남자친구인 종일이나 잘 챙기고 아님 지금껏 여자친구 한명도 못사귄 시영이나 챙겨주던지.

지금 생각해보니까 시영이도 내보다는 지가 훨씬 많이 신경써주고 챙겨주고 있었네.

사실 가끔씩 오지랖선수(큭큭큭)인 선수 때문에 피곤해질 때도 있지만 그래도 K 군대면회부터 생일에 이르기까지 하나하나 세심하게 신경써주고 챙겨주는 언니(?)같은 선수가 내곁에 있어서 천군만마를 얻은양 얼마나 마음든든한지 모르겠다. 하옇튼 전생의 얄미운 시누이 같은 선수야, 진짜 진짜 고마워, 확실히 사람은 이름대로 산다고 선수는 앞장서서 선수도 잘치고 뭐든지 선수같이 척척 잘해내니까.

선수랑 전화 끊자마자 좀 늦긴 했지만 곧장 K에게 보낼 스물세번째 생일축하편지를 적어서 우체통에 집어 넣고 왔다. 그랬더니 내 마음이 새털처럼 가벼워졌다. 집으로 오다가 꽃집에 들러 빨간 장미 세송이(K의 나이만큼 스물세송이 사기엔 돈이 모자라서)만 사서 내 방 책상 위 투명한 유리병에 꽂아놓고 해질녘엔 빨간색 양초에 불까지 켜고 방분위기에 맞춰 비제의 열정적인 카르멘을 크게 틀어놨더니 내방 분위기가 어디 유럽의 공주가 사는 궁전같이 고급스럽게 느껴졌다. 오늘 밤의 주인공인 K는 정작 초대받지 못하고 또 와인이나 샴페인도 준비하지 못했지만 그래도 왠지 고급스러우면서도 사랑스러운 향기가 내방을 가득 채웠고 약간 쓸쓸하긴 했지만 충분히 행복했다. K의 영혼도 나랑 함께 장미꽃을 바라보면서 음악도 감상하고 있다고 느꼈으니까.

오후에 선수가 내가 외로울까봐 최인호 원작의 고래사냥을 보여줘서 웃기도 많이 웃고 울기도 여러번 훌쩍훌쩍 거렸는데 영화를 보는내내 K도 함께 이 영화를 보면 얼마나 좋을까하는 생각이 떠나지 않았다. 송창식이 부른 고래사냥 주제가도 어찌나 좋던지. 지금 당장이라도 K와 시영, 종일 & 선수 and me 이렇게 다섯명(현재 세명은 병역의 의무라는 국가의 부르심을 받아 군대에 가있지만서두) 뭉쳐서 선들선들 기차를 타고 동해안으로 고래 잡으려 가고싶다!

1984. 5. 13 (일)

K, 사람들은 말하지. 눈에서 멀어지면 마음마저 멀어진다고.
하지만 프랑스의 시인인 라로슈프코는 "우리가 연인을 볼 수
없을때 작은 사랑은 더 작아지지만 큰 사랑은 더 커진다. 마치
바람은 촛불은 꺼버리지만 산불은 더 거세지게 하듯이……"라
고 말했지.

K, 난 지금 음악을 들으면서 샤갈의 작품집을 넘기며 커피를
마시고 있어. 마크 샤갈은 유대계 러시안 화가였는데 그의 그림
중에서 내가 가장 좋아하는 《하늘을 나르는 연인(원제목은 '도시 위
에서')》을 몇분째 종이가 뚫어지게 보고 있어. 맑은 영혼을 가진
사람들이 모여 사는 것 같은 작은 마을의 예쁜 지붕들 위로 막
결혼식을 마친듯한 연미복 같은 푸른 셔츠에 검은 바지를 입은
신랑 샤갈이 연보랏빛 드레스를 입은 그의 평생의 연인이자 아
내인 신부 벨라를 꼭 껴안고 낮게 하늘을 날고있는 모습인데 난

마르크 샤갈 〈하늘을 나르는 여인(도시 위에서)〉

이 그림이 이상하게도 초현실주의적으로 느껴지지 않고 환상적
이지만 지극히 현실적으로 느껴져. 샤갈이 이렇게 말했다지.

연인들이 서로를 깊이 사랑한다면 하늘을 날 수 있다고.

난 어쩐지 그 말이 이해가 돼. 그가 그림을 그리면 벨라는 옆
에서 그의 그림을 주제로 시를 썼다고 해. 그 장면 자체가 그림
보다 더 그림 같애.

지금 라디오에선 너처럼 영원한 미소년같은 리차드 막스의 I
will be right here waiting for you가 흘러나오고 있어.

K, 여기 나오는 가사처럼 나도 니가 어디를 가든지 니가 무엇
을 하든지 바로 여기서 (언제나 어디에서나) 널 기다리고 있을거야.

Wherever you go whatever you do I'll be right here
waiting for you.

하지만 나에게 있어서 널 기다림wait은 너만 그냥 무작정 기다
리는 것이 아니라w-waistless a-academically i-interesting t-time이란 내머
릿속에서 방금 떠오른 약자로 시간을 낭비하지 않고 아카데믹
하게 흥미로운 시간을 보내면서 널 기다리겠단거야. 넌 나랑 대
화하거나 내편지를 받으면 항상 놀랍다고 했지. 전공이 국문과
이긴 해도 언제 그렇게 온갖 분야의 다양한 책을 읽어 쌓아온
박학다식함(?)에도 놀랍지만 ~ 심지어 너의 전공인 기계공학에
대해서도 어느 정도는 알아들을 정도니까 ~ 남다른 생각들과
기발한 표현력에 경의를 표한다면서 나랑 애기를 나눌때면 너
의 온몸이 귀가 된듯 내말을 경청하면서 날 존경의 눈빛으로 바

라보며 했던 말, "난 공돌이라 무식한데 너같은 여자친구 둔게 어깨가 으쓱해진다."고.

한번은 도서관에서 내가 영어로 써서 보내준 장문의 편지를 여러번 읽고 있다가 친구들한테 들키고야 말았는데, 니 여자친구 대단하다며 한마디씩 했다 했지. 얼마전 군대에선 내가 보내준 편지를 몇번씩 정독했었는데 어디 꽁꽁 숨겨놔도 여러번 분실당했다며 씩씩거리기도 했지. 글씨가 너무 예뻐서라고.

그런데 아마 너도 기억날거 같은데 널 만난지 얼마 안됐을때 우리가 해운대바닷가를 해질무렵 걷고 있다가 몇몇 외국인들이 조깅하고 있는 모습을 보고 니가 "이 시간에도 외국인들이 조깅을 많이 하고 있네."라고 말하길래 그때 딱 든 생각이 조깅이 영어가 아니고 한자라고 확신하곤 이렇게 말했지. "조깅은 영어가 아니고 한자인데 지금은 저녁무렵이니까 저녁 석자를 써서 석깅, 아침에 뛸땐 아침 조자 써서 조깅, 야밤에 뛸땐 야깅 그리고 깅자는 뛸 깅자야."라고 자신만만하게 말해줬더니 넌 순진하게도 니가 니 머리를 탁 치더니 자책하듯이 "아이구 두야, 난 조깅이 영어가 아니고 한문인걸 지금에야 알았네. 니도 알다시피 내 전공이 기계공학이라 한문에 정말 약한데 오늘도 니한테 하나 배웠네."라고 말했지. 아이고 배야, 지금 생각해보면 우습기도 하고 부끄러워서 쥐구멍이라도 있으면 숨고싶은 심정인데 식자우환이라고 해야하나 선무당이 사람 잡는다는 말 날보고 만든 말이었어.

K, 난 책도 여전히 손에서 놓지 않고 사색의 시간도 많이 가지면서 친구들과 여행도 자주 다니고 여튼 지성과 미모를 겸비한 품격있고 매혹적인 여인(나의 우상인 코코샤넬은 이렇게 말했어. 여자라면 두가지를 갖춰야 한다. 품격있고 매혹적일 것 A girl should be two things : classy and fabulous)이 되어갈꺼야, 널 기다리면서……

1984. 5. 15 (화)

요즘 난 치열하게 산다. 또한 무지무지하게 바쁘다(죽을 때까지도 바쁠꺼지만).

타인이나 주위 환경 때문에 바쁜 것이 아니라 어디까지나 나 스스로의 주관적인 의지, 그러니까 나의 각본에 의해서 또한 나의 치밀한 의도적인 계획 아래 바쁜 것이다.

나의 앞날에 대한 철저한 계획 아래 내가 해야할 행동들을 아예 습관으로 만들어보고자 노력하고 있다. 공부와 독서를 매일같이 밥먹고 세수하고 이를 닦는 것처럼, 머리를 빗고 옷을 갈아입는 것처럼 생활의 일부로 만들어서 하루라도 빠뜨리면 견딜 수 없을 정도로 만들어 나가기 위해서.

나의 꿈은 꿈에서도 디자이너가 되는 것인데 그렇게 되기 위해서 생각과 생각 끝에 여러가지 방법을 강구해 놓았다.

내나름 아주 근사한 멋있는 아이디어를 짜놓았다.

이런 말이 생각난다. 무슨 패션(아마 마르조?) 선전문구 같기도 하고……

"여자는 아름답다. 도전하는 여자는 더욱 아름답다."

여자여 야망을 가져라! Women, be ambitious!

지금 라디오에서 공익광고 같기도한 CM song이 흘러나오는데 참 좋다.

"~~~~~우린 아직 젊어요. 배우는 기쁨을 누려요. 멈추지는 말아요~~~~~~"

오늘 새벽에 공부했던 영어책에 이런 문구가 있었는데 너무 좋아서 노트에 옮겨놨는데

"Some old philosopher once said that you should know something of everything and everything of something."

(옛날에 어떤 늙은 철학자가 이렇게 말하였다. "모든 일에 관해서는 조금씩은 알아야 하고, 어떤 한가지 일에 대해서는 모든 것을 알아야 한다.")

난 디자인에 대해선 모든 것을 알고싶고 나머지 일들에 대해선 조금씩은 다 알고싶다.

그리고 오스카 와일드처럼 영국의 극작가이자 독설가로 더 유명한 조지 버나드 쇼의 이 말을 난 정말 좋아한다.

You see things and say "Why?" but I dream of things that never were and say "Why not?" ~ George Bernard Shaw ~

(당신은 존재하는 것들을 보고 "왜?"냐고 묻지만, 나는 결코 없었던 것을 꿈꾸며

"안될게 뭐야?"라고 묻는다.)

이게 진정한 디자이너적 정신으로서 날마다 미지의 신세계를 개척해 나가야하는 파이오니어적 정신이 아닌가??????

그리고 두사람 중의 한명과 마릴린 먼로와 관련된 아는 사람은 다 아는 웃기는 에피소드가 떠올라서 웃음이 피식 터져 나온다. 그러니까 마릴린 먼로가 두사람 중의 한명에게 프로포즈하면서 (두 남잔 노벨문학상도 받은 걸로 아는데 외모는 별로였다고 함) "우리가 결혼해서 당신의 두뇌와 나의 외모가 합쳐진 아이를 낳는다면 정말 완벽할거예요."라고 말하니까 독설가답게 "그런데 반대로 나의 볼품없는 외모와 당신의 텅빈 머리를 닮은 애가 나오게 되면 어떡하지요?"라고 대답했다는데 사실이 아닌게 마릴린 먼로가 백치미나 섹시미로 세계적 스타로 떴지만 아이러니하게도 정작 먼로의 백치스러운 섹시미를 완성한 것은 먼로의 독서열에서 나왔다고.

언젠가 읽었던 책에서 먼로는 샤워하고 나면 큼직한 스웨터를 걸치고 머리도 안 말리고 젖은 채로 커피를 몇 잔씩 마시면서 독서에 빠져들었는데 그때 먼로가 가장 아름답고 행복해보였다고.

그리고 실제로 먼로의 잠옷은 코코샤넬의 No. 5 향수, 자기전에 샤워하고 나서 잠옷 대신 그 향수 몇방울 뿌리고 잤다고 해서. 샤넬은 말했다. 향수를 사용하지 않는 여자의 미래는 그다지 밝지 않다고. 그래서 난 향수를 사랑하는가보다.

하지만 강하고 센 인공적인 향은 좋아하지 않고 오렌지나 아카시아꽃향 등이 섞인 시트러스 계열의 은은하면서도 달콤상큼한 향을 애용하는 편이다. 껌도 아카시아껌만 씹는다.

마리 로랑생 〈책 읽는 여인〉

1984. 5. 20 (일)

경미한테서 전화가 왔다. 아버지께서 곧 출국하신다고 가시기 전에 날 만나보고 저녁이라도 같이 먹자고 하셨다고……

지난 주에 축제기간 이었는데 전야제에 올 겨울에 어떤 칵테일하우스에서 만난 연하애랑 참여했었다고……

오늘은 왜 그렇게도 잠이 퍼붓듯이 오던지. 약 먹은 병아리처럼 꾸벅꾸벅 졸기만 했다.

수마를 대적하기엔 역부족이었다. 하긴 스님들이나 수도하시는 분들도 무슨무슨 마귀해도 잠마귀인 수마를 이겨내기가 가장 힘들다고 하니······

아마 어제의 후유증인거 같았다. 꼭두새벽부터 일어난데다 워낙 차를 많이 갈아 타고도 많이 걸었으니. 이건 부산 근처인 김해인데도 찾아가기가 이렇게 힘든데 선수는 종일이 면회가려면 서울에서도 한참 더 올라가야 하는 동두천까지 찾아 가야 하는데 얼마나 힘들까란 생각이 들었다.

하지만 사랑의 힘은 무서운거니까 또 선수는 남달리 영특한 애이니 실수 없이 잘 찾아가리라 본다.

그런데 시영이가 어젯밤 꿈속에 나타났는데 도데체 어느 도에 배치됐는지도 모르겠고 군생활에 잘 적응하고 있는지 궁금할 따름이다. 부디 건강하게 잘 지내길 바랄 뿐이다. 편지를 보낼라해도 어디에 있는지 몰라서······ 좀 시간이 지나면 알게 되겠지, K나 종일이를 통해서도.

그리고 난 K한테 자주는 못가더라도 한번씩 가볼 생각이다.

다음번에 갈때는 수박, 참외나 복숭아 등 과일하고 김밥은 내가 싸고 통닭 같은 것을 좀 푸짐하게 싸가야 되겠다는 생각이 든다.

군에 있으면 먹고 싶은게 더 많아진다니까. 또 다양한 내용의 책도 사두었다가 갖다주어야겠다. 참 다행인게 책 읽을 시간도 있고 더 다행인건 독서하고자 하는 불타는 의욕이 생긴거 같아서다.

그 의욕이 제대할 때까지 간다면 정말 좋겠다. 그렇게 된다면 정말 많은 책을 읽을 수 있을텐데.

그리고 난 K가 제대할 때까지 영어회화를 꼭 마스터할 참이다. 외국인을 만나면 그야말로 물흐르는 것처럼 자연스럽고 유창한 영어가 흘러나올 수 있도록. 그래서 뉴욕에 꼭 가서 공부도 하고 일도 하면서 최소한 3년 정도는 살아보고 싶다.

뉴욕이라는 도시이름을 생각만 해도 현기증이 나고 가슴이 떨려온다. 사실 나에게 있어서 뉴욕이란 곳은 하나의 도시이름이 아니라 그냥 내 가슴을 마구 벅차게 만드는 우주처럼 크게 느껴진다.

난 뭣보다도 시간을 하루라도 아니 1분 1초라도 헛되이 보내선 절대로 안된다고 다짐해본다.

난 날마다 호연지기浩然之氣하고 싶고 극기克己 즉 내자신을 이기고 싶고(뭣보다도 게으름이나 나태와의 싸움에서, 왜냐면 게으름은 만가지 악의 근본이 되니까) 부모님에게도 은혜를 갚고 싶고 친구들에게도 뭔가를 보여주고 싶으니까. 어찌됐든 난 기쁜 맘으로 꾸준하게 공부를 재밌게 즐기면서 할 작정이다.

사실 공부한다는 그자체만으로도 얼마나 신선하고 고상하면서도 즐길 수도 있는 것인지 모른다. 세상엔 무슨 즐거움 즐거움이 헤아릴 수 없이 많지만 그중에서도 모르는 것을 알아나간다는 즐거움보다 더 큰 즐거움이 또 있을까 싶다. 그래서 공자님도 학이시습지 불역열호아 學而時習之 不亦說乎(배우고 때로 익혀 나간다면 이 또한 즐겁지 아니한가?)라고 말씀하시지 않았을까.

1984. 5. 24 (목)

나는 소힘줄 보다도 더 질기디 질긴 인간이 되고 싶다.

나는 진정으로 극기를 배우고자 한다. 호연지기 충만한 스피릿을 기르고자 한다.

무엇보다도 끈기, 투지 즉 불굴의 fighting spirit을 기르고 싶다.

나는 철이 들면서부터 '노력'이란 단어를 사랑하게 되었다.

예전에는 교과서의 한귀퉁이에나 박혀있는 지극히 따분하고 지겹고 매력없는 글자로 밖에는 연상되지 않았는데.

이제는 '노력'이야말로 '나'란 존재를 구원할 수 있는 유일한 밧줄이라는 사실을 확실히 알게 되었다고나 할까.

어디까지나 실행을 통해서만이.

요즘 매스콤의 어떤 선전문귀에 ......여자는 20대에 전 인생을 승부한다......고 하는데 난 이 말을 여자나이 20대에 뭔가를 이루어 놓는다기 보다는 20대때 30대, 40대, 50대~~~~~를 위한 자기가 하고싶은 뚜렷한 목적을 위한 초석을 잘 다져놓아야할 시기라고 본다.

하지만 지금을 미래의 준비를 위한 괴로운 희생이 아니라 20대만의 젊음의 특권도 마음껏 누리면서 그러니까 준비 그 자체를 무조건 미래를 위해 혹사하면서 참기만 하는게 아니라 준비 그 자체에서 맘껏 즐거움도 만끽할 수 있는 그런 지혜로운 여인이 되고 싶다.

그러니까 나는 많은 사색과 깊은 사유를 해야 한다.

무엇보다도 시간을 잘 활용 & 관리하는 것이 급선무이리라.

우선순위를 잘 정하는게 승패를 결정할거같다. 흔히 말하듯이 남이 다 잘 때 다 자고 남이 다 놀 때 다 놀아서야 어떻게 남의 앞장을 설 수 있겠는가? 물론 당연 NO이다.

그러기위해선 잠부터 줄여야 한다.

하옇든 난 내자신의 피땀어린 노력으로 내가 하고 싶은 또한 되고 싶은 뭔가를 꼭 이루고 싶은 것이다. 난 해낼 수 있을 것이다. 왜냐하면 난 내가 되고 싶은 욕망 만큼의 아니 더 이상의 노력을 꾸준히 끈기있게 할테니까.

"꿈이 현실의 행동으로 나타나고 그 행동에서 다시 꿈이 생겨나게 되면 이윽고 삶의 가장 고상한 형태가 만들어진다." ~ 아나이스 닌 ~

프랑스의 여류소설가로 정작 소설 보다는 자신의 일기로 유명한 아나이스 닌의 명언인데 나이 들어서 내삶도 이렇게 고상한 형태로 만들어지기를......

1984. 5. 25 (금)

바쁜 하루였다. 아침나절 요즘 읽고있는, 아니 읽는다기보다는 공부하고 있는 (고작 대여섯 페이지 읽는데도 영어사전을 수십번 찾아야하니) 영어원서 몇페이지 읽고난 뒤에 목욕탕에 갔다와서 아침겸 점심을 먹는둥마는둥 몇술 떠고난 뒤에 곧장 남포다방으로 직행했다.

선수가 골이 나 있는체 했다. 우리둘 대화의 촛점은 또 K랑 종일이에게로 맞추어 진다.

아주 자연스럽게…… 언제나 그러하듯이……

그렇다고 선수랑 나만의 둘만의 대화가 없는건 절대 아니다.

요즘들어선 갈수록 우리둘만의 대화가 오히려 더 많아지는 것 같다.

그만큼 서로에게 더욱더 솔직해지고있기 때문인지 몰라도.

하옇튼 우리둘은 만나면 서로 부담감 없이 벼라별 이야기를 나눈다.

선수가 먼저 제안했다.

내일 K가 있는 군에 면회 가자고. 나도 쾌히 좋다고 했다.

그런데 이건 주격이 완전히 전도된거 같다.

내가 그간 K에게 너무 무관심했던거 같다.

속으로 나를 벼르고 있을지도……

여하튼 내일을 생각하니 벌써부터 가슴이 뛰기 시작한다.

남포에서 나와 충무 쇼핑센터 3층에서 열리는 mbc가 주최한 〈예쁜 엽서 전시회〉를 보러갔는데 아기자기하게 볼만 했다. 분위기 자체부터가 젊음의 열기로 가득찬 곳이었다.

팝송과 예쁜 엽서 그리고 젊은이가 놓여져 있는 풍경은 바로 젊음의 파라다이스 같았다고나 할까.

톨스토이는 "만약 내가 신이라면 청춘을 생의 가장 마지막에 두겠다."고 했는데 그건 청춘시절이 얼마나 소중한지 모르고 함부로 낭비하는 청춘에게 경종을 울리기 위해 한 말이라 선수나 나처럼 하루하루를 나름대로 알차게 보내는 청춘에게는 지금이 청춘시기로 딱 좋다!

1984. 5. 26 (토) ~ 햇볕은 쨍쨍 우리 눈동자는 반짝 ~

아침일찍부터 일어나 샤워하고 머리는 헤어드라이기로 한올 한올 정성껏 드라이하고 화장도 평소와 달리 신경써서 하고나서 옷갈아 입고 밥먹고나니까 선수한테서 오늘의 작전지시전화가 왔다.

참 신기하게도 내가 밥숫갈을 놓자마자 마치 옆에서 보고있는 것처럼...... 어떻게 이런 타이밍을 맞추는지, 우연히 맞아떨어진거겠지만 하옇튼 선수의 직감력은 대단하다.

그런데 전화로 십여분 실랑이를 벌였다.

뭐 입었냐고 해서 바지를 입었다고 했더니 당장 치마로 갈아입으라고 불호령(?)을 내리는 바람에 난 그렇게 못하겠다, 지는 지대로 같이 못가겠다고 우기는 바람에 괜히 아까운 시간만 지체했었다.

결국엔 내가 졌지만 아니 져줬지만. 엄마는 옆에서 듣다듣다 기가 찬단 표정으로 말만한 처녀 둘이 왠 고집이 그렇게 세냐고 핀잔을 주셨다.

하옇튼 이래저래 해서 버스(122, 123번)는 충무동을 출발해서 김해 공병학교까지 도착하니까 2시가 다되어 갔다. 위병실에서 면회수속을 마치고 PX가 있는 면회실에서 기다리고 있었는데 아무리 기다려도 오질 않아서 애꿎은 과자랑 음료수만 다 축내고 집에 가버릴려고 마음먹고 마지막으로 옆에 앉아있던 군인아저씨에게 한번 물어봤더니 그분께서 전화연락을 해줘가지고 정말 가까스로 극적으로 만난 것이었다. 사실 골이 좀 나 있었는데 막상 K를 보는 순간 왠지 측은한 생각이 들기도 하고 또 무지무지하게 반가워서 무슨 말을 먼저 해야 될지 모를 지경이었다.

상관에게 오늘 여자친구가 처음으로 면회 왔다고 외박권 좀 끊어달라 했더니 단칼에 안된다면서 오히려 더 빨리 내무반에 들어와있으란 명령을 하더라면서 좀 어이없단 표정을 지었다.

어찌됐든 셋이서 농담 따먹기도 하고 장난도 치고 그동안 궁금했던 점을 주마간산격으로 (시간이 없었으니까) 얘기하며 놀았다.

물론 좀 심각한 이야기는 입 밖에도 못꺼냈는데 주위의 군인들이 힐끔힐끔 K를 굉장히 부러워하는 눈빛으로 바라보는거 같았다. 자기네들끼리 수근수근거리는 소리가 저 앤 뭔 복이 많아서 한송이꽃도 아니고 어여쁜 꽃이 두송이나 찾아왔다며 자기네들한테는 개미새끼 한마리도 나타나지 않는다면서……

하옇튼 차타고 또 가서 기다리는 시간이 훨씬 많았고 직접 만나서는 많은 얘기를 나누기도 전에 시간이 다 가버려서 그만 Good - bye를 해야만 했다. 굉장히 아쉽고 허탈감마저 들었지만 그래도 다행인건 부산에서 가까우니까 자주 들리리라고 스스로에게 위안을 하며 또 하염없이 걸어서 버스를 타고 서면으로 나왔다. 버스 안에서 무슨 상념이 그렇게도 드는지 내내 깊은 생각에 빠져서 왔다.

K와 나와의 관계함수는 미지수임에 틀림없다. 친구 같기도 하고 연인 같기도 하고.

나는 괜히 두렵다. K에게 집착하게 될까봐. 그래서 그에게 상처 받을까봐.

하지만 우리는 이성이긴해도 어느 정도는 성을 초월한 친구 사이에 조금 더 가까운거 같은데 이건 내 생각인거 같고 K의 생각은 나랑 달리 날 자기 여자로 생각하는 연인에 좀 더 가까울거 같기도 하고.

그런데 난 K랑 친구로서만 만족하고 더 이상 발전되는건 정말 원하지 않는다.

나도 선수도 둘다 왕수다쟁이들이 김해에서 서면에 올때까지 진짜 한마디 입도 안떼고 각자의 상념에 깊이 빠져서 왔는데 우리가 알게 된 이래로 이런 일은 처음 같기도 하고 두번째인거 같기도 하고.

　　참 그리고 K에게 좀 늦은 감은 있지만 생일선물로 얼마전 tv에서도 방영했었고 난 아직 안읽었지만 읽고 싶었던 책인 어윈쇼의 〈야망의 계절Rich man, Poor man〉이라는 책을 선물했다.

　　물론 책 읽을 시간은 있다고 했다. 그래서 틈틈이 전공분야서적도 읽는다고 했다.

　　현재 K가 배치받은 이곳 부대가 K에겐 일석이조의 최상의 좋은 곳이라는 생각이 들었다.

　　또 K가 옛날에 비해서 굉장히 와일드해진 느낌이 들었다.

　　한마디로 박력이 좀 세어졌다고나 할까 남자다워졌다고나 할까. 그리고 K 손등이 거지손은 저리가라할 정도로 거칠고 상처가 나있었는데 확실히 훈련이 고되긴 고된 모양이었다.

　　1984. 5. 27 (일)

　　하루종일 하얀 레이스같은 은비가 내렸다.

　　베란다에 놓여진 하얀 의자에 앉아 비도 감상하고 커피도 마시면서 시집을 읽었는데 왠지 비오는 날엔 커피맛이 더 좋은거 같고 음악도 더 가슴에 와닿는다. 난 어렸을때부터 비 오는 날을 참 좋아했다. 비가 오면 마냥 기분이 좋아졌으니까. 빗속에 젖어있는 한결같은 나무를 나역시 한결같이 바라보고 있는데 '나무'라는 외국시인의 시가 떠올랐다. 시를 쓴 시인이름은 기억이 가물가물거리는데 시는 또렷이 다 기억이 난다. 여고시절엔 시에 빠져 소월시를 비롯하여 국내외작가를 안가리고 시집도 다양하게 많이 읽고 시도 많이 외웠고 습작도 많이 해서 수첩에 밤새워 예쁘게 써놓으면 어떨때 보면 우리반 애들 수첩에 종종 내가 쓴 시들이 적혀져 있는걸 보고 얼마나 뿌듯했던지. 개들은 내가 쓴 시가 아니구 시인이 쓴 시인줄 알고 베껴써놓은 거 같았는데~~~~~ 히히히.

그런데 막상 국문과에 입학한 이후론 시를 몇편 안썼던거 같고 책을 밤새워 죽기살기로 읽어대느라 정작 글쓸 시간도 없어서 사실 옛날엔 매일같이 쓰다가 아님 일주일에 몇번은 썼는데 지금은 한달에 고작 몇번 쑤는 일기가 내가 쓰는 글의 다다.

<나무> ○ ○ ○ ○ ○ ○ ○ ○

한결같은 망각 속에 젖어 나는 구태여 움직이지 않아도 좋다.
시작도 끝도 없는 나의 침묵은 아무도 건드리지 못한다.
무서울 것이 내게는 없다.
누구에게도 감사 받을 생각도 없이 나는 나에게 황홀을 느낄

뿐이다.

나는 하늘을 찌를 때까지 자랄려고 한다.

무성한 나무와 그늘을 펼려고 한다.

그리고 또 다른 '나무'란 시인데 대충이나마 외우고 있고 이것
도 외국작가 시인거 같은데 앞의 나무란 시를 쓴 작가랑은 다른
작가인건 확실한거 같다. 시가 대개 짧은데 에스프리와 재치가
느껴지는 시다.

시는 내같은 바보들이나 쓰는 거고 나무는 하느님이 쓰신
시다.

1984. 5. 30 (수)

이런 말이 생각난다. "젊은이는 홀로 지새우는 밤이 많아야
한다."고. 오늘 밤은 왠지 영 잠이 오질 않는다. 지금은 FM 심
야방송도 끝나버린 새벽 2시 10분을 가리키고 있는데 불현듯
커피생각이 간절해져서 꼬박 밤새울 각오하고 커피를 마시면
서 전에 읽다만 인도의 세계적 구루(영적 스승)인 오쇼 라즈니쉬의
'삶, 사랑, 웃음'이란 책을 뒤적거리다가 공감되는 글귀들을 노
트에 이것저것 끄적거리고 있다.

삶Life, 사랑Love, 웃음Laughter, 그리고 빛Light.
이것을 나는 인생의 4L이라고 부른다.

미친 자만이 이 세상을 미치지 않고 살 수 있다.

그대가 명상적인 사람이라면 그대는 주위에 준다. 나누어 갖는다. 쌓아두지 않는다. 소유하지 않고 인색하지 않고 구두쇠가 되지 않는다.

사랑에 빠진 사람을 관찰해 본 적이 있는가? 누군가 사랑에 빠지면 그것을 선언할 필요가 없다. 말하지 않아도 그의 눈 속에서 새로운 깊이를 발견할 수 있다. 그의 얼굴에서 새로운 우아함, 새로운 아름다움을 발견할 수 있다. 그의 걸음걸이에서 미묘한 춤을 볼 수 있다. 그는 완전히 다른 사람이 된다. 사랑이 그의 존재에 찾아온 것이다. 그의 영혼 안에서 꽃이 피어난 것이다. 사랑은 그 자리서 존재를 탈바꿈시킨다. 사랑할 수 없는 사람은 지성적이 될 수도 없다. 우아해질 수도 없다. 아름다워질 수도 없다. 그의 삶은 비극 그 자체가 될 것이다.

만일 그대가 아플 때 웃을 수 있다면 그대는 머지않아 건강을 되찾을 것이다. 만일 그대가 웃지 못한다면 비록 지금은 그대가 건강할지라도 머지않아 그대는 건강을 잃고 병들 것이다.

폴 고갱 〈우리는 어디에서 왔는가? 우리는 누구인가? 우리는 어디로 갈 것인가?〉

삶 전체는 하나의 거대한 우주적인 농담이다. 삶은 오직 웃음을 통해서만 이해될 수 있다.

웃음을 망각하는 날, 축제의 기분을 망각하는 날, 춤을 잊는 날, 인간은 더 이상 인간이 아니다. 인간 이하로 전락한다.

축제의 기분, 사랑의 기분은 인간을 가볍게 만든다. 웃음은 그에게 날개를 준다.

그리하여 기쁨으로 춤추면서 인간은 가장 멀리 떨어진 별에 이르를 수 있다. 그때 비로소 삶의 비밀을 경험할 수 있다.

책의 내용을 다 옮겨 적고 싶을 정도로 삶과 사랑과 웃음에 대하여 삶의 정수를 꿰뚫는 그의 혜안에 그저 감탄했다. 나도 라즈니쉬의 말처럼 지식있는 자a man of knowledge가 아니라 지성적인 자a man of knowing가 되기 위해 더 부지런히 독서하고 깊이 사색하고 명상하면서 부단히 내 의식을 깨워야겠다고 다짐해본다. 전혜린의 자전적 수필 '그리고 아무 말도 하지 않았다'에서 그녀는 일기장에 그녀의 인생을 오로지 인식認識, Cognition을 위해 바치겠노라고 썼는데 난 그녀처럼 구도자의 길을 걷겠다는 비장한 각오는 아니고 아무 의식 없이 되는 대로 살기 보다는 진정으로 산다는게 뭔지 조그만한 깨달음이라도 얻기위해 살아가고 싶다.

1984. 10. 26 (금)

《자작시》

〈을숙도의 저녁노을〉

해질녘이면 을숙도의 하늘엔
가슴이 저려오는 아카시아꽃내 아련한 눈물비로
가슴벽이 온통 허물어진 사랑 때문에
이 지상에서 가장 서러운 영혼들의 모임이 있다.

그러기에 저 하늘빛이 전설의 새가 구슬피 울때마다
토해낸 붉은 피가 땅에 떨어져 꽃이 되었다는
저리도 화사한 빛깔의 진달래꽃들이

무더기로 피어난 모습일까?

을숙도의 저녁노을을 바라보고 있으면
잊었던 나의 슬픔들이 안개속 뽀얀 잠에서 깨어나
우리 둘이 하염없이 걸었던 그 바람 부는 거리를
한장의 커피색 낙엽이 되어 굴러 다닌다.

1984. 10. 26. 금요일 밤에.

Epilogue

　20대 초반부터 구도자의 삶을 동경하기도 해서 특히 독일의 초인주의 철학자 니체와 인도의 명상철학자인 오쇼 라즈니쉬와 지두 크리슈나무르티, 이 세 사람의 책과 몇 년 전부턴 에크하르트 톨레란 새로운 영적 스승의 책을 읽고 읽고 하염없이 읽고 지금도 읽고 있는데 지두 크리슈나무르티의 책 『삶의 진실에 대하여』에서 〈단순한 사랑〉에 대한 내용은 정말 진정한 사랑이 무엇인지, 어떻게 살아야 하는지 잔잔하면서도 예리한 깨우침을 주는 선방의 죽비 같은 글로 마무리하려 합니다.

　"내가 말하는 사랑은 신을 향한 거룩한 사랑이나 남녀 간의 에로틱한 사랑이 아니라 그냥 단순한 사랑, 사람은 무슨 일을 대하거나 누구를 대하든지 부드럽게 대하고 정말 상냥해져야 한다. 사람이나 동물, 꽃들에 어떠한 해도 주지 않게끔 당신을 깨어 있게 하는 이 영적인 예민함은 어떻게 하여 나타나는 것인가? 여기서 영적으로 예민해진다는 것은⋯ 사람, 새들, 꽃들, 나무들에 대해 친절한 감정을 느끼는 일이다. 그것들이 당신의 소유이기 때문이 아니라 당신이 모든 사람과 사물의 아름다움에 대해 느낄 수 있기 때문이다. 당신이 참으로 예민한 순간 당신은 꽃을 꺾지 않게 되고 사물을 파괴하거나 사람을 해치고 싶지 않은 마음이 저절로 우러난다. 진정한 존중, 즉 사랑을 지닌다는 말이다. 만약 당신이 영적으로 예민해지는 데 관심이 없다면 죽은 것이나 다름없다."

문득 최두석 시인의 「미소」란 시가 이 글에 오버랩 되어 잔잔한 미소로 떠오릅니다.
내게 있어서 이 시는 성서나 불경, 채근담, 명심보감처럼 평생에 걸쳐 내 영혼에 새기고 되새김질해야 될 경전 같은 거룩한 시입니다.

쓸쓸한 이에게는
밝고 따스하게
울적한 이에게는
맑고 평온하게 웃는다는
서산 마애불을 보며
새삼 생각한다

속 깊이 아름다운 웃음은
그냥 절로 생성되지 않는다고

생애를 걸고
암벽을 쪼아
미소를 새긴
백제 석공의
지극한 정성과 공력을 보며
되짚어 생각한다

〈서산마애삼존불상〉

속 깊이 아름다운 웃음은
생애를 두고 가꾸어 가는 것이라고
(후략)

난 나만의 사랑을 잃고서야 비로소 세상의 사람들과 사물들이 보였고 상냥해지고 친절해졌으며 진정으로 존중할 줄 아는 단순한 사랑의 세계에 첫발을 내디딘 것입니다.

세상을 향한 서산 마애불의 따스하고도 평온한 미소처럼 나 또한 세상을 살아가면서 내가 만나는 사람들에게 밝고 따스하게! 맑고 평온하게! 속 깊이 아름다운 미소를 지을 수 있는 여인이 되기 위해 백제 석공처럼 생애를 두고 정성껏 내 마음을 닦아 가겠노라고, 생애를 두고 공들여 살아 나가겠노라고……

사랑의 바다에 처음으로 여전사처럼 용감하게 뛰어 들어간 (난 사랑에 빠진 게 아니라 뛰어 들어갔으니까) 80년대 초반의 보편적으로 보수적인 남자들 사고방식으론 지극히 황당스러웠을 나를 거부하지 않고 기꺼이 받아준 K에게(그 당시 K랑 사귀면서 내가 경악을 금치 못했던 점은 K는 막상 사귀어 보니 K는 그 당시 보수적인 남자들보다 훨씬 더 보수적인 사고방식을 지닌 남자였다는 것), 그리고 바다만큼 드넓고 깊은 사랑을 나와 딸에게 그리고 세상에게 주고 주고 자꾸 주고 싶어 하며 아마 잠잘 때도 "내일은 뭘 주지?" 궁리하고 있을 것만 같은 '아낌없이 주는 나무'(딸이 초등학교 1학년 때 셸 실버스타인이 지은 『아낌없이 주는 나무』란 동화책을 읽고 나서 지은 아빠 별명)인 남편에게 아무리 궁리해도 인간의 언어로는 도저히 감사함을 표현할 도리가 없습니다.

단지 해뜨기 직전 깊고 고요한 새벽하늘 같은 경건함으로 겸손히 두 손 모아 내 안에 깃든 신성이 당신들 안에 깃든 신성께 경배합니다.

2018. 9. 27
새벽하늘을 바라보며… 김은형

추억은 우리 가슴속
따뜻한 세상과의 만남입니다

- 권선복
도서출판 행복에너지 대표이사
TV 조선 선정 2018 대한민국을 움직이는 영향력 있는 CEO

"사랑했던 시절의 따스한 추억과 뜨거운 그리움은 신비한 사랑의 힘에 의해 언제까지나 사라지지 않고 남아 있게 한다."

17세기의 철학자인 발타자르 그라시안의 말입니다.
어떤 삶을 살아왔든 누구에게나 가슴속에 봉인된 추억 몇 개쯤은 있을 것입니다. 물론 추억의 색깔은 저마다 다르겠지요. 아름답기도 하고 가슴 시리기도 하고 행복하기도 하고 슬프기도 하고….
그렇게 각자의 가슴속에 품은 '추억'들은 삶을 지나오면서 '시간'이라는 매개체를 만나, 때로는 따스하게 때로는 가슴 저리게 '지금'을 살아가는 우리에게 '벗'이 되어줍니다.

이 책 『열화일기(熱花日記)—뜨거운 꽃의 일기』의 저자가 프롤로그에 풀어놓았듯이 한국의 1980년대는 뜨거운 격동과 격정의 시대였습니다.
1980년 5·18 광주민주화운동, 1982년 일본 역사교과서 왜곡 규탄대회, 1985년 63빌딩 완공, 1988년 88서울올림픽 개최 등등.

이렇게 뜨거운 격동과 격정의 시대를 몸소 체험한 이들이 각자의 자리에서 굳건히 버티고 있었기에, 오늘날의 대한민국이 건재할 수 있음을 다시 한 번 실감합니다.

그때는 미처 몰랐지만 문득 자신이 지나온 길을 되돌아보면 유난히 추억의 불빛이 반짝거리는 정거장들이 있습니다.
자식밖에 모르는 어머니의 지극한 사랑, 열심히 일한 아버지의 쓸쓸한 뒷모습, 형제자매들의 어릴 적 짓궂은 웃음, 첫사랑의 아련한 실루엣, 추억을 나눠가진 친구들의 소중함….
여러분은 이 중 어느 정거장에 머물고 있는지요?
추억은 우리 가슴속 따뜻한 세상과의 만남인 동시에, 지나온 날들이 힘들고 고달플수록 한 번씩 더 힘을 내도록 우리의 등을 밀어주는 따스한 바람 같은 존재입니다. 인생에 있어 아끼고 소중하게 여길 무언가가 있다는 것은 또 얼마나 감사한 일인지요.

AI(artificial intelligence, 인공지능)로 대변되는 오늘날의 세상은 하루가 다르게 빠른 속도로 변화하고 있습니다. AI가 소설과 시나리오도 쓰고 그림도 그리고 바둑도 두어 인간을 이겨내는 경지에 이를 정도인데, 그러나 이런 AI도 결코 인간을 따라하지 못하는 것이 있습니다. 바로 일기입니다.
책 『열화일기』는 저자가 20대 때인 1980년대를 배경으로 쓴 개인의 서사이자 시대의 서사입니다. 첨단을 걷는 시대인 2018년 현재, AI도 쓰지 못하는 그 일기들을 모아 한 권의 책으로 승화시키게 되어 무척 보람을 느낍니다.
열정과 청춘으로 빛이 나는 20대의 일기를 한 자 한 자 정성껏 기록해 놓은 아내와, 30년도 훌쩍 지난 보물 같은 일기를 발견하여 기꺼이 출간에 앞장선 남편. 이 아름다운 부부에게 힘찬 응원의 박수를 보내며 보다 많은 독자들에게 사랑을 받기 바랍니다.

모쪼록 80년대라는 그토록 뜨거웠던 격동과 격정의 시대를 함께 건넜던 그때의 청춘들뿐 아니라, 추억의 전령사이자 인간만의 특권인 이 책을 통해 독자 여러분 모두에게 지난 시절의 따스함과 소중함이 오롯이 전해지길 소망하며, 긍정과 행복에너지가 팡팡팡 샘솟기를 기원합니다.

도산회사 살리기

박원영 지음 | 값 15,000원

이 책은 도산 위기를 맞이했던 한 기업의 CEO로 부임해 120일간 열정으로 경영을 정상화시키고 새롭게 달려가는 기업으로 재탄생시킨 저자의 실화를 담고 있다. 저자는 중소기업청 공인 경영지도사 자격 및 24개 업체의 경영지도 실적을 보유한 전문경영인으로 현재 (주) 유경경영자문 경영/마케팅전략 분야 상임고문으로 활동 중이기도 하다. 이러한 저자의 생생한 경험과 철학을 통해, 이 책이 대한민국의 경영인들에게 위기를 극복하는 청사진을 제시할 수 있으리라 생각한다.

기자형제, 신문 밖으로 떠나다

나재필, 나인문 지음 | 값 20,000원

삶을 흔히 여행에 비유하곤 한다. 우여곡절 많은 인생사와 여행길이 꼭 닮아 있기 때문이다. 기자로서 시작하여 나름의 지위까지 올라간 형제는, 돌연 감투를 벗어던지고 방방곡곡을 누빈다. 충청도부터 경상도까지, 사기리부터 부수리까지. 우리나라에 이런 곳도 있었나 싶을 정도로 다양한 지명들이 펼쳐진다. 문득 여행을 떠나고 싶은 이들, 그동안 쌓아온 것을 잠시 내려두고 휴식을 취하고 싶은 분, 자연으로의 일탈을 꿈꾸는 분들에게 추천한다.

가슴 뛰는 삶으로 나아가라

주영철 지음 | 값 15,000원

이 책 『가슴 뛰는 삶으로 나아가라』는 누구나 알 만한 대기업에 입사하여 승승장구했으나 예상치 못한 '인생의 하프타임'에 갑자기 맞닥뜨리게 된 저자가 코칭과 수행을 만나면서 진정 원했던 삶을 찾아 나가는 과정을 다루고 있다. 누구나 변화와 발전을 다짐하지만 쉽지 않은 현실 속에서 이 책은 코칭이라는 길을 제시하며 현대 사회를 살아가는 모든 사람들의 가슴 속 응어리를 풀어 주는 청량제 같은 책이 될 것이다.

그랜드 차이나 벨트

소정현 지음 | 값 28,000원

만리장성의 서쪽 끝, 가욕관(嘉峪關). 서역과 왕래하는 실크로드의 관문. 이제 그 가욕관 빗장이 열리다 못해 아프리카까지 중국 주도의 일대일로(一帶一路)에 가담해 거대 시장 속에 동참하고 있다. 중국이라는 거대 경제권의 메가트렌드(Mega-trend)와 마이크로트렌드(Micro-trend)를 꿰뚫고, 새로운 시대의 경제 패러다임에 대한 깨달음을 얻고자 하는 분들에게 이 책을 적극 추천하고 싶다.

하루 5분 나를 바꾸는 긍정훈련
행복에너지

'긍정훈련' 당신의 삶을
행복으로 인도할
최고의, 최후의 '멘토'

'행복에너지
권선복 대표이사'가 전하는
행복과 긍정의 에너지,
그 삶의 이야기!

인터파크
자기계발 분야 주간
베스트 1위

권선복 지음 | 15,000원

권선복

도서출판 행복에너지 대표
영상고등학교 운영위원장
대통령직속 지역발전위원회
문화복지 전문위원
새마을문고 서울시 강서구 회장
전) 팔팔컴퓨터 전산학원장
전) 강서구의회(도시건설위원장)
아주대학교 공공정책대학원 졸업
충남 논산 출생

책 『하루 5분, 나를 바꾸는 긍정훈련 - 행복에너지』는 '긍정훈련' 과정을 통해 삶을 업그레이드하고 행복을 찾아 나설 것을 독자에게 독려한다.

긍정훈련 과정은 [예행연습] [워밍업] [실전] [강화] [숨고르기] [마무리] 등 총 6단계로 나뉘어 각 단계별 사례를 바탕으로 독자 스스로가 느끼고 배운 것을 직접 실천할 수 있게 하는 데 그 목적을 두고 있다.

그동안 우리가 숱하게 '긍정하는 방법'에 대해 배워왔으면서도 정작 삶에 적용시키지 못했던 것은, 머리로만 이해하고 실천으로는 옮기지 않았기 때문이다. 이제 삶을 행복하고 아름답게 가꿀 긍정과의 여정, 그 시작을 책과 함께해 보자.

『하루 5분, 나를 바꾸는 긍정훈련 - 행복에너지』